DREAMBOOKS★

DREAMBOOKS ★

DREAMBOOKS

전쟁자

전생자 14

초판 1쇄 인쇄 2019년 8월 13일
초판 1쇄 발행 2019년 8월 27일

지은이 나민채
발행인 오영배
편집 편집부
일러스트 eunae
본문편집 오정인
제작 조하늬

펴낸 곳 (주)삼양출판사 · 드림북스
주소 서울시 강북구 도봉로 173
대표 전화 02-980-2112 **팩스** 02-983-0660
편집부 전화 02-987-9393 **팩스** 02-980-2115
블로그 blog.naver.com/dreambookss
출판등록 1999년 3월 11일 제9-00046호

ⓒ 나민채, 2019

ISBN 979-11-283-9633-5 (04810) / 979-11-283-9410-2 (세트)

드림북스는 (주)삼양출판사의 판타지 · 무협 문학 브랜드입니다.

나민채 판타지 장편소설
ORIGINAL FANTASY STORY & ADVENTURE
14
전생자
dream books
드림북스

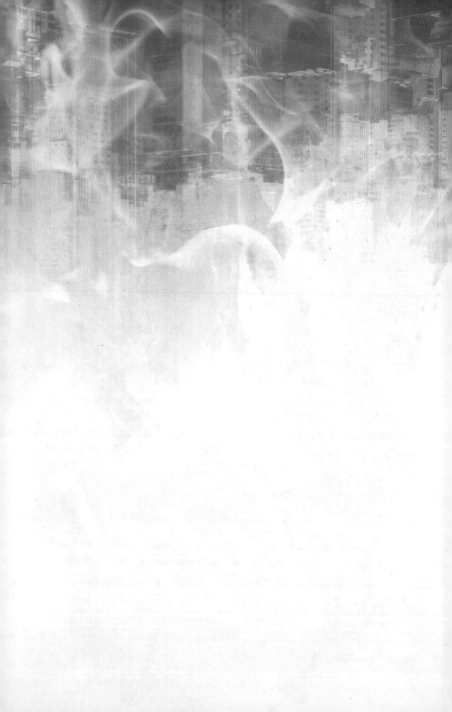

목차

Chapter 1.

이수원은 치밀어 오르는 화를 눌러 참았다.

그만이 아니다. 춘추관에는 청와대 출입 기자들의 볼멘소리만 즐비했다.

수석은커녕 비서실의 5급 말단의 얼굴조차도 볼 수 없었다. 보란 듯이 방치 중이다. 있을 수 없는 일이었다.

본래 정치인들과 언론인들의 관계는 불가근불가원(不可近不可遠)이라, 가까이하기도 멀리하기도 어렵다지만 이렇게까지 대놓고 멀리할 수만은 없는 일이다.

외계 생명체들이 격퇴되었기 때문에 하는 말이 아니다.

오히려 인류의 분기점인 게 분명한 침공이 종식되고 새

로운 시작으로 발돋움하고 있는 시점이었다. 청와대에서는 적극적으로 관련 정보를 풀어야 하는 의무가 있었다.

하지만 알려진 것이라고는 한국인 30만이 진입해서 500명이 못 되게 돌아왔다는 사실 하나뿐이었고, 그것도 이태한 회장의 기자 회견에서 알려진 일이었다.

오딘은 누구인지.

500인 그들이 누구인지. 몬스터는 어떤 방법을 통해 격퇴되었는지. 차후 그들 각성자들에 대한 현 정부의 입장은 어떤지.

청와대는 모든 사실에 대해서 입을 꽉 다물고 있는 것이었다.

홀대도 이런 홀대가 따로 없었다. 재작년 탄핵 정국이 이러했었지 않은가.

이수원은 그런 확신을 가지고 있었다. 18대 정권이 탄핵을 초래했던 까닭은 대언론 정책이 그렇게나 구시대적 발상에서 벗어나지 못했기 때문이라고.

'언론을 밀어내기만 해서 어쩌자는 거지.'

만일 거기에 자신과 동료들이 심한 모욕감을 느끼지 않았다면, 그러니까 청와대가 언론인들을 홀대하지 않았다면 그렇게 전 언론이 청와대에서 등을 돌리지는 않았을 거란 말이다.

그랬다면 18대 정권이 탄핵으로 몰락해 버리는 일은 일어나지 않았을 것이다.

"한 번 겪어 보고도 배운 게 없나. 이 기자. 자네는 뭐 아는 거 없어?"

이수원은 자신을 향한 물음에 뭐라 대답하려다 입을 다물어 버렸다. 문득 등골이 쭈뼛 서는 느낌이 들었기 때문이었다.

언론의 무서운 점을 누구보다 잘 아는 곳이 지금의 19대 정부다.

전 정권이 언론을 박대했다가 어떻게 무너졌는지 본인들 눈으로 똑똑히 봤고, 그 수혜를 입은 것이 현 정권이니까.

사실 이수원은 지금도 손이 근질거렸다. 경기 남부 일대가 파괴되어 버린 것을 가지고 얼마든지 정부를 규탄할 수 있었다.

19대 정부의 철옹성 같은 지지도에 균열을 만들 수 있었다. 그걸 가지고 정보를 더 풀라고 압박을 할 수도 있었다.

한데 정부라고 이러한 사실을 모를까? 알면서도 그럴 수밖에 없는 거다!

이는 18대 정권에서 몇몇 수석과 행정관 등에 집중되었던 권력 따위보다도 훨씬 큰 힘이, 현 정권의 뒤에서 도사리고 있다는 방증이었다. 그들이 청와대의 입을 봉인해 버린 거다.

그리고 그들이 누구겠는가. 너무도 뻔해서 언급하는 게 민망할 정도.

'전일 그룹.'

전일 그룹은 15대 정권부터 이 나라 정, 재계를 장악하고 있다.

아이러니하게도 모두가 염원했던 첫 민주 정권이 탄생했을 때, 그들 검은 머리 외국인들이 이 나라에 들어왔었다.

그리고 20년이 지나는 동안 그들은 프롤레타리아식 혁명이 일어나지 않고는, 절대 공략이 불가능한 불가침의 성역을 완성해 버렸다.

'건수가 너무 큰데.'

전일을 건드리고도 무사한 사람을 보지 못한 이수원으로선 마음이 흔들렸다.

70년대처럼 중앙정보부의 남산 분실에 끌려가 고문을 받는 일은 일어나지 않을지라도, 전일을 건드렸던 자들은 육체 따위가 아니라 사회적 신분 자체가 말살되어 왔었다.

정치인, 법조인, 경제인, 언론인 누구 할 것 없이 철저하게 파멸되었다.

한때 전일 게이트가 터졌던 이후로 그 정도는 더욱 심화되었고…….

말이 좋아서 민주 정권이지 여기는 전일 정권이라는 게 사실이다.

그래서 그는 보다 자유로울 수 있는 외신 기자를 통해 일을 진행시키기로 마음먹었다.

청와대 출입 기자로 들어오기 이전에 북미에서 3년 이상 특파원 활동을 한 전력이 있었다. 덕분에 서울 외신 기자 클럽에 내신 회원 자격으로 입적할 수 있었는데, 캐리와는 거기서 안면을 텄다.

마침 그녀가 서울에 있었다.

이튿날.

이수원이 서울 시청 광장 갓길에 차를 댄 시각은 늦은 오후였다.

「 각성자 분들의 무사 귀환과 희생자 여러분의 명
복을 빕니다. 」

분향소의 추모 행렬이 길었다.

그가 켜 놓은 비상등을 보고 한 외국인 여성이 접근했다.

이수원은 직접 차에서 내려 조수석까지 열어 주며 말했다.

"시작의 장은 이 나라에서 시작과 끝을 맺었습니다. 본국으로 돌아가시기에는 너무 이르지 않습니까?"

부안 전일 리조트에서 조슈아 폰 카르얀이 시작을 예고했고 서울 일성 호텔에서 이태한이 끝을 냈다. 다 이 나라 한국이다.

이태한 회장의 말마따나 인류의 분기점이 되는 격류가, 다른 곳도 아닌 바로 이 나라 한국에서 요동치고 있었던 것이다.

그런데도 캐리는 서둘러 떠나려 하고 있었다.

"이 나라는 너무 통제되어 있어요."

캐리가 대답했다.

"전일 그룹 때문입니다. 저는 그들에게 접근하지 못하지만 캐리는 다방면으로 접근할 수 있습니다. 도움이 되고 싶습니다."

"하지만 이 기자님의 커리어에는 도움이 되지 않을 텐데요?"

캐리가 정곡을 찔렀다. 전일 그룹에 대한 특종을 공조해서 만들어 내도 당신은 그걸 기사로 만들 수 없지 않느냐, 그런 물음이었다.

캐리는 한국이란 나라의 생태계에 대해서 학습이 끝나 있었다.

"우리나라에서 전일 그룹은 언젠간 한번은 넘어야 할 산입니다. 이런 비상시국이 아니고서야 기회는 다시 오지 않을 겁니다. 혹 압니까. 그들로 인해 현 정권이 구 정권과 같은 전철을 밟게 될지. 그 과정에서 전일 그룹이 적나라하게 드러나게 될지. 작년 이 나라 탄핵 정국을 아시지 않습니까."

"전일 그룹의 비리를 파헤치는 게 목적이신가요? 방향성이 우리와는 너무 다른데요?"

"아니요. 얘기가 좀 다릅니다. 전 그들이 정확히 누구인지 알고 싶습니다. 그들이 세계 각성자 협회와 긴밀한 관계가 있다는 건 더 이상 추정이 아니죠."

"그 부분은 제가 알려 드릴 수 있겠네요. 빌더버그 클럽이라고 아시겠죠? 아실 거예요."

"물론입니다만."

"전일 그룹의 여 회장은 클럽의 구성원 중 한 명이에요. 이건 수차례 확인된 사실이고 그리 이상한 일도 아니죠."

"알고 있습니다. 하지만 빌더버그 클럽은……."

"설마 세계 정치 지도자들과 금융 업계의 큰손들. 그리고 다국적 기업의 총수들이 한자리에 모여서 와인이나 마시며 사교 댄스나 즐길 거라고 생각하시는 건 아니죠? 그들의 주장처럼요?"

캐리는 씁쓸한 미소와 함께 말을 이었다.

"수많은 비밀 단체들 중에서도 가장 비밀스러운 조직이 그곳이에요. 거기가 세간에 밝혀지지 않은 이유는 별것이 아니에요. 클럽 회원들이 지닌 권력이 너무 크고 방대하기 때문에 파헤치거나 맞설 수가 없기 때문이죠. 미스터 리가 이 나라 국민으로 전일 그룹에 느끼는 이미지라고 확신할 수 있겠네요."

이수원은 자신보다 더 넓은 시각을 가지고 있는 캐리의 말에 귀를 기울였다.

"빌더버그 클럽은요. 전통이 길어요. 근현대사의 전쟁은 그들에게서 나왔어요. 전쟁을 언제 시작하고 얼마큼 지속해야 하며 언제 종지부를 찍을지, 그들의 입맛대로죠. 이번 외계 문명과의 전쟁도 예외는 아니었어요. 그들이 시작을 알렸고 그들의 예언대로 그들 손에서 끝이 났어요."

"말씀하세요."

"전일 그룹은 빌더버그 클럽에 접근하는 여러 관문 중 한 곳이에요. 그리고 그들은 자신들에게 접근하는 이들을 수수방관하지 않아요. 여기서는 차마 말할 수 없는 사건들이 있어요. 대부분 빌더버그 클럽에 가까이 접근하려 했던 이들의 실종 사건이지요. 언론을 통제하는 것 외에도, 그들은 실제로 무력을 행사하는 것에 거리낌이 없다는 뜻이죠."

비밀주의는 흔했다.

OECD 총회, G8 회의, WTO 회의, 세계 중앙은행 총회 등까지 가지 않더라도.

이수원이 입주해 있는 아파트 입주민 회의만 봐도, 몇몇 동장들을 선출하고 나면 그들끼리 작당을 하는 건 예삿일이 아니었다.

새로 뚫을 아파트 후문으로 인해 각 동별 가격이 널뛰는 데도 관련해선 입주민 회의의 입맛대로 다뤄지기 일쑤였고, 수십억 원대 외벽 보수 공사나 공터에 대규모 체육 시설 건설을 집행할 때에도 그들끼리의 담합에서 결정 나는 일이었다.

다만 그런 일이 전 세계를 총괄하며 일어난다는 것이, 이수원은 머리로는 납득이 가도 마음으로는 진정 받아들이기가 힘들었다.

안다.

아는데 실감이 되기에는 너무 차원이 다른 이야긴데 어쩌란 말이냐.

"미스터 리. 세계 각성자 협회는 전일 그룹과 관계가 깊을 수밖에 없어요. 하지만 그걸 몰라서 저희들이 본국으로 철수하는 걸까요? 귀담아들으셔야 해요. 계속 진행시킬 마음이 있으시면 많은 친구들과 목숨을 걸 각오가 되어 있으셔야겠지요. 하지만 이 사안에 발목 잡혀 있기에는, 그만큼이나 시급하고 중요한 일들이 빠르게 일어나고 있어요. 방향을 트시는 게 좋을 거예요. 어디에도 우리가 주목할 사건들이 많아요. 미스터 리."

윙. 위위윙—

그때도 이수원의 핸드폰은 열심히 진동하고 있었다. 기

자로 활동하면서 알게 된 사람들이 많다 보니, 참석해야 할 장례식도 그만큼 많은 것이었다.

이번 달에 나갈 조의금만 월급을 초과할 게 틀림없었다.

가까운 친지 중에서도 불귀의 객이 된 조카가 있었다.

'아직 어린 녀석이었는데.'

어쨌든 이수원은 차에서 내리는 캐리를 말릴 수 없었다.

전일 그룹 쪽으로만 진행시키는 것도 목숨 걸 일인데, 훨씬 윗선으로 정체불명의 클럽까지 언급된 마당에 목숨이 한 개로는 부족하다.

자살 당하기 싫으면 말이다.

'하지만……'

이수원은 일정을 마치고 강서 방면으로 핸들을 돌렸다.

〈 나야. 오늘 늦어. 〉

〈 빨리 오면 안 돼? 〉

〈 문 잘 걸어 잠그고, 나 기다리지 마. 〉

그때 이미 이수원은 장례식장 앞이었다. 하필이면 집과는 거리가 상당히 떨어진 김포 국제공항 인근에서였다.

이수원은 밤하늘 위, 멀어져 가는 국제선의 빨간 점등을 올려다보면서 담배를 입에 물었다.

저 중에도 그들이 있을 것이다.

부안 전일 리조트로 들어갔던 자들.

출입국 사무소에서 미처 삭제하지 못한 기록에 의하면 시작의 날 직전에 세계 각국에서 들어온 자들이 상당했었다.

조슈아 폰 카르얀을 비롯해서 조나단 헌터의 일가족 등.

그 외에도 굵직한 인사들의 가족들이 전일 리조트로 들어왔었으며, 전일 그룹에서는 그들에게 안전을 제공해 주었던 것이다.

처음에는 고급 리조트에 왜 그런 거대 장벽을 흉물스럽게 세워 놨나 했었는데, 다 지나고 보니 세간의 비판을 감수해야만 하는 일이 있었던 것이다.

'전일 그룹. 그리고 우리나라에서 모든 게 진행되고 있었지.'

이수원은 후회가 막심했다.

현 정권이 북미와 함께 대북 관계와 핵 문제에 초점을 두며 모두의 시선이 거기로 쏠려 있을 때, 자신만큼은 시각을 조금 달리했다면 대(大)사건의 전말을 꼬리라도 발견할 수 있었을 것이다.

세계 각성자 협회의 협회장이 일성 그룹의 회장으로 한국 사람이다.

몇 안 되는 이사 중에서도 또 한 명이 한국 사람, 권성일이라는 남자였다.

세계 각성자 협회에서 중책을 맡고 있는 한국 사람이 둘이나 되는 것이었다. 조나단 헌터와 조슈아 폰 카르얀 같은 세계적인 초거물들과 어깨를 나란히 하면서 말이다.

이수원은 장례식장 안으로 발걸음을 옮겼다. 장례식장은 때아닌 호황이었다.

30만이 진입해서 오백만 돌아왔다는 것은 사실상 귀환자의 숫자가 무의미한 수치였다.

전국은 30만에 달하는 실종자, 아니 사망자의 장례로 식장을 잡기가 어려운 실정이었다. 그나마 돈 있고 빽 있는 사람들만 알음알음 식장을 잡는 데 성공했다 들었다.

과연 1층부터 조의 화환들이 즐비했다. 그러던 중 이수원도 조문객들의 시선이 한 번씩 향하는 쪽으로 관심이 쏠렸다.

정부 고위직 인사의 화환이 들어올 때보다도, 그 화환을 두고 조문객들이 나누는 말들이 많았다.

아니나 다를까.

「 삼가 고인의 명복을 빕니다. 세계 각성자 협회
이사, 칼리버 권성일 」

'어?!'

칼리버라는 명칭을 붙여 놓은 것이 사뭇 격을 떨어지게 만드는 느낌이 있지만, 권성일이라는 이름만큼은 틀림없었다.

권성일! 전 세계가 가장 주목하고 있는 이름 중 하나다.

그런데 그 화환은 자신의 외조카 앞으로 배달된 것이었다.

고인 이름은 강자성, 자신의 외숙부가 상주로 있었다.

그때 이수원은 이거다! 하는 생각이 들었다.

아직 다른 기자들에겐 알려지지 않은 듯 보였다. 그랬다면 여기는 기자들로 인산인해를 이루고 있어야 하는 것이었다.

말도 붙이기 힘든 다른 각성자들을 쫓느라 동분서주할 게 아니라는 말씀.

대어는 여기에 있었다.

이수원은 향을 피워 놓고 상주와 맞절을 한 뒤에 말했다.

"얼마나 가슴 아프십니까."

*   *   *

성일이 연락해 왔다.

〈 기자 나부랭이 하나가 접촉했으요. 〉
〈 어떻게 알고? 〉

〈 아 그게…… 자성이 부모님께 남긴 번호가 있는디. 그 쪽 친인척인 것 같으요. 다른 데에 뿌리라고 준 번호가 아 닌디. 실수한 거요? 〉

〈 겁줘서 쫓아 버려. 〉

〈 그거야 벌써 그렇게 했수. 〉

〈 그래도 말귀 못 알아들으면 대응팀으로 넘겨. 〉

앞으로 일어날 일들에 비하면, 성일에게 피라미 하나가 붙은 것쯤은 문제라고도 할 수 없다.

사실 성일만 풀어 놓은 게 아니다. 나와 연희처럼 과천 호텔에 남은 이가 있는가 하면 어디론가 떠난 자들도 적지 않았다.

그들에게 당부한 바는 하나였다.

협회가 완비될 때까지 최대한 사회적인 물의를 일으키지 말고 얌전히 있을 것.

당장 시급한 문제는 본토의 삶을 찾아 나선 각성자와 그 들에게서 파생된 문제가 아니다.

그런 것 따위는 구시대와 신시대의 분기점에서 치를 수 밖에 없는 홍역이다.

진짜 문제는 지금도 텔레비전에서 떠들어 대는 이야기 속에 들어 있다.

"세계 각성자 협회에서 전 세계의 각성자들에게 각성자 등록일까지, '진중한 기다림'을 촉구하는 한편. 중국을 위시로 한 일부 국가들에게는 해당 국가의 각성자들을 통제하려는 움직임에 대하여 깊은 유감의 뜻과 경고성 메시지를 전해 왔습니다.

또한 세계적인 금융 그룹, 조나단 투자 금융 그룹에서는 세계 각성자 협회로 천문학적인 규모인 1조 달러를 집행. 인류를 구원한 각성자들과 희생자 유가족들을 위하여 사용하기로 긴급 타결하였습니다.

이로써 각성자들은 언제라도 전 세계 SOB 및 협력 은행 지점을 통해 20만 달러 상당의 자금이 예치된 직불 카드를 지급받을 수 있게 되었으며, 4500만에 달하는 희생자 유가족에겐 만 달러 상당의 위로금이 지급될 예정입니다."

연희가 아이스크림을 탐닉하던, 그 시선 그대로 물었다.

"중국 어쩔 거야?"

입을 벌리자 연희의 숟가락이 입안 가득히 단맛을 퍼트려 왔다. 그녀는 제 애완물을 쓰다듬듯, 무릎 베고 누워있는 나를 사랑스러운 눈길과 함께 어루만지고 있었다.

보아하니 중국으로 보내 주면 주석 따위는 얼마든지 요리할 수 있다는 시선이긴 한데.

그건 전 세계 각성자들을 감옥 수준으로 통제한다는 생각만큼이나 임시방편에 불과하다. 스스로 굴종하게 만들어 줘야 한다.

앞으로 클럽이 하는 일에 적극적으로 협조하게 만들어 둬야 한다.

클럽의 영향력이 자신들에게는 미비하다는 착각이 얼마나 오만한 생각이었는지를 깨우쳐 줄 것이다.

우리가 가진 진정한 힘은 무력이 아니라는 것을 말이다.

"90년도 즈음에 미국이 이라크를 말려 죽인 적이 있지."

또 들어오는 아이스크림을 향해 입을 벌리며 말했다.

"최고 수준의 경제 제재를 가할 거다."

*　　　　*　　　　*

서울의 전일 호텔로 숙소를 옮긴 까닭은 좀 더 풍요롭고 다채로운 휴식을 가지기 위해서였다. 통행금지 구역으로 선포된 과천에서는 아무래도 한계가 있었다.

오늘의 메뉴는 양식이다.

더 이상 우리는 음식을 대할 때 무엇에 쫓기는 사람처럼 급급하지 않았다.

내가 그려 왔던 풍경, 그 서울 시가지를 내려다보며 운치를 즐기면서 먹었다. 연희도 바게트 빵의 속을 뜯어내면서 거기로 시선이 향해 있었다.

"앞으로 조심해야겠어. 나…… 시작했거든."

내 앞에서 나신이 되는 걸 부끄러워하지 않는 연희라도 그것을 말할 때만큼은 초경이 막 시작된 사춘기로 돌아가 있었다.

어쨌거나 연희의 마법이 시작됐다.

생물학적 여성들만이 할 수 있는 진짜 마법. 그 말인즉, 이제 각성자 사이에서도 아이가 생길 수 있다는 뜻이다.

지금 우리는 아이를 가지기에는 애로 사항이 많았다. 언젠가 연희가 말했던, 우리가 아이를 가져도 되는 세상이 오기 전까진…….

고개를 끄덕이며 핏물이 완전히 가시지 않은 스테이크를 썰었다.

그때 육즙과 함께 밀려 나오는 핏물을 보면서 그런 생각이 들었다.

의외로 몬스터 피에 중독된 이가 적지 않았는데, 그들은 지금 무엇으로 그것을 대체하고 있을까?

부정 환각을 일으키는 몬스터 피에 중독된 치들은 대개

약자들이었다. 이 날이 오기만을 간절히 바라 왔던 자들이었다.

부정 환각을 통해 본토의 문명을 간접적으로나마 경험하길 원했었다.

이제는 그토록 바랐던 본토에 돌아왔기 때문에라도, 몬스터 피는 필요가 없으려나?

생각은 계속 꼬리를 물고 이어져 강화제에까지 닿았다.

마석으로 대몬스터용 병기를 만들 수 있었던 것처럼 몬스터 핏물로는 각성자들의 한계를 끌어올릴 수 있는 강화제를 만들 수 있었다.

그리고 그것은 보다 개량되어 민간인들에게도 사용되기에 이르렀었다.

지금쯤이면 세계 각국에서 몬스터 사체를 가지고 연구에 돌입해 있을 것이다.

가르고 찢고 분해하고, 쓸모없는 DNA 지도를 만들며, 마석을 비롯한 내장 기관들을 각기 따로 담아 영구 보존 처리하는 등.

몬스터 군단이 인류의 첨단 화력을 견뎌 낼 수 있었던 비밀을 파헤치기 위해 혈안이 되어 있을 것이다.

"무슨 생각 해?"

직접 읽어 보라는 말은 하지 않았다.

주변인들에게 감응을 여는 것이 얼마나 고통스러운 일인
지는, 그녀의 행적이 절실히 드러내 줬으니까.

"강화제. 알아?"

연희의 고개가 천천히 끄덕여졌다.

그녀의 시선도 나처럼 그릇에 고여 있는 핏물로 향했다.

"어디에서부터 발원됐는지를 모른다. 마석 병기와는 다
르게."

강화제의 출현 시기는 마석 병기보다 훨씬 빨랐다.

"만들 수는 있고?"

"그럼 생각할 거리가 없겠지. 내가 만들어 버리면 되니
까."

"기다리면 네 수중에서 나오게 될 거야."

연희는 제법 우아함을 찾은 손길로 스테이크를 썰었다.
그러고는 나이프로 스테이크며 접시며, 뜯다가 그만둔 바
게트까지 하나하나 가리켰다.

"이것들 전부가 네 수중에서 나왔던 것처럼 말이야. 어
떤 경로를 통해서인지는 몰라도, 그 시작은 네 주머니잖아.
그렇지?"

종국에는 그리되겠지만 확답을 내릴 수는 없는 문제다.

지분을 정리하기 시작할 테니까.

*   *   *

조나단 투자 금융 그룹에서 푼 1조 달러 규모의 천문학적인 자금은 그룹의 창고 안에 잠재되어 있던 돈이 아니었다.

시작의 날부터 지금까지, 세계 주가의 미친 듯한 폭락을 방어하기 위해 문자 그대로 속옷까지 탈탈 털어서 쏟아부었다.

창고 속 현금은 세계 각국의 기업 주식들로 바뀌어져 수많은 유령들의 이름으로 봉인되어 있는 상태였다.

그 때문에 세계 자본의 흐름이 경색됐다.

거래량이 전과 다름없어 보이는 것은 그러한 진실을 감추기 위해서 자전거래(거래량을 부풀리기 위해 같은 계열들끼리 주식을 사고파는 행태)가 꾸준히 진행되고 있기 때문.

거기서 발생하는 천문학적인 수수료도 결국 내 주머니 안에서 돌고 있는 꼴이라지만, 계속될수록 바깥으로 샐 수밖에 없는 자금들도 있기 마련이다.

그런 푼돈은 문제가 되지 않는다.

진짜 문제는 앞서 말했던 세계 자본의 흐름이 꽉 막혔다는 것이다.

돈은 돌고 돌아야 한다.

내 안에서만 고이게 두는 것은 하나같이 야수인 각성자들을 강제로 가둬 두는 꼴과 조금도 다르지 않다는 것이다.

썩어 문드러지다가 불만이 폭발하듯, 세계 경제는 일시에 폭발할 수 있었다.

그리고 그 충격은 시작의 날과는 비교도 되지 않을 것이다.

시작의 날에 자산을 대거 청산하여 가진 것이라고는 현금뿐인 이들이 우리 옆 테이블에도, 그 옆 테이블에도 즐비했다.

그들은 소수에 속하지 못했다.

세계가 다시 안정을 찾을 거라는 데 베팅을 하지 않은 자들이다.

세계는 이러한 자들로 인해 인류 역사상 가장 많은 현금들이 돌아다니고 있었다.

이대로 두면 전 세계는 동시다발적으로 하이퍼인플레이션(통화량의 증가로 화폐 가치가 하락, 모든 상품의 물가가 치솟는 현상)이 들이닥치게 되는 것이다.

그것이 앞서 말했던 시작의 날보다 더한 충격이란 말이다.

거기에 중국에 가할 경제 제재의 충격까지 보태지면 지금까지 공들여 쌓은 금자탑은 밑기둥부터 무너져 버릴 수밖에 없다.

그래서 조나단 투자 금융 그룹은 내 지시가 없었어도, 우리가 소유하고 있는 지분 중 일부를 급히 매각해서 1조 달러를 유치할 수밖에 없었던 것이다.

현재 거기를 선두 지휘하고 있는 김청수의 작품일 테고.

결론은 이거다.

우리는 장악하고 있는 세계 기업들의 지분들을 시장에 풀어야 한다. 세계에 넘쳐 나는 현금들을 다시 거둬들여야 할 때다.

크게는 세계 전체의 하이퍼인플레이션을 막기 위해서.

중간으로는 경색된 세계 자본의 흐름에 물꼬를 트기 위해서.

작게는 기존 경제의 원활한 성장을 위해서.

그 과정에서 대중들은 조나단 투자 금융 그룹을 비롯한 내 주머니 기업들에게 오히려 손가락질을 할지도 모른다. 자신들이 내게서 무엇을 받는지도 망각한 채 말이다.

아이러니하게도 우리는 더 큰 부를 누리게 된 것처럼 보일 테니까.

헐값에 사들였던 것을 다시 비싸게 파는 거니까.

지분을 다소 정리하기는 하겠지만, 여전히 보유하고 있는 대량의 지분들은 가치가 상승하기 시작할 테니까.

세계 각성자 협회는 인류에게 새로운 시대의 부흥을 약속했었다.

하지만 그 전에 나부터가 유례없는, 금융 호황기를 선사해 줄 생각이다. 또한 중국에 가할 경제 제재로 인한 충격은 그것으로 상쇄시킬 것이고.

"쉴 땐 쉬어야 한다면서? 역시 세계의 주인은 쉬려야 쉴 수가 없는 건가."

노트북을 꺼내자 연희가 눈웃음을 말아 감았다.

"그럼 그거 내가 먹는다?"

*   *   *

사태는 급박했었다.

그분의 인가를 기다리고 있기에는 시장의 위험스러운 징조가 너무도 눈에 띄었다. 최고경영자인 조나단에게서도 이렇다 할 연락이 없었다.

시작의 날을 어떻게 방어했는데? 여기서 물거품이 될 수는 없었다.

사실 김청수 딴에는 조나단 투자 금융 그룹의 CFO(최고재무책임자) 자리를 걸고 감행한 일이었다.

세계는 승전의 기쁨에 취해 있지만.

그를 비롯한 조나단 투자 금융 그룹이란 거대 항모가 치르고 있는 전투는 아직 끝나지 않은 것이었다.

그래서 김청수는 연기금을 크게 운용하고 있는 국가들과 세계의 큰손들에게 1조 달러대 지분을 급히 매각할 수밖에 없었다.

그들이 가진 건 현금뿐이었다. 시장의 현 가치가 아니라, 그 이상을 불러도 제발 팔아만 달라고 사정을 해 오기 시작한 곳들이었다.

세계 경제 시스템에 1조 달러대 윤활유를 칠하는 것은 그렇게 문제가 없었다. 평상시라면 몇 개월에 걸쳐 거래가 진행되었어야 할 일들이 급행으로 하루 만에 체결되었으니까.

"됐습니다. 소폭이나마, 세계 주가가 동반 상승하기 시작했습니다."

김청수의 사무실 문이 벌컥 열렸다.

"보고 있습니다."

김청수는 보고자와 같이 안도할 수 없었다.

보고자는 사무실에 감도는 무거운 기운을 감지했다. 조나단 투자 금융 그룹의 수석 트레이더이자 김청수의 직속이기도 한 그였다.

"설마…… 인가되지 않은 거래였습니까?"

"그렇습니다."

"맙소사."

"책임은 내 선에서 지겠습니다. 여러분들은 시장을 계속 주시하세요. 겨우 잔불 하나 밟아 놨을 뿐입니다."

보고자는 차마 해야 할 일을 했다고 말할 수 없었다. 무려 1조 달러 규모의 거래였다.

상관인 브라이언 김의 모국 한국으로 치자면, 그 나라의 GDP에 육박하는 거래였다. 이는 그룹 전체의 자산이 얼마인지와는 상관없이 금융 역사에 한 획을 그을 빅딜 중에 빅딜이었다.

그걸 최고 책임자의 인가 없이 저질러 버리다니? 아무리 재무 책임자라도 그간의 공로가 무색해지는 이야기였다.

"그리고 매각 자금은 세계 각성자 협회로 이관하겠습니다. 워싱턴으로 협조 공문 띄우세요. 자금 활용에 대해선 이 번호로 연락하시면 됩니다."

보고자에게는 김청수의 그 말이 유언처럼 들렸다. 문은 매우 조심스럽게 닫혔다.

시작의 날 이후부터 한 번도 숙소에 들어간 적이 없었지만, 그날 밤은 유독 길었다.

후회가 없지는 않았다.

스스로가 생각해도 세계를 이끌고 있는 주역 중의 하나가 자신이었다. 별 볼 일 없이 월가를 떠돌던 자신을 그분께서 거둬 주신 이후로 승승장구, 온갖 모험과 영웅담의 주인공이 되어 왔었다.

그러한 삶도 이제 파국이 보인다. 돈이 아무리 많으면 무엇 하랴. 바하마 군도에서 왕족 같은 삶을 살 수 있으면 무엇

하랴. 인간이란 세간의 존경과 명예를 먹고 사는 동물인데.

김청수는 그분의 질서에서 떨어져 나간 다음의 삶을 생각하기 어려웠다.

가뜩이나 그분의 밑에서 세계를 움직여 왔던 한 사람으로서, 초야에 묻혀 버리기에 자신은 아직 너무나 젊었다.

새로운 시대가 열렸지 않은가. 전에는 공상이라고 치부되었을 외계 문명들을 향해, 언제나 그렇듯 인류는 또다시 나아갈 것이다.

그 문명들에는 또 어떤 새로운 물질과 자원들이 있을까. 그것은 또 우리 세계 경제에 어떤 영향을 미치게 될까.

그 위대한 이야기들에 자신의 이름은 기록되지 않을 것이다.

그리고 이튿날이었다.

그때도 김청수는 손등으로 눈을 비비며 모니터를 노려보고 있었다.

메일이 도착했다.

자신을 조나단 투자 금융 그룹의 CFO 브라이언 김 대신, 김청수라고만 지칭하는 사람은 가족을 제외하고는 세상에서 단 한 명밖에 없었다.

메일의 발신지는 그분이었고 자신의 목을 치는 메일이라고 생각됐다.

그런데 첫 문장은 이렇게 시작되고 있었다.

「 김청수. 훌륭한 조치였다. 협회로 1조 달러를 이
관한 것 역시. 」

김청수의 전신이 파르르 떨렸다.
자신의 권한을 실감하며, 이루 다 말할 수 없는 흥분이
전율로 일어났다.

「 활동할 수 있는 기력이 남아 있기를 바란다. 자
세한 건 이하 자료로 첨부하였다. 」

첨부된 자료는 세 가지였다.
하나는 앞으로 지분을 정리함에 있어서 최우선으로 삼아
야 할 조건들, 다른 하나는 대중 경제 제재에 대한 구체적
인 지시였다.
김청수는 마지막 하나를 인쇄해서 주머니에 넣고 앞선
두 자료는 자신의 스마트폰으로 옮겼다.
그런 후에 바깥에 대고 소리쳤다.
"바로 차 대기시켜 놓으십시오! 워싱턴으로 갈 겁니다."

*　　*　　*

"그러니까 1조 달러나 되는 돈에 세금 한 푼 내지 않겠다는 거요?"

예상되는 세금 수익만 한 해 국방비에 육박했다. 그걸 날려 먹겠다는 거다.

미 대통령은 참모들에게 화를 참을 수 없었다.

자신의 손으로 뽑아낸 사람들이지만 이 중에서도 클럽의 마수가 끼친 놈들이 한둘이 아니었다.

정확히 말하자면 아직 클럽의 초대를 받지 않은 놈이라도 거기서 살짝 손짓만 하면 개 같은 꼬리를 흔들며 달려갈 놈들이다.

그럼에도 재작년 백악관에 입성하면서 그걸 감수할 수밖에 없던 까닭은, 클럽만 의식했다간 국정을 운영할 수 없기 때문이었다.

그렇지 않아도 클럽의 하수인들.

그들 모든 가짜 언론들마저 대선이 끝난 지금까지 자신을 향한 공격을 멈추지 않고 있었다.

사실 자신이 SNS를 불가피하게 사용할 수밖에 없었던 까닭도 그들 때문이었다.

비록 그 SNS를 운영하는 기업이 그들의 주머니 안에 들어 있을지라도, 타이핑해서 업데이트하는 순간만큼은 개입하지 못하니까.

거짓으로 왜곡된 이야기가 아니라 자신의 진짜 이야기를 대중들에게 들려 줄 수 있었기 때문이었다.

마음 같아선 당장에라도 SNS에 이렇게 쓰고 싶었다.

어떤 자들이 있지. 그들이 뭉쳐 있는 한 너희 모두는 그들의 노예야.

민주주의는 없어. 우리는 아직도 봉건제에 살고 있단 말이야. 그게 너희들이 모르는 세상의 진짜 모습이라고.

새로운 시대? 그런 유머도 따로 없네.

하하하.

그들은 외계 괴물보다 더 끔찍한 자들이야. 그들이 가진 건 흉측한 이빨만이 아니라고. 당장에라도 너희를 깔고 뭉개 죽일 수도 있지.

오로지 돈으로만.

하지만 걱정할 것 없어 왜냐고? 그들 스스로 사유 재산인 노예를 왜 죽이겠어. 그러니까 안심해. 우리 세계는 정말 평화를 찾은 거야.

그때 참모들의 강고한 말들이 이어졌다.

"사기업에서 우리 정부가 해야 할 일을 대신하겠다는 겁니다. 그것까지 말리면 그들의 부담을 우리가 덮어써야 합니다."

"각성자들은 몹시 흉포한 자들이고 억제할 수단이 없는 자들입니다. 그들에게 최소한의 삶을 보장해 주지 않으면 언제 폭도로 돌변할지 모릅니다."

"그게 개인당 20만 달러나 된단 말이오? 세상에나 돈 한 번 벌기 쉽군요."

"우리 행정부에서 지출되는 게 아닙니다. 세계 각성자협회에서 조나단 투자 금융 그룹을 통해……."

"그것을 빌미로 자본을 분산하려는 거 아니오?"

"아닙니다. SOB 및 협력 은행들에 이미 관련 업무가 진행되고 있습니다. 대통령님의 결재만 남았습니다."

미 대통령은 이번에도 고무도장이나 찍는 신세란 걸 다시금 깨달았다.

이러려고 대선 당시, 그 늙은 여자를 꺾기 위해 발버둥 쳤던 게 아니었다. 당시를 돌이켜보면 클럽에 반기를 들 수 있었던 이유는 하나밖에 없었다.

SNS에서 자신의 글을 보는 자들인, 바로 우리 친애하는 대중들.

보라. 클럽의 비열한 공작 및 그 늙은 여자에 대한 전폭적인 후원에도 불구하고 우리 대중들이 있기에 당선되지 않았던가.

그런 면에서 한국의 대통령이 동지처럼 느껴지는 것이다.

하지만 한국의 대통령도 결국 클럽에 굴복했다. 자신처럼.

그게 클럽의 힘이다.

"인가해 주십시오. 대통령님."

미 대통령은 제 앞으로 내밀어진 서류와 그것을 내민 당사자를 노려보았다.

클럽의 존재를 모르는 자들도 적지 않기 때문에, 직접적으로 거기를 언급할 수는 없었다. 하지만 이런 일이 어디 한두 번이던가.

임기 초에도 그랬다.

위대한 미합중국의 골칫거리인 북한을 끝장내기 위해, 합참 의장을 이 자리에 데려다 놓고 명령했었다.

리틀 로켓맨 일당과 그 땅들을 선제 타격하라고 말이다.

하지만 그는 미합중국의 최고 명령을 거부했었다.

뿐만이랴.

불합리한 미한 FTA를 폐기하라고 할 땐 더 가관이었다. 클럽의 끄나풀에도 못 끼는 양반이 자신의 책상에서 관련 서류를 모두 챙겨 도망쳐 버렸다.

돈만 나가는 주한 미군을 철수시키려 했던 일도 똑같았다.

국정은 자신이 원하는 방향으로 움직이는 것이 없어서, 정신을 차려 보니 같잖은 리틀 로켓맨과 화해 분위기가 조성되어 있었다.

대북 경제 제재를 채찍 삼아서 말이다.

언제나 이런 식이었다.

'정말 엿 같네.'

더욱 엿 같은 사실은 클럽과 세계 각성자 협회가 떼려야 뗄 수 없는 관계란 데 있었다.

클럽은 실질적인 무력까지 손에 쥐었다. 코믹북에나 나올 법한 초자연적인 능력을 지닌 자들이 클럽의 병사들이다.

그것도 살인에 눈 하나 깜짝하지 않는, 악귀 같은 병사들.

결국 미 대통령은 눈에서 힘을 풀었다. 1조 달러에 세금을 매기지 않는 긴급 조치 서안에 자신의 서명을 휘갈겼다.

그리고 난 다음 날이었다.

*   *   *

"브라이언 김이 방문하였습니다."

창밖이 어두웠다. 시침은 새벽 두 시를 가리키고 있었다.

국정 업무가 끝난 시각에마저 클럽은 보란 듯이 본인들 중 하나를 보내 왔다. 눈을 뜨나 감으나, 너는 우리의 노예라는 듯이.

미 대통령의 두툼한 눈썹이 꿈틀거렸다. 그는 한바탕 소리를 질렀다. 깊이 잠들어 있던 그의 자식들 방에서도 불이 켜지기 시작했다.

그의 마지막 자존심은 가족의 식탁으로 클럽인을 초대하지 않는 것이었다.

원래 국정이 끝난 시각 다음부터는 집무실도 닫히기 마련인데, 그는 일부러 대통령 집무실에서 브라이언 김을 맞이하겠다고 고집을 부렸다.

김청수가 미 대통령을 기다렸다가 말했다.

"돌려 말씀드리지 않겠습니다. 미국 주도하에 대중 경제 제재를 실시하셨으면 합니다. 날이 밝은 이후부터 즉시."

"클럽인들은 잠도 자지 않소?"

미 대통령은 김청수를 클럽인이라고 지칭했다. 김청수도 그걸 당연하게 받아들였다.

"대중 경제 제재는 클럽의 결의입니다."

"클럽 회의는 아직 열리지도 않은 것으로 알고 있소. 그대의 독단 같소만?"

"클럽에 대해 하나도 모르시는군요. 이는 대통령님께서 믿고 안 믿고의 문제가 아닙니다. 우리 클럽에서는 중국에 강력한 경제 제재를 가하기로 하였습니다."

"어디 한번 들어나 봅시다. 강력하다면 어느 수준까지요?"

"원유를 포함한 일체 모든 생산품에 대하여 수출입 금지. 미합중국과 동맹국들의 대중 직항 노선 금지. 현재로서는 그 두 개 금지 조치를 일 단계로 잡고 있습니다."

"하하하하!"

미 대통령은 폭소를 터트렸다. 한참 동안 배꼽을 잡고 웃었다.

시작의 날 이전까지 진행 중이었던 중국과의 무역 전쟁하고는 차원이 다른 이야기였다. 몇 개 항목에 관세를 높이는 것은 앞서 이야기했던 경제 제재에 비하면, 어린아이 장난 수준이다.

클럽은 미합중국으로 하여금 중국과의 대리전을 지시하고 있었다.

그 피해는 고스란히 미합중국의 몫이 되고 만다.

"새로운 시대로 도약하겠다 한 게 당신들이오. 알고 보니 저승길로 도약시키려는 것이었다니. 당신들 클럽인 전부에게 똑똑히 전하시오. 이번에는 날 탄핵시켜야 할 거요."

"우리가 대통령님을 왜 탄핵시킵니까. 기대했던 후보보다 더 잘해 주고 계신 분을."

미 대통령은 뭐라 분한 소리를 하려다가 그만두었다. 대신 이렇게만 다짐했다.

"내 손으로 저승 문을 열지 않을 거요. 절대. 우리 시민들에게 해를 끼칠 수는 없소."

"왜 그렇게 부정적으로만 생각하십니까."

"중국과 우리 미합중국을 붕괴시켜서 클럽이 얻는 게 뭐요?"

"그 이야기시군요. 대통령님께서 우려하시는 일은 일어나지 않습니다. 미국의 주도하에서라고 말씀드렸지, 미국뿐만이라고 말씀드리지 않았습니다. 중국을 제외한 전 세계 각국에서 이와 똑같은 경제 제재를 중국에게 가하게 될 것입니다. 조금 덧붙여서 말씀드리자면 각성자들을 통제하려는 적성 국가들은 제외가 되겠군요."

"전 세계 각국?"

"예. 대통령님. 그리고 오딘께서 당신에게 전하신 말씀이 있습니다. 늦었지만 당선을……."

"잠깐, 잠깐. 천천히 갑시다."

미 대통령의 두 눈이 빠르게 껌벅여졌다.

'오딘이라면 각성자들의 수장 오딘을 말하는 것일 텐데. 클럽과 세계 각성자 협회의 관계가 긴밀하다고는 해도…….'

그때 김청수가 품 안에서 초대장을 꺼냈다. 그분께 받은 메일에 첨부되어 있던 마지막 자료가 이 초대장이었다.

「 일시: 2018년 4월 1일.

장소: 웨스트필즈 메리어트 호텔, 미국 버지니아.

주최: 전일 클럽 」

미 대통령이 자신의 눈앞에 놓인 초대장을 확인한 순간.

그의 깜박이던 눈은 떠진 채로 멈춰 버렸다.

초대장은 흔하디흔한 용지 위로 출력된 상태였지만 거기서 휘황찬란한 빛이 뿜어져 나오는 것 같았다.

정말로 미 대통령에게는 초대장이 그렇게 보였다. 참으로 간절히 바랐던 순간이 온 것이다.

드디어 자신에게도 클럽이 손을 내밀어 주고 있었다.

위대한.

또 위대한 클럽의 진짜 손길이!

*   *   *

전임 대통령도, 전 전임 대통령도 모두 클럽이 만들어낸 결과물들이었다.

그들은 태생부터가 클럽의 노예였다는 말이다.

하지만 자신은 아니었다.

밑바닥부터 올라와 혼자 힘으로 백악관에 입성했다. 지

금의 대통령직은 자신 스스로 쟁취한 자리다.

하지만 그게 무슨 소용이란 말인가.

현재 백악관 집무실을 가리켜 세계 최고의 권력자가 차지하는 방이라고 하는 말들은 다 얼간이 같은 소리!

진실은 따로 있었다.

그걸 깨달은 건 백악관에 입성하기도 전이었다.

86년도 즈음이었던가.

포브스지가 선정한 세계 백만장자 순위에 26위로 이름을 올렸던 무렵부터 클럽의 존재를 희미하게나마 느끼게 되었다.

그들은 진짜였다.

어린 시절부터 맨해튼과 할리우드를 동경해 왔고, 마침내 그 일대를 주름잡으며 성공에 도취되어 있던 시기였기에 충격은 굉장했었다.

천상계가 존재했다. 높은 천공 위에서 하등 세상을 내려다보는 진짜들.

거기에서 초대장이 날아오기를 간절히 바라 왔던 것은 바로 그때부터였다.

또 자신의 90년대가 암흑기로 치달을 수밖에 없던 것도 어쩌면 그 때문이었다. 클럽의 눈길에 들 만큼 더 큰 성공이 필요했었다.

욕심을 냈고 마땅한 모험을 즐겼다. 하지만 예기치 못한 불경기에 돌입하면서 자신의 벌였던 모험들은 줄줄이 도산하기에 이르렀다.

그러다 마지막에 클럽의 시선을 끌기 위해 벌였던 일이, 개혁당이라는 거지 같은 당에 들어가 대통령 출마를 고려했던 일인데 그마저도 주머니 사정만 더 열악하게 만들었다.

그렇게 진짜 세상으로 편입될 날은 영영 멀어지는 것만 같았다.

하지만 다시 마음을 바로잡았다.

본업인 건축업부터 시작해서 빌어먹을 방송 일까지 마다하지 않았다.

자신이 45대 대통령직에 출마한다고 했을 때 모두가 비웃었고, 심지어 위대한 클럽에서도 그 늙은 여자를 후원하긴 했지만.

보란 듯이 모두의 콧대를 꺾어 주었다.

그때 잠시나마 클럽의 영향력을 의심했던 것은 사실이다.

그러나 대통령 자리가 허울뿐이라는 것을 다시 깨닫고 말기까지는 오래 걸리지도 않았다. 임기 초부터 국정은 그들이 원하는 대로만 돌아갔으니까.

그러면서도 정작 클럽에서는 손길을 내밀어 주지 않았다.

그렇게 근 삼십 년이었다. 그들이 손을 내밀어 주기만을 기다려 왔던 세월이…….

미 대통령은 초대장을 바라보며 격정에 사무쳤다. 눈물까지 어른거렸다.

그러고 나서였다. 그는 문득 초대장에서 이상한 점 하나를 발견했다.

"그런데 클럽 이름이……."

"아직 모르시는군요. 그럴 수 있습니다. 빌더버그 클럽은 오래전에 해체되었습니다. 해체된 클럽을 전신으로 삼되, 단 한 분의 체제하에 새로 설립된 클럽이 지금의 클럽입니다."

미 대통령은 눈동자뿐만 아니라 온몸 전체가 경직되는 듯했다.

"단 한 분?"

"오딘이십니다. 각성자들의 지도자라고 알려져 있는 그분이시죠. 그분께서 늦었지만, 당선을 축하한다고 전하셨습니다. 그리고 지금껏 당신이 클럽의 지시를 충실히 이행해 준 것에 대해서도 알고 계십니다."

"그분은……."

"다음 회의에서 뵐 수 있으실 겁니다. 그때까지 대중 경제 제재에서 성과를 보이신다면, 그분께서도 흡족해하실 겁니다. 당신에게 거는 기대가 크십니다. 그러니 대중 경제 제재를 시작하세요. 세계 정상들 누구도 당신의 지시를 거스를 수 없을 겁니다."

미 대통령은 알고 있었다.

이 초대장에 실린 힘이 무엇인지를!

중국은 이제 정말로 엿 되고 말았다. 전 세계를 상대로 고독한 몸부림을 쳐 대다가, 그대로 말라 죽어 가는 수밖에.

미 대통령은 떨리는 손으로 초대장을 집어 들었다. 이제 자신도 진짜 세상으로 편입되는 순간이었다.

위대했던 빌더버그 클럽을 계단 삼아 도약해 버렸기에.

더 위대해진 진짜 세상 저기로.

Chapter 2.

클럽이 사회주의적 독점 방식에 의해 운영된다는 점에
대해서는 부정할 수 없다. 막후에서 모든 걸 독점하며 통제
를 가한다는 것 자체가 사회주의적 발상이니까.

하지만 막상 클럽에는 사회주의로 태생한 중국을 위한
자리가 없었다.

97년 아시아에 왜 금융 위기가 일어났는가. 중국은 왜
꾸준히 견제를 받았는가.

아시아의 용이니, 호랑이니 하면서 세계 경제의 주류가
되기 시작한 우리나라 등의 앞길에는 왜 또 제동이 걸렸는
가.

세계의 패권을 노리고 있던 강대국 일본의 경제는 왜 그리 쇠락의 길을 걷기 시작했는가.

클럽은 서구권에서 탄생해 그들의 지배력을 공고히 하기 위해 만들어진 세계 질서이기 때문이었다.

그러했던 구(舊)클럽을 전신으로 삼고 있는 지금의 클럽도 마찬가지다.

이제 와서 중국계 인사들에게 초대장을 보낸다고 해서, 미 대통령과 같은 반응이 나올 가능성은 전무했다.

클럽과 중국의 관계를 물과 기름이라고 표현한다면 상당히 순화된 것이라 할 수 있다.

바야흐로 중국이 부상을 끝내고 발전 단계로 돌입하면서부터, 그들은 세계 경제 속에서 거대하고 중요한 축을 담당하게 되었다.

그들은 자신들이 클럽에 대척하고 있다고 자부하고 있을 것이다.

그것이 중국이 세계 각성자 협회의 권고를 무시하고 막 나가는 이유라고 할 수 있겠다.

중국이라고 협회와 클럽의 관계를 모를까? 조나단이 염마왕이고, 조슈아가 오시리스다.

중국은 자신이 있는 거다.

죽어도 혼자 죽지 않을 거라는 자신감.

혹은 살을 내주더라도 뼈는 취할 수 있을 거라고 생각할지도 모른다.

핵무기를 말하는 게 아니다. 실제로 중국은 그에 준하는 공격을 세계 전체에 가할 수 있다. 그들에게는 오랫동안 간직해 온 비밀 무기가 존재한다.

이는 김청수도 차마 계산하지 못하고 있을 일이었다. 그랬다면 내게 반론을 제기했겠지.

어쨌거나 쥐도 궁지에 몰리면 고양이를 문다 하였다.

지금.

런던행 티켓을 끊은 이유는 그 때문이다.

중국이 다 같이 공멸하자며 최악의 폭탄을 터트릴 경우를 사전에 대비하기 위해서.

*   *   *

인천 공항은 그나마 사정이 나았다.

큰 나라들에서는 각성자가 항공기를 이용할 경우를 두고 초비상이 걸려 있는 상태였다.

협회에서 언론 매체를 통해 각성자 등록일로 통보한 날짜는 5월 1일.

아직 한 달이나 남았다. 그때까지 세계 공항들은 날 서 있을 수밖에 없는 것이었다.

우리나라 또한 500명도 안 되는 적은 수임에도 불구하고 정부가 직접 나서 인천 공항에까지 알림 포스터를 붙여 두었다.

텔레비전, 라디오, 인터넷 중간중간.

확성기를 켜 놓은 것만으로는 영 불안했던 모양이다.

「 자랑스러운 우리 각성자들은 아래의 일시에 맞춰 입회하시기 바랍니다.

일시: 2018. 5. 1

장소: 세계 각성자 협회, 한국 본부. (지도 참조) 」

〈 언제 돌아와? 〉

〈 지금으로선 확답할 수 없겠다. 조나단에게 연락 오면 즉각 알려 줘. 〉

〈 정말 쉬지도 못하네. 우리 선후, 시작의 장에서보다 더 바쁜 것 같아. 〉

〈 어쩔 수 없지. 내가 직접 챙겨야 하는 일도 있는 거니까. 〉

둠 맨의 권능을 사용하여 지구 반대편에 게이트를 뚫지

않은 까닭은 별것이 아니었다.

혹여나 그것의 어떤 영향으로 인해 둠 카오스가 지령을 보내올까 봐, 숨 쉬는 것 하나 조심스러워 하고 있는 실정이다.

놈도 대가리가 굴러가는 존재라면 협회가 완전히 자리를 잡기 전까진 기다려야 할 것이다.

본토로 귀환해서는 처음 앉아 보는 일등석이었다. 대개 일등석은 자리가 많이 비기 마련인데 시국이 시국인지라, 모국으로 복귀하는 영국인들이 많았다.

그리고 그들 전부라고 할 수 있을 만큼, 그들의 기내 탁상 위에는 노트북이 올려져 있었다. 일등석 기내를 채우고 있는 잡음들은 거기서 나오고 있는 것이었다.

특히 내 옆의 백인 여자는 완전히 몰입해 있었다.

그녀는 승무원이 건넨 말이 들리지 않는 듯했다. 모니터 위로 온갖 창들을 띄워 놓고 동시에 진행 중인 채팅 창만으로도 벅차 보였다.

그녀도 다른 승객들처럼 재계의 종사자인 줄 알았는데 언론계 쪽이었다.

급한 대로 던져둔 그녀의 가방에 영국의 권위지, 가디언지의 로고가 박혀 있었다.

맞다.

그 또한 내 주머니 어딘가에 들어가 있는 언론사인 것이
지.

그렇게 일등석 기내는 키보드 소리로 시끄러웠다. 전투
적인 분위기로 팽배했다. 일등석 승무원들은 최근에 이런
경우를 종종 겪어 왔는지, 그나마 잘 대응하는 듯 보였다.

한가로운 건 나뿐.

창밖으로 시선을 돌리며 눈을 감았다.

문득 느껴지는 시선에 눈이 떠졌다. 시트에 부착된 모니
터에선 비행기 아이콘이 중국 영공 위를 지나치고 있었다.

눈을 감은 후로 대략 두세 시간쯤밖에 지나지 않았던 것
같다.

나를 깨운 시선의 주인공은 내 옆자리, 백인 여자였다.
그때도 그녀의 모니터에서는 채팅 창들이 번뜩이고 있었
다.

인터넷을 사용할 수 있는 일등석다운 광경이다.

그때 여자가 빙그레 웃으며 말을 건네 왔다.

"전 캐리예요. 실례가 안 된다면 잠시 대화 가능할까
요?"

당연하다는 듯이 영어를 사용해서였다.

"무슨 일로?"

"주무시고 계시는 분이……."

"에단입니다."

"에단밖에 안 계셔서요. 혹시 한국의 기업가이신가요? 실례가 됐다면 방해하지 않을게요."

"아닙니다. 따분했는데 잘됐네요. 오히려 캐리 씨가 바쁘신 것 같으신데, 괜찮으십니까?"

"우리 같은 사람들이야 이게 요즘 일상인 걸요. 솔직히 말씀드리자면 이 시국에 여유로우신 모습이 제 눈길을 끌었어요."

"그럴 만합니다. 어딜 봐도 가디언 독자로 보였을 겁니다."

영국에서 가디언 독자란 우리나라의 강남 좌파와 일맥상통한다.

가디언지부터가 영국의 중산층을 대상으로 한 진보주의 성향의 언론이기 때문에, 거기에 종사 중인 여자에게는 제격인 유머라 할 수 있는 것이다.

혼자 말해 놓고도 흡족했다.

본토로 복귀한 이후 핏물을 빼는 데 주력해 왔었지 않은가.

부모님을 찾아뵙기 전에 흐릿했던 본토의 삶을 되찾아 두 분께 심려를 끼쳐드리지 않을 계획이었다.

그러니까 이 유머는 내 노력의 결실이라 할 수 있다. 연희와 쉬는 틈틈이, 사랑을 나누는 틈틈이 본토의 문명을 손에서 놓지 않은 결과물인 것이다.

"우리 구독자시군요."

역시나 여자는 호의 섞인 미소를 지었다. 나에 대해 판단이 끝난 듯한 눈빛을 띠면서.

"가리지 않고 봅니다. 가디언지든, 더 타임스지든. 그런 시국 아닙니까. 어디 정계뿐이겠습니까. 재계 쪽이 더 시급하지요."

가디언지의 기자가 눈코 뜰 새 없이 바쁜 와중에도 내게 관심을 보이고 있는 이유야 뻔한 것이다.

그녀는 새로운 소재를 찾고 있다. 그네들 시각에서가 아니라, 나 같은 동양인들의 시점에서 본 현재 정국 말이다.

더욱이 일등석에 한가로이 비행을 즐기는 신분이라면 사회적 신분이 보장된 셈.

마침 잘됐다.

"재계에 종사하고 계신가 보네요?"

"그런 셈입니다. 내일 자 기사입니까?"

여자의 노트북을 눈짓해서 물었다. 얼핏 보아도 중국 경제 제재에 관한 내용이었다.

"이 시국에서 미국발 대중 경제 제재는 터무니없는 일이죠. 어떤 설명으로도 대중들을 납득시킬 수 없을 거예요. 그게 곤란하네요. 아이디어 좀 얻을 수 있을까요?"

"자유주의 진영에서는 각성자들에게 자유를 보장했습니다. 중국을 비롯한 적성 국가들만 그렇지 않지요. 그러는 이유가 뭐겠습니까. 각성자들을 군사 무기로 보고 있는 겁니다."

"세계 각성자 협회는 인류의 평화, 새로운 시대로의 도약을 슬로건으로 삼고 있어요. 그들의 일부 때문에 세계가 다시 혼란에 빠지는 걸 원치 않을 거예요. 불가피한 희생으로 두는 게 합리적이란 거예요."

여자의 말이 이어졌다.

"국경에서 탈출하는 중국인 각성자들이 많다고 해요. 지금쯤이면 북한을 거쳐 한국으로도 들어가고 있을 수도 있겠네요. 그들이 꽁꽁 감춰서 그렇지, 거기는 지금 전쟁터나 다를 바 없지 않을까요. 어쨌거나 그들 대다수는 강한 자들로 구성되어 있을 거예요. 그런 맥락에서 중국에 억류된 각성자들은 각성자들 중에서도 약자에 속하는 자들이라 보는 게 타당하겠죠. 그걸 위협적인 군사 무기로 보는 건 어불성설이지 않을까요?"

"캐리의 생각입니까?"

"대중들의 시선으로요. 그 때문에 전 세계가 중국을 질

타하고 초강도 경제 제재를 가한다는 건, 정말 상식에서 벗어나는 일이죠."

"대중들은 그렇게까지 깊게 생각하지 않습니다."

"우리 독자들은 사고가 깊으신 분들이에요. 에단처럼요. 제게 대중이란 그런 분들이시죠. 우리 가디언지의 독자로서 미국발 중국 경제 제재를 어떻게 바라보시나요?"

"동양인으로가 아니라, 가디언지의 독자로서 말입니까?"

"예."

"이왕 시작한 일이니 승리하였으면 좋겠군요."

"상처뿐인 승리라도요?"

"진즉 말씀드리지 못했지만 저는 조나단 투자 금융 그룹 사람입니다."

여자의 가느다란 눈썹이 치켜 올라갔다. 여자뿐만이 아니다.

우리의 대화에 귀를 기울이고 있던 승객들 전부에서도 반응하는 움직임이 컸다.

조나단 투자 금융 그룹에 직접적으로 종사하는 사람은 수만 명, 간접적으로는 수십만 명에 이르지만 일등석에 탈 수 있는 사람으로 한정한다면 그 수는 확연하게 줄어든다.

"저는 이번에도 우리가 승리할 거라 확신하고 있습니다."

"어떤 승리를 말씀하시는 거죠?"

"중국 경제 제재로 인해 세계 경제가 흔들릴 일은 없다, 바로 그겁니다. 물론 소모전이 있기야 할 겁니다. 하지만 시작의 날도 방어했던 우리입니다. 중국이요? 각오해야 할 겁니다."

"조나단 투자 금융 그룹에서 관여하고 있다는 걸로 들어도 될까요? 그렇다면 금융 전쟁으로까지 확산될 거라는 말씀인 거죠?"

"제가 가짜면 어떻게 하시려고요. 그냥 성명불상의 정보원으로만 기록해 주십시오. 우리 그룹의 공식적인 입장도 아닙니다. 어디까지나 제 개인적인 의견일 뿐이죠. 한 명의 경제계 종사자로서."

"다시 짚어 볼게요. 외계 문명이 우리 인류에게 침공을 가한 것은 가히 충격적인 일이었어요. 하지만 전 세계가 미국에 동조하여 중국에 경제 제재를 가한다는 것 역시, 상상할 수 없던 사건 임은 틀림없죠. 중국은 90년대의 이라크가 아니니까요. 그들은 미국과 패권을 두고 다툴 만큼, 전 세계의 경제, 산업, 금융권에 지대한 영향력을 행사하고 있잖아요."

"맞습니다. 하지만 이렇게 반문하고 싶군요."

여자는 아예 좌석 너머로 상체가 넘어왔다.

"대외비도 아니니 말씀드리죠. 시작의 날을 방어한 자본 세력들, 물론 우리 그룹도 포함되는 말입니다. 그들 소수의 자본 세력들이 옳았다는 게 증명되었습니다. 돌아온 각성자들에 의해 몬스터들이 완벽히 격퇴되었습니다. 그 결과가 지금입니다. 평화를 되찾았지만, 세계 금융 시장은 완전히 꽉 막혀 버렸습니다."

"예. 경색되었죠."

"소수의 자본 세력들에 의해 전 세계 기업의 지분들이 독점되었기 때문입니다. 전례가 없던 일이었습니다. 그들의 숭고한 목적과는 상관없이."

"숭고한 목적에 의해서라는 데에는 이견이 있지만…… 계속 들어 볼까요?"

"시작의 날에 자산을 팔아 치운 자들은 아차 싶을 겁니다. 기존의 거대 자본 세력일 수도 있고, 여기 함께 탄 분들 중에도 계실 수 있고, 누구나 될 수 있지요. 그때는 모두가 공포에 질려서 정상적인 투자자라면 한시라도 빨리 자산을 처분해야 했습니다."

"그랬어요."

"그런데 지나고 보니 어떻게 되었습니까. 후회만 남았을 겁니다. 그때 팔지 말았어야 했는데, 그랬어야 했는데 하며 머리만 쥐어뜯고 있는 게 지금입니다. 그리고 다시 기회가 오기만을 기다리고 있지요. 소수의 자본 세력들이 시장에 지분을 풀기만 간절히 바라고 있습니다. 다들 되찾고 싶을 겁니다. 헐값에 팔아 치운 것들을 다시 복구하고 싶겠죠."

어느덧 일등석 기내에는 내 목소리만 흘렀다.

"어제 전 세계 증시가 소폭이나마 반등한 걸 보셨습니까?"

"그럼요. 조나단 투자 금융 그룹에서 빅딜을 감행했지요."

"그 빅딜로 인해 풀린 지분들이 돌아다니기 시작한 결과가 어제의 반등입니다. 그런데 그건 앞서 말씀드렸던, 소수의 자본 세력들……."

"조나단, 질리언 부부 등을 말씀하시는 거죠?"

"예. 그런데 그건 그들 주머니에 담겨 있는 것의 극히 일부분의 일부분에 지나지 않습니다. 하지만 그들은 바보가 아닙니다. 누구보다 뛰어난 전략가이자 세계 자본의 주인들이지요. 그들은 자신들의 주머니 속에서 제 자산들이 말라비틀어지는 꼴을 두고 보지 않을 겁니다. 어제의 1조 달러 빅딜이 그 분명한 증거라 할 수 있겠군요."

마저 말했다.

"시장에서 이탈된 모두가 갈망하고 있습니다. 지분이 풀릴 시점만 간절히 소망하고 또 소망하고 있습니다. 여기서 결론입니다. 캐리."

"예."

"무엇이 더 크게 와 닿겠습니까? 전 세계가 중국에 경제 제재를 가한 충격 그리고 바야흐로 전 세계에 풀리기 시작한 주식들. 제가 조나단 투자 금융 그룹의 사람이라서 확신하는 게 아닙니다. 제게는 후자 쪽에서 더 많은 돈이 보이는군요."

내게 집중되어 있는 시선들 쪽으로 몸을 틀었다. 그리고는 지시하듯 말했다.

"곧 대량의 지분들이 풀리기 시작할 겁니다. 최고의 악재는 증발되었습니다. 이에 풀릴 지분들이 얼마나 천정부지로 뛸지는 어린아이도 예상할 수 있는 일이 되었죠. 그러니 모두 서두르십시오. 주식에 투자하십시오."

마지막이었다.

"금융 역사상 유례를 찾아보기 힘든, 호황기가 시작될 겁니다. 저라면 거기에 올인하겠습니다."

그 말을 끝으로 기내는 키보드 소리로 다시 시끄러워지기 시작했다.

*　　*　　*

영국의 입국 심사는 역시나 강화되어 있었다. 그러나 에단은 실제 존재하는 사람이다. 비단 서류상에서지만 실제

여권도 있고 미국의 사회보장번호도 부여된 진짜 사람인 것이다.

업무 출장으로 방문했다는 사실을 밝혔다.

조나단 투자 금융 그룹의 로고가 찍힌 금박 명함도 보여주었다.

그럼에도 불구하고 입국 심사관은 날 붙잡고 놔주지 않았다. 앞서 입국 심사관의 얼굴을 보기까지 오랜 시간이 걸렸던 것도 그 때문이었다.

나보다 먼저 입국 심사를 마친 가디언지 여자는 나를 기다리고 있었다.

입국 심사대를 통과한 후.

"고견 감사했어요. 에단."

여자가 자신의 명함을 건네 왔다.

내게도 명함을 바라는 눈치였으나 나는 곤란하다는 얼굴로 어깨만 으쓱했다.

"마지막으로 하나 더 고견을 듣고 싶은 건이 있는데, 괜찮을까요?"

여자는 완전 무장한 채로 돌아다니는 공항 경비대를 의식하면서 물었다.

덧붙인 말은 소리를 죽여서였다.

"웨스트민스터에서 테러가 있었어요."

백악관을 워싱턴이라고 지칭하듯, 여기에서 웨스트민스터는 버킹엄 궁전이다.

"물론입니다."

시간이 있었다.

여자는 따라오라는 듯한 눈길과 함께 인적이 드문 곳을 찾아 이동하기 시작했다.

그녀가 들어간 레스토랑은 조나단과 처음 만났던 김포공항의 레스토랑을 연상케 하는 곳이었다.

운영이 방만하고 음식도 맛이 없으며 서비스는 저질인.

그래서 폐점을 앞둔 곳으로 보였다.

"오늘 기사는 편집국으로 넘어갔어요. 음…… 한 시간 안으로 업데이트될 거예요. 물론 에단의 이름은 들어가지 않았어요."

온라인 사업에 집중하고 있는 언론사답게 일 처리가 빨랐다.

진보 성향이 무척 눈에 띈다 해도 어쨌거나 방문자 수가 세계에서 세 번째로 많은 사이트를 운영하고 있는 곳이 바로 거기였다.

우연희가 아니라.

우연히 그녀와 동승한 덕분에 김청수가 할 일이 줄어들었다.

"인터뷰료는 급한 대로 이 커피로 대신할까 하는데요. 나중에 제대로 저녁 쏠게요. SNS 친구는 될 수 있겠죠?"

저녁 데이트 신청으로 봐도 무방했다. 그녀의 상체는 내게 기울어져 있었다. 들어오면서 고친 화장이 돋보였다.

"결혼을 약속한 친구가 있습니다. 당신이 매력적이지 않아서가 아닙니다."

이런 말도 서슴없이 할 수 있는 것을 보면 확실히 시작의 장에서 달고 나왔던 핏물이 빠지고 있다.

좋은 징조였다.

그러나 버킹엄 궁전에서 있었다던 테러는 각성자에 의한 것일 터, 거기에는 시작의 장에서 묻혀 나온 악취가 자욱할 것이다.

"두 분 모두 축하드려요."

여자는 별일 아니라는 투로 말을 이었다.

"그럼 마저 말씀드릴게요. 버킹엄 궁전의 테러는…… 각성자에 의한 것이에요. 그 테러를 막은 인물도 왕실과 관련된 각성자로 밝혀졌어요. 물론 기사로는 나가지 않을 거예요."

"그런 걸 들려줘도 되는 겁니까?"

"설마 SNS에 올리시겠어요? 피차 시간이 얼마 없으니 바로 물을게요. 각성자들에 의한 금융계의 지각 변동을 어디까지 예상하시나요?"

"아시겠지만 우리 그룹의 대표 이사께서도 각성하였습니다."

"맞아요. 각성자들 사이에서는 염마왕이라 불린다죠. 이미지 메이킹으로는 빠른 방법이긴 한데, 영 낯서네요. 오딘도, 오시리스도 모두 신의 이름으로 위대한 이름들이죠. 그들은 본인들을 신격화하려는 걸까요?"

"왜 그런 이름을 달고 나왔는지는 차차 알려지게 될 겁니다. 지금 뭐라 섣불리 판단하기에는 풀린 정보가 전무하지 않습니까. 어쨌든 그 문제와는 별개로 각성자로 인한 경제계의 지각 변동은 크게 없을 거라 봅니다. 세계 각성자 협회에는 그만한 권력이 집중되어 있습니다. 그들이 가진 게 칼뿐만이 아니란 걸, 캐리도 잘 알고 계신 것 같습니다만."

여자는 긍정의 눈빛과 함께 커피 잔을 들었다. 내 이어질 말을 기다리고 있었다.

"조나단 헌터, 조슈아 폰 카르얀. 그들이 각성자이기 이전에, 금융계 인사들이란 걸 잊지 말아야 합니다."

"이십 년이면 무엇이든 변할 수 있는 세월이에요. 어디에 가치를 두는지, 무엇에 행복을 느끼는지. 보세요. 며칠이나 지났음에도 불구하고 이 회장 외에는 세상에 얼굴을 비치는 인사들이 없어요."

"시작의 장에 대해서 알려진 게 있습니다. 생존을 위한 투쟁의 장소였으면서 약육강식의 세계였다는 거 말입니다. 힘이 절대적인 세계였다 했습니다. 힘에 의해 살아왔고 힘에 의해 움직이는 자들입니다. 물론 그들의 초자연적인 능력이 어디까지 미치는지는 아직 모릅니다. 하지만 이것만큼은 확신할 수 있을 겁니다. 우리 대표 이사 조나단만 놓고 봅시다. 이 세상에서 그의 진짜 힘이 무엇인 것 같습니까?"

"……."

"초자연적인 능력? 아닙니다. 성공 신화를 기록하며 쌓아 온 막대한 부. 그리고 시작의 장을 방어하면서 쓸어 담은 세계 각국의 지분과 채권들. 그 외 온갖 파생 상품들까지 합치면 그는 입 한 번 벙끗하는 것만으로도 인류 문명을 파괴할 수 있습니다."

"그룹의 임직원으로서 자조적이고 공격적인 말씀이시군요. 너무 좋아요."

"감추려야 감출 수 없는 시국 아닙니까. 이번에 그룹 차원에서 지분 정리를 시작하면 조나단 대표 이사의 금권(金權)은 오히려 상승하게 될 겁니다. 모든 지분을 정리하지는 않을 테지요. 각 기업에 깊게 관여할 수 있는 최대 주주 및 대주주 권한은 남겨 놓을 겁니다. 세계 기업들에 미치는 영향력은 그대로고, 거기에 상상하지 못할 현금까지 축적한다면, 어떤 초자연적인 능력이라 할지라도 그 금권에 미치지 못할 겁니다."

여자는 소리 나지 않게 박수를 쳤다.

"조나단과 조슈아가 조만간 세계에 모습을 드러낼 거라고 보시는군요?"

"그리고 그들은 각성자들이 경제계에 지각 변동을 일으키려 하는 걸 두고 보지 않겠지요. 그래서 했던 말입니다. 그들이 유례없는 호황기를 만들어 낼 것이라고. 일거양득인 셈입니다. 보유 지분들을 가만히 두면 썩으니 적당히 팔아서 더 가치를 높이자. 아주 쉬운 논리입니다, 캐리."

"에단이 한 가지 간과하고 있는 게 있어요."

"말씀하세요."

"오딘. 전 각성자들의 수장. 이태한 회장이 영도자처럼 떠받들고 있는 그자 말이죠."

그때 여자는 고민에 잠겼다. 그러고는 사람 하나 없는 레스토랑 안을 다시 둘러보는 것으로도 모자라, 내 옆으로 완전히 자리를 옮겼다.

그러고는 귓가에 대고 속삭이듯 말했다.

"빌더버그 클럽이라고 들어 보셨어요?"

"모르는 이름은 아니죠. 실체는 있지만, 너무 비밀스러운 집단이라."

"그들은 진짜예요, 에단. 만약 오딘이 클럽의 일부가 아니라면, 빌더버그 클럽은 반으로 쪼개질지 몰라요. 그럼 중국과의 전쟁, 그게 경제 전쟁이든 화폐 전쟁이든지 간에 향방을 예측할 수 없게 되는 거죠."

"그런데도 용케 기사를 넘기셨군요."

"기사에 클럽의 이름을 담을 수는 없으니까요. 그들은 정말 무시무시하거든요."

여자는 일부러 장난스러운 어투를 사용했지만, 커피 잔에 비친 그녀의 얼굴만큼은 살짝 굳어져 있었다.

"하지만 진실과는 상관없이, 독자들이 좋아할 거예요."

"그겁니다. 눈앞에 빤히 보이는 돈을 누가 마다합니까."

"솔직한 고견을 들려주셔서 저도 약간 위험을 감수했어요. 에단, 확신하지 마세요. 오딘과 빌더버그 클럽의 관계가 밝혀지기 전까진."

나는 웃어 버렸다.

"그들이 진짜라면, 우리가 그들에 대해 알 수 있는 날이 오기나 할 것 같습니까?"

"왠지 에단이라면 그들의 초대를 받는 날이 올지도 모른다는 생각이 들어요. 제 직감은 잘 맞아 들어가는 편이죠."

여자가 마지막이라는 식으로 물었다.

"명함 안 주실 거예요? 정말로요?"

*　　*　　*

질리언이야말로 시간을 두들겨 맞은 듯했다. 시작의 장을 관통해 나온 것이 아닌데도, 몇 년은 늙어 버린 상이었다.

그가 로트실트 가문의 비밀 살롱 로비에서부터 나를 기다리고 있었다.

한편 깊은 고민에 빠진 얼굴이기도 했다.

여기와는 전혀 다른 시공간에서 수십 년을 보내고 왔다는 내게 뭐라고 첫마디를 건네야 할지를 두고 말이다.

그래서 첫마디를 꺼낸 건 나였다.

"준비는?"

"로트실트는 참석하지 못했습니다. 가주가 직접 나설 수밖에 없는 소란이 발생했다고 합니다."

"각성자?"

"그런 것 같습니다."

"러시아는?"

"몇 시간 전부터 들어와 오딘을 뵙기만 기다리는 중입니다. 각성자인 것 같은 인물을 경호로 달고 있습니다."

그 방으로 들어가기 전에, 우리는 다른 밀실로 이동했다.

"러시아와 황금 카르텔들을 왜 소집시켜 놨는지 아나?"

질리언은 정확한 정답을 알고 있었다.

"중국이 달러를 공격할 거라 보십니까?"

"넌?"

"저도 제 아내도. 확신하고 있습니다."

"같은 생각이다. 우리를 이기지 못해도 비기고는 싶겠지."

질리언은 그가 급히 준비한 데이터를 테이블 위에 올렸다.

첫째로 시작의 날 이전까지 중국이 매년 이룩한 무역 수지 흑자 총액과 알려진 금 보유고에 대한 자료였다.

중국 중앙 은행인 인민은행에서 발표한 1800톤 규모의 황금만 놓고 보면 세계 각국의 금 보유고 상황으로는 다섯 손가락 안에 들지 못한다.

하지만 금융계 종사자들 중에 그 발표를 진짜라 믿는 자는 어디에도 없다.

중국은 미국과 패권을 겨루며 군비만 확장해 온 게 아니다. 시장을 개방하고 자본 시장의 생리를 빠르게 습득했다.

원래도 금이라면 죽고 못 사는 자들인데, 그 생리를 습득하면서부터는 인민 정부 주도하에 본격적이 되었다.

수만 발의 핵미사일을 가지고 있는 러시아가 그것 중 하나를 한 번 쏘지 못하고 화폐 공격 몇 번에 붕괴되었던 걸 보면서.

중국도 느낀 것이 있는 것이다.

중국 시장을 개방.

무역 흑자가 난 금액 중 상당액을 황금에 쏟아부어 왔다.

하물며 시작의 장 이후 금 현물을 추적한 데이터는 보란 듯이 중국으로 쏠려 있었다.

세계 증시는 별 볼 일 없어졌지만, 국제 금값만큼은 천정 부지로 치솟고 있었다.

거기까지만 놓고 보면 황금 카르텔 가문들이 좋아할 이 야기지만 마냥 좋아할 수만도 없는 것이 국제 금값이 정도 이상의 상한선을 꿰뚫어 버리면.

그러니까 중국의 주도하에 국제 금값이 더 미쳐 버린다면.

그 충격을 고스란히 달러가 떠안게 된다.

충격이라는 표현으로는 자세히 담아낼 수 없다. 세계 기축 통화인 달러를 무너트리는 방법이니까.

내 소유의 미 중앙 은행으로 하여금 달러를 더 찍어 본들, 찍으면 찍을수록 가치만 폭락하며 중국이 원하는 방향으로 흘러가게 된다.

기축 통화 달러의 완전한 파멸.

공격 주체인 중국을 포함해 전 세계 경제의 동반 침몰.

이는 내 주머니로도 커버할 수가 없다.

세계 기축 통화에 깃들어 있는 의미가 바로 그런 것이다.

세계 경제는 그렇게 하나에서 열, 열에서 하나까지 유기적으로 유착되어 있다. 우리는 그런 시대에서 살고 있다.

칠마제 군단의 습격으로부터 지키고자 했던 게 바로 그런 시대다.

미래를 보고 있는 질리언의 눈은 심각했다.

중국이 미쳐서 자신의 머리 위로도, 그리고 전 세계 각국의 정수리에도, 핵폭탄보다 더 위력적인 그것을 터트리는 미래.

비행기에서 만났던 가디언지 여자나 일반 대중들은, 중국과 절교한 전 세계가 중국에 의존해 있던 시스템들로 인해 큰 피해를 입게 될 거라고 생각하지만.

그따위는 질리언과 내가 보고 있는 미래에 비하면 가소롭기 짝이 없는 문제인 것이다.

다만.

중국이 할 수 있는 최악의 발악을 몰라서 시작한 일일까?

천만에.

그래서 내가 여기에 왔다. 러시아를 부르고 황금 카르텔 가문들을 소집했다.

질리언과 이 문제를 두고 대화를 이어 나갔다. 그는 김청수처럼 자신의 모가지를 걸고 급한 불을 끄지는 않았지만,

그와 그의 아내가 맞댄 머리에서 나온 혜안만큼은 실로 대단한 것이었다.

내 의중을 파악하고 미리 관련 데이터들을 준비해 두지 않았던가.

슬슬 몸을 일으켰다. 손님들을 오래 기다리게 할 순 없지.

그들이 모여 있는 방을 열고 들어갔다. 로트실트를 제외한 황금 카르텔 가문의 가주들 그리고 러시아 크렘린궁의 정통 하수인이 하던 대화를 멈추고 즉각 자리에서 일어났다.

제일 먼저 나를 향해 무릎을 꿇고 나온 녀석은 각성자였다.

현대식 외양의 아이템. 중세식 외양의 아이템. 복장을 맞춘 것 없이 아무렇게나 덕지덕지 붙여 놓은 녀석이었어도 다이아 구간의 기세가 물씬 풍겨 왔다.

시작의 장에서 나온 지 고작 며칠이다.

녀석의 두 눈에는 시작의 장 마지막 순간에 펼쳐졌던 공포스러운 순간들이 고스란히 박혀 있었다. 날 향해 비명을 지르는 듯했다.

"오, 오, 오…… 딘을 뵈, 뵙습니다."

녀석은 모두가 의아한 기색을 보일 정도로 떨고 또 떨었다.

＊　　　＊　　　＊

세르게이는 누구보다 빨랐다고 자부했었다. 각성자 등록일까지 활동을 자제하라는 협회의 권고가 있기는 했으나 마냥 손가락만 빨고 있을 수는 없었다.

자신이 아니더라도 다른 누군가가 얼마든지 선수 칠 수 있었다.

가뜩이나 일분일초마다 급변하는 세상 아니던가. 시작의 장에서 힘을 얻고 나왔으니, 이제는 그에 준하는 권력을 손에 쥘 때였다.

그래서 그가 제일 먼저 접촉한 곳은 크렘린궁이었다. 하지만 이미 자신과 같은 목적으로 궁에 들어와 있는 자들이 적지 않았다.

그런데 운이 좋게도 수십 년 전의 이력 때문에 발탁될 수 있었다.

재무장관과 함께 런던으로 급파되는 동안, 그는 새삼 충격적인 말들을 들었다. 가히 세계 정부라고 일컫기에 마땅한 비밀 조직의 존재와 그 조직을 장악하고 있는 단 한 명의 수장에 대한 것이었다.

단 한 명의 손아귀에서 전 세계가 움직이고 있었던 것이다.

"그자 앞에선 몸가짐을 바로 하게. 당신과 내가 우리 각하와 온 러시아를 대표해서 가는 거니까."

"잔소리는."

"그깟 초능력 좀 부린다고 과신하지 말라는 얘기네."

"그깟 초능력?"

"내, 내 말은…… 그자의 수하들을 보라는 말일세. 당신 입으로 그랬지 않나. 협회의 지도층들은 그대와는 차원이 다른 자들이라고."

"그 입 조심해. 찢어 버리기 전에."

"……사과하네."

"한때 염마왕과 역병괴가 그자의 수하였을지는 모르지. 하지만 지금도 그럴까? 그쪽들은 우리 각성자들에 대해서 아무것도 모른다. 그쪽들 말대로 한때 그자가 염마왕과 역병괴를 부렸던 자라면…… 큭큭. 그자야말로 제 목을 조심해야 할 거야. 그럴지도 모르겠군."

"무엇이?"

"염마왕과 역병괴가 모습을 드러내지 않는 까닭 말이다. 둘이 동시에 그자의 목을 노리고 있는 게 아닐까 하는데? 똑똑히 들어. 당신네들이 손잡아야 할 대상은 그자가 아니라 오딘 님이시다."

"각성자들은 오딘이라는 자를 정말 두려워하는 군. 당신 같은 사람이라도. 시작의 장에 대해 더 들려줄 수 있나?"

"순서가 틀렸다. 그자에 대해서 더 말해 봐. 클럽의 주인이라는 자. 각성자는 아니더라도 그런 지위를 갖출 정도라면 얕잡아 볼 만한 놈이 아니다. 나만 한 녀석들을 달고 나올 수도 있고. 정보가 더 필요해. 놈의 약점을 틀어쥐고 우리 입맛대로 다루려면."

"……."

"왜? 문제 있어? 그렇게 말해 줬는데 아직도 사태 파악이 안 되나? 그자의 세상은 끝났다. 클럽? 우습군. 이젠 우리 세계 각성자 협회다. 곧 오딘 님과 우리 각성자들의 세상이 도래한다."

"클럽과 협회는 이름만 다를 뿐, 그 지도부에 있어서는……."

"몇 번이나 말해. 그거 다 옛날이야기라니까."

"알겠네. 알겠어. 하지만 당신이 말하는 세상이 오기 전까진, 내 말을 따라 주게. 약속해 주지 않으면 그대를 데리고 갈 수 없네."

"못 말리겠군. 정말 겁에 질려 있어. 하지만 그건 그거고, 묻는 말에 대답이나 해."

"그자에 대해선 오로지 각하께서만 아시네."

"당신은 모른다? 클럽에 대해 잘 아는 것처럼 떠들어 대더니, 당신도 별 볼 일 없었나 보지?"

"조용히 경호와 참관만 하겠다고 약속해 주게. 자네도 지금의 기회를 놓치고 싶지 않을 것 아닌가?"

그랬었다. 세계의 자본 세력들이 모이는 긴급 회동이라 했었다.

자신의 임무는 돌발적으로 발생할 수 있는 상황, 그러니까 자신 같은 다른 각성자들에 의해 발생할 수 있는 상황을 막기 위한 것이었지 클럽의 주인에게 위협감을 선사해 주기 위해서가 아니었다.

러시아 정부에게 클럽의 주인은 거역할 수 없는 존재였다.

마치 각성자들의 '그분' 오딘처럼.

그때까지만 해도 세르게이는 러시아 정부가 한없이 우스웠다.

물론 돈의 힘은 인정한다. 전 세계를 장악할 수 있을 정도로 막대한 돈을 가진 자가 누려 왔던 지배력 또한 인정한다.

하지만 자신은 시작의 장 마지막 순간에, 인류가 탄생시킨 어떤 문명도 초월할 절대적인 신격(神格)을 목격한 바 있었다.

그런데 이게 대체 무슨 상황이지?

"오, 오, 오…… 딘을 뵈, 뵙습니다."

세르게이는 자신도 모르는 사이 중심이 무너지고야 말았다.

"러시아에서 각성자들을 모으고 있는 건가?"

세르게이는 눈을 질끈 감았다. 얼굴뿐만 아니라 목소리도 그분의 것이었다.

세르게이가 사색이 된 얼굴로 동행인인 재무장관을 쳐다보았다. 도움을 요청하는 다급한 시선이자, 잠시나마 잊고 있었던 원시적 생존 본능으로 애절한 시선이었다.

'말해. 뭐라고 말 좀 하라고!'

세르게이가 속으로 소리치고 있을 때. 겨우 재무장관의 말문이 열렸다.

"세르게이처럼 우리 정부에 접촉해 오는 각성자들이 있는 건 사실입니다. 하지만 클럽의 통보가 있기 전이라 접촉을 차단하고 있으며, 불가피하게 지금 같이 경호가 필요한 사안에 의해서만……."

재무장관은 이내 자신의 실수를 깨달았는지 말을 멈췄

다. 그러고는 진심으로 죄송하다는 말과 함께 자신을 소개했다.

"뵙게…… 되어서 영광입니다. 저는 예고르 보르브예프라 합니다. 블라디미르가 직접 참석하지 못한 점에 대해 양해의 뜻을 전하라 하였습니다."

세르게이는 차마 고개를 들 용기가 나지 않았다. 그래서 바닥만 쳐다본 채, 곧 이어질 그분의 목소리에 귀를 기울였다.

자신의 목숨이 결정되는 순간이었다. 클럽의 주인이 그분이실 줄이야. 그랬다면 대통령 자리를 줘도 오지 않았다!

그때 세르게이의 귓가로 꺼지라는 소리가 아련하게 들려왔다.

그것이야말로 천상에서 내려온, 세상에서 제일 감미로운 소리였다.

*   *   *

그 시각. 중화인민공화국 국무원(中華人民共和國 國務院).

주석은 모든 준비가 되어 있었다.

시작의 날이 오기 전에 이미 개헌을 끝내 두었다. 중화인민공화국의 주석 임기 기간을 증발시켜 버린 개헌으로, 종신 집권의 선언을 마쳤다.

미 대통령도 그걸 두고 이렇게 질시했다 하지 않았던가.

> "중국 주석은 이제 평생 국가 주석(President for life)이라고 한다. 그는 그걸 할 수 있었고, 훌륭한 일이다. 우리도 한 번쯤은 해 볼 만한 일이다."

돌이켜 보면 참으로 격렬한 세월이었다. 각성자들은 시작의 장을 두고 지옥의 전장이라 표현하지만, 자신에게는 부친이 반당으로 낙인찍힌 어린 시절부터가 지옥의 연속이었다.

끝내 누이는 반당의 딸이란 주홍 글씨를 못 이겨 자살하고 말았지만, 자신은 아니었다.

자신과 가족들을 반당이라 부르는 악귀들과 싸워 왔었다.

그렇게 마침내 토굴에서 거지보다 더 비참한 삶을 살았던 코찔찔이가 박해를 이겨 내고 중화의 완전한 영도자로 종지부를 찍은 것이다.

하지만 천하에 황제가 두 명일 수는 없는 법.

클럽에서도 자신과 같은 결론에 이르렀는지 칼을 빼 들고 말았다.

언젠가 이런 날이 올 거라고 예상은 했지만, 지금은 너무도 뜻밖이었다. 외계 괴물들을 격퇴한 지금이다.

중화뿐만 아니라 전 세계는 안정을 찾아야 할 시기였다. 파괴된 도시들을 재건하고, 다시 닥칠지 모를 경제 위기에 대비해야 하는 시기다.

고작 브론즈, 실버, 골드 나부랭이들을 억류했다고 벌인 일이라 치기에는 클럽의 속내가 너무도 적나라하지 않은가.

중화의 힘이 더욱 팽창하기 전에 눌러놓으려는 속셈이었다.

주석은 장담할 수 있었다.

억류 중인 각성자들을 풀어 준다고 해서 경제 제재를 해제하지는 않을 거라고.

"괜찮으십니까?"

주석은 목소리의 주인을 바라보았다. 각성자들을 억류하지 말아야 한다고 주장했으면서도, 막상 그 일이 시작되자 선두에서 앞장선 사내였다.

이름은 정지(鄭智).

공안부 3급 경사(三级警司)라는 낮은 신분에도 불구하고 자신과 독대할 수 있던 까닭은 어둠 속에서 빛나는 붉은 눈 때문이었다.

바로 각성자들의 적안(赤眼) 말이다. 주석이 집무실의 불을 다 꺼 놓은 까닭도 그 눈을 제대로 보고 싶기 때문이었다.

"계속하시오."

"우리는 그분이 둠 데지르와의 결전에서 죽었다고 판단했습니다. 그래서 마리에 걸려 있는 보상에 도전했습니다. 그분의 수족들을 제외한, 사실상 전 각성자들이 도전했다고 봐도 무방합니다. 하지만 그분은 죽은 게 아니었습니다."

이야기는 계속 이어졌다. 이야기의 끝은 그가 살아남을 수 있었던 이유였다.

"제가 속해 있던 공격대는 현천상제의 주력 중 하나였습니다. 만약 저도 다른 저급한 것들처럼 따로 공격대를 운영했다면, 이 자리에서 주석님을 뵐 수 없었을 것입니다."

"그건 천만다행이오."

"……주석님. 제게는 존망이 걸린 문제입니다."

"마음 놓으시오. 그대가 중화를 떠나지 않는 한, 우리 중화 또한 그대를 놓지 않을 거요. 또한 중화를 위해 결단을 내린 대단한 용기에 찬사를 보내는 바요. 공안부 총경감에게 가 보시오. 그대의 계급장이 참 누추해 보이더이다."

"감사합니다."

"나갈 때 불 켜시고."

"옛."

불이 켜졌다. 그때 벌겋게 상기된 주석의 얼굴이 제대로 드러났다.

문제는 경제 제재가 아니다. 전 세계가 중화를 향해 문을 닫았지만, 그 피해는 중화만이 입는 게 아니니까. 중화와 절교한 대가를 깨닫게 되기까지는 그리 오래 걸리지 않을 것이다.

주석은 컴퓨터를 켜고 영상들을 확인했다. 각성자들 사이에서는 속칭 창고나 안주해 버린 머저리들 따위로 불리는 자들마저도 외계 괴물과 같은 능력을 보여 주고 있었다.

포화를 견디는 건, 아이템에서 파생되는 방어막 때문이라고 했다.

순수한 손아귀 힘만으로 군인들의 머리를 박살 내고 다니거나 건물을 부숴 대는 신위는, 근력 때문이라고 했다.

그들이 만들어 낸 화염과 그들을 위해 싸우는 불가사의한 존재들은, 스킬 때문이라고 했다.

각성자들 사이에서는 비웃음의 대상이 되는 자들마저도 초인인데…….

주석은 정지의 설명만으로는 오딘이란 자의 능력이 얼마나 초월적일지 그리기가 어려웠다.

그래서였다. 참모들의 만류에도 불구하고 벙커에 들어가

지 않았다. 어디에 있으나 그가 작정한다면 피할 수 없다는 것이, 모든 각성자들의 통일된 목소리였다.

설사 마리, 염마왕, 오시리스 등으로 통하는 협회 지도층들을 호위로 둔다 한들.

오딘을 막을 수 있는 자는 인류 중 누구도 존재하지 않을 거라는 거였다.

그럴 일은 일어날 수도 없겠지만, 각성자를 포함한 전 인류가 합심해도 오딘을 대적할 수 없다 하였다.

단 한 명도 거기에 대해선 이견이 없었다.

오딘.

그런 존재를 같은 인간이라고 부를 수 있을까?

클럽과 진정한 권좌를 두고 총성 없는 전쟁이 벌어졌지만, 그 승패와는 상관없이 결국엔 오딘의 심중에 따라 모든 게 결정 날 터였다.

주석은 고민에 빠져들었다.

오딘은 왜 무력으로 세상을 장악하지 않는 것일까.

자신이라면 그렇게 했다.

'세계 각성자 협회의 슬로건이 인류의 평화와 새 시대로의 도약이라 했나.'

어쩌면 정말 말이 안 되게도, 오딘이라는 자의 진심은 그것일지도 몰랐다.

그때였다.

재무부장이 다급하게 들어왔다. 중화를 제외한 전 세계의 증시가 동반 상승하고 있다는 말을 참 어렵게도 했다.

주석은 책상을 내리치며 호통쳤다.

"그거 말이 다르지 않소!"

Chapter 3.

　중국의 발악을 가정해 런던에서 해야 할 일은 끝내 두었
다.

　그 후에 바로 이동한 곳은 미 버지니아의 한적한 호텔로,
이틀 후에 있을 클럽 회의 준비가 시작되고 있는 곳이었다.

　원래는 클럽 회의가 있을 때마다 시위대가 있기 마련이
었다.

　아직도 우리를 빌더버그 클럽으로 알고 자신들은 우리들
의 노예가 아니라며 외쳐 대는 그 시위대들 말이다.

　하지만 금년도 회의는 조용한 가운데 진행될 것 같았다.

　보안 문을 통과하기까지 시위 피켓 하나 보이지 않았다.

내가 도착했다는 얘기가 퍼졌다. 그러나 나를 직접적으로 대면할 수 있는 자들은 한정되어 있는데, 믹도 그중에 하나였다.

클럽의 정식 멤버는 아니지만, 그는 회의 동안의 보안을 책임지고 있었다.

각성자를 고양이라 부르며 아이템 창고 및 군사 기업을 총괄하고 있는 자.

믹 옆에는 오래된 기억을 꺼낼 것 없이 바로 낯익은 얼굴이 있었다. 캣 푸드 웨어하우스 출신으로 30인석의 한 자리까지 올라왔으며, 구원자의 도시민임을 자처하고 있는 자.

믹을 따라 메이슨도 객실로 들어왔다.

"오딘을 뵙습니다."

믹에게 호텔 보안 상황에 대해 들은 이후 메이슨에게 물었다.

"염마왕의 행방이 묘연하다. 알고 있는 게 있나?"

"시작의 장에서 미처 끝내지 못한 일이 있다고 했습니다."

본토로 데려와서는 안 되는 자들에 대해서 말하는 거였다.

당장은 메이슨보다 믹에게 내려야 할 지시가 많았다.

캣 푸드 웨어 하우스에 비축되어 있는 온갖 아이템들을
기초로 삼아 구축해 놔야 하는 프로그램뿐만 아니라, 협회
에 필요한 프로그램이 한두 개가 아니었다. 등록 시스템,
인장과 아이템 마켓 등.

대략적인 설명을 마친 후였다. 그에게 연락처 하나를 쥐
여 주었다.

「 찰 & 제인 법률 회계 사무소 」

"쓸 만한 녀석을 보내도록. 나머진 그쪽에서 준비해 놓
을 거다."

＊　　　＊　　　＊

감각을 조금만 키워도 클럽 회원들의 격정적인 소리가
들린다.

17년도 회의를 끝으로 이번의 18년도 회의가 시작되는
사이, 유례없던 일들이 연속되고 있었기 때문이다.

시작의 날, 돌아온 각성자들, 대중 경제 제재, 대호황기
의 전조까지.

회의가 시작되기 이틀 전이지만 회원들 대부분이라 할

수 있는 수가 도착해 있었다. 그리고 그들의 얼굴에는 하나같이 화색이 돌았다.

비로소 풀리기 시작한 지분들을 받아 처먹고 있으니까 그럴 수밖에.

세계 증시가 불타오르기 시작한 건 바로 어제부터였다. 가디언지를 비롯한 정치권 잡지들까지도 시장의 열기에 한몫해 불을 질렀다.

원래 언론에서 주식을 사라고 종용할 때는 이미 끝물인 법이다. 세력들이 털고 나올 수 있도록, 개미들을 유인하는 목소리인 것이다.

하지만 이번은 전 언론들이 떠들어 대는 소리를 믿는 자들에게 기회가 있었다.

애초부터 주식을 사지 못해서 안달이 난 시국이지만, 행여나 언론 때문에 부정적으로 돌변한 자들이 있다면 땅을 치고 후회할 일이다.

뉴욕 증시만 어제로 6% 상승.

중국을 제외한 전 세계의 평균 상승 수치 또한 6%에 육박했다.

오늘부터 세계 증시는 아우토반을 질주하듯 멈추지 않을 것이다.

대중 경제 제재로 인해 일어나는 피해들 따위는 외면되

어 버리고, 닷컴 버블 때처럼 새로운 시대의 찬송곡만 불러 댈 것이다.

주체만 바뀌었을 뿐이다. 인터넷에서 인류의 위대함으로.

눈에 띄는 기사 하나를 클릭했다.

「이란도 등을 돌렸다.

이란은 최대 고객인 중국의 위협에도 불구하고, 아랑곳하지 않고 송유관을 잠갔다. 이란국영유조선회사(NITC) 소유의 유조선 또한 모항으로 회선하였다.

정보통에 따르면 이란에서 중국으로 원유를 나르는 용선 유조선 17척 중 9척이 중국 측에 의해 운영되고 있는데, 이에 대한 운영권을 박탈하기 위해 무력 충돌까지 불사했다는 소식이다.

미국은 중국이 세계 각성자 협회의 권고를 무시하고 각성자들을 억류한 것은 엄연히 인류 평화에 대한 몰상식한 도발이라고 일갈하였다. 또한 석유수출국기구(OPEC)의 3대 산유국들에게는 인류 평화를 위한 헌신이라며 아낌없는 찬사를 보냈다.

그러나 최대 주요 고객을 잃은 이란으로썬 …….

<하략> 」

ㄴ 이란이라고 별수 없지. 외톨이가 되는 것은 중국만으로 충분하지 않을까?

ㄴ 그간 중국은 너무 자신하고 있었습니다. 그들이 우리와 함께 패권을 다툴 만큼 성장한 것은 맞습니다. 하지만 세계의 파멸을 막은 각성자들을 억류해 버린 한 번의 실수로 인해 이라크와 같은 신세를 면하지 못하게 되었습니다.

ㄴ 여기서 이러고 있을 때가 아닌데. 주식은 사 놓고 떠들어 대는 거야? 이번엔 정말 미칠 거야.

ㄴ 금번 초유의 제재로 인해 전 세계적으로 실업자가 얼마나 발생할지, 국가 성장률들이 어디까지 마이너스로 치달을지. 눈에 뻔한 초악재들을 놓고도, 지금 주식을 사는 건 조나단 투자 금융 그룹을 비롯한 금융 재벌들의 배만 불려 주는 짓입니다. 상승장은 일시적입니다. 전 세계는 중국에 얼마나 의존해 왔었는지 통감하고 말 겁니다.

ㄴ 바보. 조나단 투자 금융 그룹은 영웅이야. 맘껏 떠들어 대라고.

댓글은 그 다섯 개로 끝이었다.

하지만 증시 호황을 언급하고 있는 기사들에는 주목도가 비할 바 없이 높았다.

터치.

「파티가 시작됐다…… 대호황기를 알리는 축포!

중국을 제외한 세계 금융 시장이 일제히 즐거운 비명을 질렀다.

세계 금융 시장의 빅4 조나단 투자 금융 그룹, 질리언 투자 금융 그룹, 텔레스타 인베스트먼트, 골드 앤 실버 인베스트먼트.

그들 간에만 오갔던 세계 각국의 주식들이 시장에 흘러들어오기 시작하면서부터였다.

조나단 투자 금융 그룹 최고 재무 관리자 브라이언 김은 "시작의 날 이후로 경색된 금융 시장의 흐름을 인지하였다."고 말했다.

AP 머건 자산 운용 최고 경영자는 "조나단 투자 금융 그룹을 비롯한 시장의 모든 방어자들에게 찬사를 보낸다. 세계 각성자 협회만이 세계를 구한 것이 아니다. 시장의 방어자가 있었기에 우리는 지금 문명을 유지할 수 있었다."라고 말하며 그동안 폄하되었던 모든 기업들이 본래의 가치를 인정받을 것이라고 긍정적인 평가를 붙였다.

반면 우려의 목소리도 적지 않다.

미국의 주도하에 진행되고 있는 대중 경제 제재가 시작의 날과 같은 충격을 선사할 거라는 지적이다.

하지만 세계 증시가 동반 6%대의 급등을 보이며, 뉴욕 증권 거래소(NYSE)와 나스닥의 전체 시총만 어제 자로 4000억 달러가량 늘었다.

오늘의 급등은 전 세계적으로 시작의 날을 겪으며 증발된 것으로 추산되는 50조 달러에 비하면 작은 발걸음에 지나지 않는다.

그러나 대중 경제 제재라는 심각한 악재를 극복한 데에서, 금융 투자 업계에서는 지금의 이 상황을 세계 증시 대호황기의 시작을 알리는 축포라는 동일한 목소리를……. <하략>」

└ 내 이럴 줄 알았어. 우리 와이프 말을 듣는 게 아니었어. 각성자 같은 게 어디 있냐고? 그럼 외계 괴물들은 땅에서 솟구쳤나?

└ 누구도 예상할 수 없다. 이번 랠리의 끝이 어디

일지.

└ AP 머건 습통 터지는 소리 들리네. 저것들 얼마나 좋아할까?

└ 조나단 투자 금융 그룹 및 시장의 방어자들은 히어로 중에 히어로입니다. 슈퍼맨은 존재했습니다. 한편으론 그들의 영웅담에 동참하지 못한 것이 너무 아쉽습니다. 영웅도 되고 억만장자도 될 수 있는 기회였는데.

└ 아직 늦지 않았어! 잡아! 잡자고! 주저하다가 영영 못 올라타.

└ 무릎에서 사고 어깨에서 팔라고들 하지? 언제가 무릎이고 언제가 어깨인지 모른다는 친구들을 위해 한마디 해 줄게. 그걸 알게 되었을 땐 다 끝난 거야. 아무것도 모르면 눈 감고 질러. 날 믿어 보라고.

└ 인류 만세! 세계 각성자 협회 만세! 조나단 투자 금융 그룹 만세!

└ 장담하는데 이번 기회 놓치면 죽어서도 눈 못 감는다. 계속 어른거릴 거야. 오늘이.

그 기사만이 아니다. 조금씩 다를 뿐 비슷한 논지의 기사들이 쏟아지고 있었다.

조회 수는 각성자와 몬스터를 다루고 있는 기사들을 뛰어넘으며 그만한 댓글들도 실시간으로 멈추지 않았다.

이것이 현재 시장의 반응이다. 댓글을 달고 있는 자들에게 한마디 해 주고 싶었다.

그러니까 키보드만 두들기지 말고 모든 자산을 주식에 올인해.

올인!

*　　　　*　　　　*

자고 일어났을 때에도 세계 증시는 여전히 질주 중이었다.

이 시각 증시가 열린 국가들은 물론이거니와 증시가 닫혀 있는 국가들 또한 선물 시장에서 이튿날의 급등을 고스란히 예견하고 있었다.

누군가에게는 태블릿 피시에 담겨 있는 문자와 숫자들이 그 자체로만 보일 수 있다.

하지만 금융 쪽으로 조금이라도 눈을 뜬 자들은 거기서 터져 나오는 중국의 분노 찬 고함 소리를 들을 수 있을 것이다.

고함뿐일까. 당황해서 어쩌지 못하는 신음 소리, 죽어 가는 비명 소리까지도.

그간 중국이 예뻐서 가만히 놔둔 게 아니다. 그들의 성장이 전체에 득이 되었기 때문이었다.

시작의 날이 있기 전까지 내 모든 전력은 시작의 날에 미치는 공포를 방어하는 데 집중되어 있었다. 그러나 끝났다.

중국도 이제 내 질서 안에서 움직여야 할 시점이 온 것이다.

그렇게 클럽 회의를 하루 앞둔 정오.

불청객의 기척이 느껴졌다.

메이슨에게 별다른 움직임이 없는 것을 보면 불청객은 그의 감각 선에서 벗어난 은신 아이템을 활용하고 있는 것이었다.

겁을 상실한 불청객은 계집이었다. 관심을 가질 만한 강자가 아니었던 까닭에 나로선 처음 보는 얼굴이라 할 수 있었다.

계집은 내가 지켜보고 있는지도 몰랐다.

그래서 태연하게 복도를 거닐며 뭔가를 찾아다니고 있었다.

나를 찾는 것은 아닐 것이다. 그러며 또 나를 찾는 것일 테다.

클럽의 주인을.

한편 복도를 순찰하고 있는 요원의 눈에는 나만 보일 뿐인지라, 그가 내게 필요한 것이 있냐고 물었을 때 계집의 고개도 내 쪽으로 돌려졌다.

날 어떻게 판단했을까. 확실한 건 나를 몰라봤다는 거다.

날 알아봤다면 살롱에서 만났던 러시아 녀석처럼 벌벌 떨 일 아닌가. 또 그래야만 하고.

계집이 나를 응시하고 있는 시간이 길어지고 있었다.그러다 날 차마 각성자라고 생각하지 않았던 것 같다. 감각을 제외한 다른 부분들을 눌러놨기 때문에 충분히 그럴 수 있었다.

계집은 이내 내게서 관심을 끄고는 방향을 틀었다. 요원의 시선이 미치지 않는 부분에서 한 방으로 들어갔다.

거긴 미 대통령에게 배정된 객실이었다. 또한 미 대통령의 즐거운 목소리가 방문 바깥으로까지 나오고 있는 곳이었다.

그 방에는 총 다섯 명의 회원이 있었다. 미 대통령과 미국의 전통적인 가문들.

그리고 과거에 조나단 투자 금융 그룹의 이사진 중 한 명이었다가 미 준비은행장으로 보직을 옮긴 자도 포함되어 있었다.

가문의 가주들과 준비은행장이 이제 한 그룹이 된 미 대통령을 환영하는 자리였다.

그간 대치하고 있던 날 선 분위기는 날려 버리고, 허허하
하.

거기에 계집이 침투했다. 계집의 은신 정도로 보면 A급
아이템에서 나올 법한 효과인데 막상 계집의 아이템은 수
준이 높지 않았다.

인장을 사용했던 것 같다. 시작의 장에선 상대적으로 외
면받아 왔던 인장이었어도 그 모든 수량을 생각하면 무시
못 할 숫자가 될 것이다.

그래서 협회의 관리하에 두어야 한다. 등록일에 맞춰 진
행 중이다.

계집이 그들 다섯의 바로 뒤에 있음에도, 그들은 알 길이
없었다.

계집의 뒤를 밟아 방 안에 발을 디딜 때였다.

미 대통령은 나를 처음 보는 것이지만 기존의 협회원들
은 익히 내 얼굴을 아는 바.

협회원들이 일제히 나를 향해 경의를 표했다. 그 와중에
클럽에서도 협회에서도 통용되는 '오딘'이라는 이름이 언
급되었다.

그제야 계집은 자신이 어디에 들어왔고, 내가 누구인지
를 깨닫고 마는 얼굴이었다.

하지만 늦었다.

빌어먹을 핏물을 빼고 있는 중인데……

[인드라의 칼을 시전 하였습니다.]

푸른 섬광의 벼락 줄기가 실내를 퍼렇게 물들였다.

비명은 계집만 지른 게 아니었다.

미 대통령을 포함한 방 안의 협회원들 그리고 그 비명 소리를 듣고 뛰어온 인근 객실의 협회원들, 보안 요원들.

그들 전부는 계집이 한 줌의 재로 변하는 과정을 똑똑히 보고 있었다.

*　　　*　　　*

클럽 회원들은 결재 한 번으로 수만 명의 목숨을 좌우해 왔던 인물들이다.

미 중앙은행장이 기본 금리를 손볼 때마다 그것이 소수점 퍼센티지일지라도 기업이 도산하거나 부활하고 일자리를 얻거나 잃으면서, 한 가정의 운명을 좌우해 왔다.

그런 경제 장치를 제외하고라도 미국 회원들 대다수는 이라크 전쟁을 주도했던 자들이었다.

걸프전까지 갈 것도 없다.

이라크 전쟁에서만 얼마나 많은 희생자가 있었던가. 점령군, 이라크 국민 할 것 없이.

그렇게 수만 명의 목숨을 재단해 왔던 치들이 고작 각성자 하나 죽었다고 충격에 빠졌다.

아직 각성자들의 능력이 제대로 알려지지 않은 시점이다.

하물며 마스터 구간 정도에 이르면 도청 장치가 따로 필요 없다는 사실을 알 리가 없었다.

다들 시작의 장이 어떤 곳이었는지 대략적이나마 알고 있음에도, 징벌보다는 살인이라는 표현이 떠돌아다녔다.

오딘께서 살인을 했다, 그렇게.

한편 죽은 계집의 신원에 대해선 다들 한결같은 의견이었다. 중국이 아니고서야 어떤 머저리가 정탐을 시도했겠냐는 거다.

나도 같은 생각이고.

충격이 서서히 가라앉은 때는 그날 저녁이었다. 막 식사가 시작된 시간이었다.

나는 객실에서 따로 먹으며 한 테이블의 대화를 반찬 삼았다.

그쪽은 케인즈의 이론을 재조명하고 있었다.

시작의 날 금융 시장에 떨어진 충격과 현재 세계 증시가 급등하고 있는 상황을 설명하기에는 그만한 이론도 따로 없었다.

시작의 날도 지금도 모두 군중 심리에서 비롯된 것이니까.

예컨대 팩트만 놓고 보면 급등할 이유가 없는 것이다.

전 세계는 중국에 문을 닫았다. 역으로 중국에서도 우리에게 문을 닫은 꼴.

팩트는 이 경제 제재가 오래갈수록 세계 경제 전체가 쇠락해진다는 데 있다.

더불어 몬스터들을 격퇴하긴 했지만 여전히 세계의 많은 도시들이 파괴된 상태다.

거기서는 어떤 긍정적인 효과를 기대할 수 없다. 피해가 잔존하고, 앞으로 더 일어날 피해 또한 예상되는 일이다.

당장 각성자들이 외계 문명에서 황금을 쓸어 온 것도 아니지 않은가.

마석은 몬스터의 장기일 뿐이지, 그것이 새로운 에너지원으로 활용된다는 건 오로지 나와 연희만 알고 있는 사실이다.

그럼에도 금융 업계와 대중들은 주식을 갈구한다. 새 희망을 쫓아서.

"맞아요. 팩트보다는 스토리가 중요한 거지요."

테이블에서도 똑같은 소리가 나왔다.

지금에야 증시에 인간의 심리가 반영된다는 것은 기본 상식이 되었지만, 케인즈가 활동했던 1930년대의 대공황 시절까지만 해도 경제학계에서는 인간의 심리가 제대로 연구되지 않았었다.

하물며 천재 과학자 아이작 뉴턴조차 주식 시장에서 참패하고 인간의 광기를 예측할 수 없었다는 명언을 남겼다.

테이블의 두 금융권 인사가 이제 와서 케인즈를 재조명하고 있는 까닭은 다른 게 아니다.

케인즈는 경제에 반영되는 인간의 심리를 일컬어 '야성적 충동'이란 표현을 썼는데 그런 용어가 중요한 게 아니라.

중요한 건 1930년대의 대공황을 겪으며 도달한 그의 결론에 있었다.

케인즈의 결론은 심플하다. 그가 주장하고 싶은 바는 경제에 인간의 심리가 영향을 미친다는 원천적인 이론이 아니었다.

그는 내가 되고 싶었을지도 모른다.

우리 인간의 경제 활동에는 경제적 동기 못지않게 비경제적 동기가 크게 영향을 미친다. 바로 우리 인간의 심리 말이다. 비관하고 낙관하며 공포를 느끼고 희망을 가진다.

그런 인간의 심리가 경제를 움직이는 것은 위험한 일이다.

그러니 대책이 필요하다. 인간의 비이성적인 본성을 관리해야 한다.

그런 까닭에 '보이는 손'의 개입이 절실한 것이다.

케인즈가 말했던 보이는 손이 무엇이겠는가.

바로 여기다.

클럽!

대화가 이어지고 있는 테이블의 사람들은 자신들이 보이는 손에 속한다는 것에 자부심을 느끼고 있었다.

*　　　*　　　*

식사가 끝났다.

나도 그쪽도.

거기에서도 디저트가 제공됐는지, 달그락거리는 포크 소리가 일었다.

둘의 대화는 내일 회의에 발의할 안건으로 넘어가고 있

었다.

"그럼 이제 화제를 돌려 보죠. 우리 클럽은 빌더버그 때보다 강해졌어요. 클럽 내 우리의 권한이 줄어든 건 부정할 수 없는 사실이지만, 파이가 커졌으니 그건 염려할 게 아니겠죠."

"공감합니다. 빌더버그가 지금껏 유지되고 있었다면 다 박살 났을 겁니다."

"시작의 날을 버틸 수도 없었을 테고 지금 같은 일은 있을 수도 없었을 테니까요. 하지만 이대로 괜찮을까요?"

"말씀하시죠."

"각성자뿐만이 아니에요. 평화를 되찾은 것처럼 보이지만 세계는 여전히 혼란스럽죠. 한 가지 가정을 해 보자고요. 가정이라기보다는 머지않아 일어날 일이라 할 수 있겠네요."

"예."

"그분의 자산이 세간에 드러날 거예요. 물론 대중들은 조나단 투자 금융 그룹을 위시로 한 빅 4의 자산인 줄로만 알겠죠. 그분께서 유령 회사에 분산해 놓은 것은 제외해 두자고요. 거기까지 가지 않고 빅 4의 자산만으로도 대중들은 까무러칠 거예요."

"그럴 겁니다. 빅 4의 소유 지분 가치들이 지금보다 수 배는 상승할 테니…… 그 규모가 어디에 이를지 상상조차 할 수 없군요."

"확실한 건 우리마저 충격에 빠트릴 규모가 될 거란 거 죠. 그러니 대중들은 오죽하겠냐고요. 틀림없이 '부의 분 배'를 떠들어 댈 거예요. 민심이 그렇게 흐르면 우리가 억 제한다고 되는 일이 아니죠. 미국과 한국을 보세요. 우리가 밀지 않았던 자들이 당선됐잖아요."

그때 둘은 미 대통령을 의식했는지 소리를 좀 더 죽였다.

"맞습니다. 지금에야 조나단 투자 금융 그룹을 두고 영 웅이라 떠들어 대지만 민심이 돌아서는 건 순간입니다. 무 슨 생각을 하시는지 알겠습니다. '테세라'를 부활시키자는 겁니까?"

"각성자들은 두말하면 잔소리고요. 전 세계 대중들은 보 다 직접적인 통제가 필요해요. 인정하시죠? 구글 등의 빅 데이터 같은 간접적인 통제 말고, 진짜 우리 클럽의 감시망 에 둘 수 있는 통제."

"음. 그런데 문제는 오딘께서 이미 한 번 반려하셨지 않 습니까."

"작년의 그분이 아니세요. 더…… 후. 다시 떠올려도 소름 끼치네요. 그 중국인 각성자가 고통스러워하는 얼굴 봤죠? 뼛조각 하나 남지 않았어요. 어쨌든 오딘께서도 생각이 달라지셨지 않을까요."

"……."

"그러니까 제 말은 오딘께서도 '테세라'를 부활시켜야 하는데 고개를 끄덕이실 거란 거예요. 기회가 왔어요."

프로젝트명 테세라.

과거 로마의 노예들이 꼭 지참하고 다녀야 했던 명찰이 바로 테세라다.

즉 노예의 표식인 것이다.

하지만 지금 두 회원이 말하고 있는 테세라는 그딴 나무 명패가 아니라, 사람의 생체에 이식하는 마이크로칩을 말하는 거였다.

전 세계 모든 사람들의 위치를 실시간으로 추적하여 클럽의 감시망에 넣는!

속칭 전 세계인의 노예화 프로젝트 중 선두에 있는 사안이라 할 수 있었다.

이미 십 년 전부터 그리 어려운 기술이 아닐뿐더러 지금도 통용되고 있는 기술이다. 차를 비롯한 고급 전자 제품과

의류 그리고 부자들의 애완견에 부착돼서 분실을 예방하고
있다.

그걸 전 세계 사람들과 각성자들의 피하에 주입시키자
고?

*　　　*　　　*

빌더버그 클럽에서 이 프로젝트가 본격적으로 다뤄졌던
건 8.11 테러, 그러니까 본 역사에서는 9.11 테러 이후였
었다.

그들은 준비가 되어 있었고, 당시의 사회 분위기상 밀어
붙일 수 있겠다고 생각했었다.

빌더버그 클럽의 지시에 따라, 세계 언론들도 피하에 이
식하는 마이크로칩이 용의 선상의 테러리스트들을 추적하
는 데 큰 도움이 될 거라며 목소리를 높였었다.

하지만 대중들의 반발이 거셌다.

클럽에서는 민심을 돌리기 위해 유괴 사건들을 재조명했
다.

체내 이식 마이크로칩이 어린 자식을 둔 부모들의 염려
를 덜어 줄 것이라 했다.

그래도 무산되었다. 성범죄자의 피하에 넣었던 것들은

기독교 단체 및 인권 단체의 강력한 반발에 부딪혀 전자발찌로 대체되었다.

하지만 프로젝트가 완전히 소멸된 것은 아니었다. 당시 빌더버그 클럽에서 준비를 끝마쳤던 구상안만큼은 회원들의 뇌리에 여전히 남아 있었다.

지금으로 돌아와 외계 문명의 침공과 새로운 시대를 재료로 삼아, 민심을 억누를 수 있다고 치자. 그렇다면 어떤 방법으로 전 세계인을 대상으로 마이크로칩을 이식할 텐가?

그 많은 수를?

어떻게 해야 이 공포스러운 저주를 축복으로 꾸밀 수 있을 것인가?

답은 백신이었다.

열악한 개발도상국들의 어린이들을 일차로 시작해, 최종적으로 선진국까지 무료 백신을 푸는 구상안이 세워져 있었다. 물론 무료 백신과 마이크로칩이 함께 주입되는 거다.

꺼림칙하겠지. 클럽이 악의 소굴로 보이겠지. 부정하지 않겠다.

하지만 증시에만 인간의 탐욕이 깃드는 게 아니다. 확신하건대 케인즈가 빌더버그 클럽의 회원이었다면 누구보다 이 프로젝트에 열성적이었을 것이다.

클럽의 모토는 하나다.

유일한 세계 정부

클럽 회원들이 틈만 나면 대중에 대한 통제를 입에 달고
사는 이유는 그 때문이다. 또 그러기 위해서 모였다.

이에 분명한 것은 나의 전일 클럽은 구(舊)빌더버그 클럽
을 전신으로 삼고 있다는 것이다.

일인 체재로 변했다고 해서 클럽 회원들의 모든 기득권
까지 박탈할 수 없던 까닭은, 우리들의 본토는 단 한 명의
절대자에 의해 운영되기엔 너무 크기 때문이었다.

언론에서는 시작의 날을 조나단 투자 금융 그룹을 포함
한 빅 4가 방어했다고 말한다.

하지만 숨은 공로자들이 있다.

클럽 회원들이 내 지시를 충실히 이행.

그들이 영향력을 백분 발휘하여 시작의 날에도 경제 시
스템을 열어 두었던 까닭에 우리는 지금의 문명을 유지할
수 있었던 것이다.

그렇게 클럽 회원들과 나의 관계는 군신(君臣)이라 표현
될 수 있을 것이다.

전 인류에 끔찍한 도청 장치를 심어 두자고 작당하는 것

을 보고도 가만히 놔두는 까닭은 그래서였다.

조금 마음에 안 든다고 대가리를 칠 수는 없다.

무엇보다 그들의 작당은 클럽의 모토에 반하는 것도 아니었다.

하지만 각성자들에 한해서라면?

한 울타리 안에 가둬 놓지는 않아도 그것들을 지켜보는 눈만큼은 필요한 시국 아닌가.

고민할 것도 없었다.

클럽 회원들이 바라는 대로 전 인류가 마이크로칩을 감시용 신분증으로 삼지 않아도, 각성자들은 제 앞의 의사에게 팔을 내밀어야 할 것이다.

그들의 삼두박근 한편에 마취제를 박고 마이크로칩이 든 주사 바늘을 찔러 넣는 거다.

단언컨대 저항하지 않을 것이다.

오딘의 이름하에 행해지는 것과 별개로 그것이 입회하는 데 기본 조건일 테니까.

그렇다.

내일의 클럽 회의는 각성자들이 협회에 입회할 수밖에 없게 만드는 안건들이 결의되는 자리다. 세계 각성자 협회 대 전 세계가 협정을 맺는 자리. 불공정한 협정이라 한들 누구도 내 지시에 반박할 수 없을 것이다.

나는 오딘이다.

클럽의 주인이자 엔더 구간의 최고 각성자.

*　　*　　*

"준비 끝났어요."

조나단과 조슈아는 잠적했고 김청수는 불참을 통보해 올 수밖에 없는 상황이었다.

"이하 131명의 일반 회원들 중에서는 로트실트 가문에서 대리인을 보내 왔어요. 한 명은 시작의 장에서 못 돌아온 걸로 확인되었고 아시겠지만 회원 중에 피터 D 프리드먼이 마스터 구간 각성자로 복귀했다 해요."

나만 회의장으로 가면 된다는 소리였다.

[*보관함]

[오딘의 황금 갑옷(전쟁의 신)이 제거 되었습니다.]

아무것도 없는 허공에서 갑옷이 튕겨져 나와 내 몸에 부착되자.

아.

제이미의 입에서 옅은 탄성이 터져 나왔다.

[오딘의 황금 갑옷(전쟁의 신)이 오딘의 황금 갑옷
(전투의 신)으로 변환 되었습니다.]

[오딘의 황금 갑옷(전투의 신)을 사용 하였습니다.]

엔더 구간에 진입하면서 소환할 수 있는 발키리의 숫자
는 8개체로 늘어나 있었다. 제이미의 눈에는 단발에 가슴
과 아래를 붕대로 감고 나타난 여전사들이 진짜 사람으로
보였던 것 같다.

그녀는 더욱 확장된 동공으로 발키리들에서 눈을 떼지
못했다.

실제로 말을 걸려는 시도가 있을 때, 발키리들이 나를 따
라서 무표정한 얼굴로 움직이기 시작했다.

회의장까지 가는 동안 발키리들에게 시선이 집중됐다.

발키리들의 진짜 정체를 알아본 자는 메이슨이었다. 그
의 얼굴에는 패색이 완연했다.

보안 책임자 중에서는 유일한 각성자였던 본인이 어제의
잠입을 차단하지 못한 것에 대해서 스스로에게 채찍질을
가하고 있는 듯 보였다.

내가 소환물을 끄집어낸 이유 역시, 자신을 못 믿었기 때
문이라는 결론에 이르렀기 때문일까.

고개 숙인 그의 정수리에 더욱 참담한 기운이 서렸다.

"어제는 너도 어쩔 수 없었다. 메이슨."

그의 어깨를 툭툭 쳐 주고 지나갔다.

회의장은 정숙했다.

어제 중국인 계집의 마지막을 직접적이든 간접적이든 알게 된 자들이었다.

그들은 일제히 기립해서 숨을 죽였다. 그러면서도 눈알은 다양한 병기와 방패를 쥐고 있는 발키리들과 내 흉갑으로 쏠려 있었다.

발키리들에게 지시를 내리는 방법은 스킬을 사용할 때와 똑같다.

육감에 의해서 사용자의 의지에 동조한다. 육감을 일으킨 즉시 발키리들이 회의장의 네 개 문으로 가 그 앞을 지키듯이 섰다.

착착착!

각 문당 발키리 두 개체씩이었다. 감정 하나 담기지 않는 두 눈으로 정면만 주시하고 있는 그것들이 회의장의 정숙함에 위압감을 더했다.

내가 말했다.

"앞으로 각성자들을 고용하는 데 돈을 아끼지 말아야 할 거다."

회원들이 각성자들을 사사로이 고용하는 것을 막지 않겠다는 뜻이었다.

그러니 모두의 눈이 부릅떠질 만했다.

보라. 둠 카오스의 지령이 어떻게든 오게 되어 있다.

다른 차원을 공격하라는 지령이 될 것은 두말하면 잔소리.

시작의 장에서는 그 세계만의 유용한 장치들이 있었다. 경험치가 있었고 박스가 있었다. 그것들을 쟁취하며 그 세계의 권력을 차지해 왔던 자들이 돌아온 각성자들이다.

하지만 그런 것들이 전무해진 지금, 새로운 장치가 필요해졌다.

마냥 공포만 가하는 것은 차선책일 뿐.

각성자들이 시작의 장에서 누려 왔던 것들을 어느 선까지는 보장해 줘야 한다는 것이다. 그들이 진심이 되기 위해선.

시작의 장은 무력이 지배하는 세상이었다. 여기는 금력이 지배하는 세상, 아니 금력이 지배하는 세상으로 유지시키는 것이 나의 목적이다.

시작의 날을 기점으로 전과 후가 다름없는 세상 말이다.

자본주의 시장의 생리 아래 각성자들이 스며들기 바란다. 그만한 환경을 조성해 줄 것이다.

그리고 어떤 차원을 공격하게 될지는 모르나, 거기에 존재하는 자원들을 장치 삼아 각성자들이 금력을 쫓게 만들어 줄 것이다.

마석이나 그에 준하는 자원들이 있으면 좋겠다. 황금 광산도 좋고.

"모두 착석하도록. 금년도 회의를 시작하지."

*　　　*　　　*

회원들이 본인의 가문 혹은 영향력을 미치고 있는 나라를 대변해서 안건들을 내놓기 시작했다.

금년도 회의에서 인류의 미래가 결정된다는 걸 모두들 알고 있었다. 그래서 어느 순간부터 그들은 발키리를 의식하지 않고 열성을 다하고 있었다.

일단 통과된 안건은 미 중앙은행의 기본 금리 방향이었다.

세계 경제는 미 중앙은행의 통화 정책을 중심으로 움직이는 법.

은행장인 회원은 점차적인 금리 인하 정책을 내놓았다. 세계 증시에 대호황기를 선사하려는 내 의도를 알고 있었다.

대중들은 미 중앙은행에서 금리가 결정된다고 알고 있지만 천만에. 바로 여기에서다. 바로 이 작은 회의장에서 결정 난다.

이래서 클럽 회원들은 결코 손해 보지 않는 투자를 할 수 있는 것이다.

미래를 알고 있는데, 손해 보려야 손해를 볼 수 없는 것이지.

지금 그들의 대가리 속으로 주식 외에도 금리로 다룰 수 있는 파생 상품들이 횡횡 돌고 있는 소리가 다 들리는 듯했다.

가문 대 가문. 나라 대 나라.

서로의 이익이 상충하는 사안들은 내일 자 회의로 넘어갔다.

그러고 나서 본격적이 되었다.

미국 회원 중 하나가 프로젝트 테세라를 꺼내 들었다.

그러자 거의 모든 회원이라고 할 수 있는 자들이 의견을 일치시키기 시작했다. 테세라를 꺼낸 회원만이 아니다.

물론 그들은 자신의 몸 안에 마이크로칩을 이식할 생각이 없다.

어쨌거나 회원 모두는 이런 기회가 다시 돌아오기만을 기다려 왔다. 8.11 테러와는 비교도 되지 않는 충격적인 사건 직후 아닌가.

이미 어제 자로 판단을 마친 바, 그 자리에서 바로 일축했다.

"각성자들에 한해 진행하는 게 좋겠군. 각성자 등록일에 맞춰 바로 시행될 것이다. 그리고 프로젝트 테세라는 오늘 이후로 다시 언급되는 일이 없도록."

종지부를 찍었다.

반문은 없었다.

굳이 색출하자면 일반 회원들 중 유일한 각성자이자 협회 지도층에 포함된다고 할 수 있는, 피터 D 프리드먼이 눈에 띈다.

스스로를 호루스라 부르기 시작한 녀석.

녀석은 눈썹을 꿈틀거렸다가 황급히 표정을 고쳤다. 그 정도가 다른 회원들에 비해서 유독 눈에 띄었을 뿐이지 그 이상으론 치닫지 않았다.

녀석의 입장에서야 당연히 부당하다고 느낄 수 있는 사안이다. 누군들 제 몸 안에 노예 딱지를 박고 싶겠나.

다른 회원들은 이 기회가 또 흐지부지되는 것이 아쉬울 뿐이고.

나는 상체를 기울이며 턱을 괴고 있던 자세 그대로 입을 열었다.

"세계 각성자 협회와 UN 회원국들 간에 맺을 협정이 있다."

그때, 때를 맞춰 제이미가 움직였다.

그녀가 친히 일반 회원들의 탁상 위에 서류철을 올려놓고 본인도 제자리로 돌아가 그것을 검토하기 시작했다.

내 자리에도 한 부 놓였다.

「세계 각성자 협회와 UN 회원국 간의 협회원 지위에 대한 협정

제1조 정의

본 협정에 있어.

'협회원'이라 함은 세계 각성자 협회의 입회 절차에 맞춰 정식적으로 입회한 자들에 한해 말한다.

제2조 시설과 구역—공여

세계 각성자 협회는 UN 회원국의 시설과 구역의 사용을 공여받는다.

개개의 시설과 구역에 관한 협정은 세계 각성자 협회의 '이사진 회의'가 이를 결정하고, UN 회원국들은 이를 체결해야 한다.

"시설과 구역"은 소재의 여하를 불문하고 그 시설과 구역의 운영에 사용되는 현존의 설비와 비품 및 정착물을 포함한다.

제 3조 시설과 구역—보안 조치

세계 각성자 협회는 시설과 구역 안에서 이러한 시설과 구역의 설정, 운영, 경호 및 관리에 필요한 모든 조치를 취할 수 있다.

UN 회원국은 세계 각성자 협회의 협회원을 지원 및 출입의 편의를 도모하기 위하여, 동 시설과 구역에 인접한 또는 그 주변의 토지, 영해 및 영공에 대하여 관계 법령의 범위 내에서 필요한 조치를 취하여야 한다.

또한 세계 각성자 협회는 전기의 목적상 필요한 조치를 취할 수 있다.」

거기까지만 가도 호루스와 일반 회원들의 입장이 달라진다.

과연 호루스는 입가에 미소가 띄워지기 시작한 반면, 일반 회원들의 얼굴은 경직되었다.

이토록 불합리하며 일방적인 협정은 처음 본다 싶은 얼굴들이다.

패전국도 이런 협정에 도장을 찍는 일은 없을 테니까. 일반적인 상식으로는 있을 수 없는 협정임에는 틀림없는 것이다.

왜냐하면 세계 각성자 협회에서 요구하기만 하면 땅이든 바다든 하늘이든 무엇이든 내놔야만 하고, 거기에 필요한 모든 물자와 인력을 제공해야 한다는 뜻이기 때문이다.

하지만 여기에서 경악하긴 이르다. 그런 것 따위는 지금으로도 충분히 가능한 일.

본 협정의 최대 사안은 제 22조 형사 재판권에 있었다.

슥슥.

「제 22조 형사 재판권

세계 각성자 협회는 협회원에 대하여 협회가 부여한 모든 형사 재판권과 징계권을 UN 회원국 안에서 행사할 권리를 가진다.

UN 회원국의 안전에 관한 범죄를 포함한 모든 범죄에 관하여 전속적 재판권을 행사할 권리를 가진다.

1. 본 조의 적용상, UN 회원국의 안전에 관한 범죄라 함은 다음의 것을 포함한다.

(1) 당해국에 대한 반역

(2) 방해 행위, 간첩 행위 또는 당해국의 공무상 또는 국방상의 비밀에 관한 법령의 위반

2. UN 회원국은 범죄에 대한 모든 필요한 수사의 실시와 증거 확보에 있어서, 세계 각성자 협회에 조력해야 하는 의무를 가진다.

3. 세계 각성자 협회는 본 협정 제2조에 따라 사용하는 시설이나 구역에서 경찰권을 행사할 권리를 가진다. 세계 각성자 협회는 동 시설 및 구역 안에서 이에 필요한 적절한 조치를 취할 수 있다.」

크흠, 하고 헛기침하는 소리. 눈알만 굴려 대며 서로 교환하는 눈빛들.

호루스 녀석을 제외하고는 협정서를 공포스럽게 쳐다보았다.

그건 질리언 부부도 크게 다르지 않다. 다들 어쩔 줄 몰라 하며 다른 회원이 나서기만을 기다리고 있는 광경이었

다.

협정서는 한 마디로 그거다.

전 세계는 세계 각성자 협회가 하는 일에 무엇도 관여하지 마라.

각성자들이 살인을 저지르든 반역을 도모하든, 협회에서 알아서 할 테니까 너희들은 시키는 대로만 하라는 거였다.

그 때문에 금융권 회원들보다도 정계와 군사권 회원들의 반응이 눈에 띄는 것이다.

나를 바라보면서 머뭇거리는 시선들이 많아졌다. 그만큼이나 다른 회원들에게 미루는 시선들도 늘어나고 있었다.

스으읍―

호흡을 들이마시며 내 앞에 놓인 협정서를 툭툭 쳐 보이자.

그제야 어수선했던 분위기가 내게로 집중됐다. 미 대통령과 눈이 마주쳤다. 그의 목울대가 큼지막하게 꿀렁였다.

그는 더는 흔들리지 않는 목소리로 이렇게 말했다.

"바라시는 대로 될 것입니다."

다음.

"바라시는 대로 될 것입니다."

또 다음.

"바라시는 대로 될 것입니다."

그리고 그 대답들이 구호가 되어 버린 듯, 일제히 입을 맞췄다. 전 회원이 앉은 자리에서 고개를 숙이며 똑같은 목소리를 냈다.

　　"바라시는 대로 될 것입니다. 오딘이시여."

Chapter 4.

한국 서울. 일성 호텔.

기철이는 룸서비스로 나온 식사를 앞에 두고 마우스를
딸깍거렸다. 최근 기철이가 보고 있는 기사들은 전부 각성
자에 대한 것들이었다.

「 **<지금 전 세계는> 각성자 간의 싸움으로 유혈
충돌 — 일본**

▷김일형/사회자: 오늘은 일본 도쿄로 연결해 보

겠습니다. 주인성 특파원!

▶ KBC 주인성 기자: 네, 도쿄입니다.

▷김일형/사회자: 요즘 전 세계적으로 각성자 관련 소식이 끊이지 않고 있는데, 어제 일본에서도 유혈 충돌이 있었다지요?

▶ KBC 주인성 기자: 그렇습니다. 도쿄 시가지에서 각성자로 보이는 남녀의 싸움으로, 엉뚱하게 휘말린 경찰과 일반 시민의 수만 백 명을 넘으며 그중 열세 명이 사망했습니다.

▷ 김일형/사회자: 그 정도라면 두 각성자를 잡아들인다거나 해야 하는 것은 아닌가요? 이후 사법 처리는 어떻게 되고 있습니까?

▶ KBC 주인성 기자: 두 각성자의 행방이 묘연해진 가운데……. <하략>

┗쎈 거 보소. 잠깐 투닥거렸다고 ㄷㄷㄷ

┗ 그들이 세계를 구한 건 맞는데 그렇다고 그들의 심성까지 영화 주인공들에 대입시키면 곤란해. ㅅㅂ 수십 년 동안 살육 전쟁만 해 온 자들이란 걸 잊지 마. 살인 기계들임. 링크 붙임.

┗ <거긴 누구도 상상할 수 없는 지옥이었다. 카

탈리나 로네아의 회고……. http://www.dcnc.com/
news/21022.html > 이거 보셈.」

     ㄴ각성자 건드리면 좆됨.

     ㄴ 한번 직접 보기라도 했으면 좋겠다. 우리나라
300명도 안 된다는 거 헬조선답다.

     ㄴ 모르는 소리 ㄴㄴ 이태한, 권성일. 협회 최고
지도층 한국인 두 명. 그 밑으로 대가리 박음. 국뽕
아니고 진짜.

기철이는 링크를 타고 들어갔다.

「 거긴 누구도 상상할 수 없는 지옥이었다. 카탈리나 로네아의 회고 <번역>

    그녀는 '마이애미 갱스터'에서 툭 튀어나온 것처
럼 보였다. 정확히는 보스의 여자에서 진정한 보스
로 거듭났던 마지막 씬, 그 참혹한 현장을 선두에서
지휘했던 냉철한 여 보스다운 인상이었다.

    하지만 이내 시작의 장을 떠올리는 그녀의 얼굴에
는 고통이 서리기 시작했다. 그 앞에 있는 것만으로
도 그녀가 이번 인터뷰를 위해, 상당한 심리적 고통

을 감수하고 있다는 것을 깨달을 수 있었다.

A. 다들 시작의 장에 대해 궁금해하고 있다는 걸 알아요. 누군가는 들려주어야 할 이야기라는 것에 공감하고 당신의 인터뷰에 응했어요.

Q. 감사합니다. 하지만 이번 인터뷰로 인해 신분 상의 불이익을 받지는 않을지 염려되는 게 사실입니다. 인터뷰를 진행해도 되겠습니까?

A. 거기에 대해 입을 다물면 다물수록, 사회에서 우리들을 받아들일 준비가 늦어질 거예요. 만약 협회에서 이 일로 제게 징계를 준다면 감수하기로 했어요. 하지만 그러지 않을 거라고 믿어요.

Q. 그건 왜입니까?

A. 세계 각성자 협회의 모토 중 하나는 '인류 평화'예요. 우리는 평화를 원해요.

아직은 정식 협회원이 아니지만, 각성자 등록일만 기다리고 있는 저 역시 우리 각성자와 전 세계인들 사이에 혼란이 없길 바라고 있어요.

Q. 그럼 어디서부터 이야기를 시작하는 게 좋을까요? 편할 대로 하시죠.

A. 일단 제가 골드 구간 각성자라는 것을 밝히고 싶어요.

각성자들은 일곱 계층으로 나누어져 있어요. 브론즈, 실버, 골드, 플래티넘, 다이아, 마스터, 첼린저. 사실 마스터급 이상부터는 수십 년 간 시작의 장을 지배해 왔던 지도층이라고 할 수 있어요.

먼저 제 시각이 지도층과는 다를 수 있다는 걸 말씀드리죠.

Q. 지배라는 단어를 사용하셨습니다.

A. 서열이 엄격한 세계였으니까요.

지배하는 자와 지배받는 자로 나뉘질 수밖에 없었죠. <파리 대왕>을 읽어 보셨나요?

Q. 예. 소년들이 무인도에 불시착하면서 생기는 디스토피아적 세계를 그려 나가는 소설이죠.

A. 하지만 파리 대왕에 '괴물'이라 나온 것도, 지도층들이 민중을 통제하기 위해 만들어 낸 허상의 존재였죠. 하지만 우리들은 진짜를 겪어 왔어요.

몬스터들만 말하는 게 아니에요. 처음 우리가 상대했던 진정한 괴물은 시스템이었으니까요.

Q. 시스템? 자세히 말씀해 주시겠습니까?

A. 처음에 우리는 그걸 컴퓨터 게임처럼 생각했어요.

정말로 그랬거든요.

퀘스트도 주고 퀘스트를 완료하면 우리에게 초능을 보상으로 주었어요. 하지만 머지않아 시스템의 정체를 깨달았죠. 몬스터들을 사냥하거나 던전을 공략하라는 퀘스트 외에도……(카탈리나는 잠시 말을 잃었다) 우리끼리 죽이라는 퀘스트가 뜨기 시작했죠.

생각해 보세요. 저는 영화배우에 불과했어요. 기본적인 의식주를 구하는 것만으로도 힘들었던 데다가 몬스터와의 전투에 차출될 수밖에 없던 순간도 많았어요. 오늘은 살았어도 내일은 장담할 수 없는 하루하루였는데, 그런 때에 동료를 죽이라는 명령이 떨어진다면요? 거부하려 했죠. 하지만 누구도 그럴 수는 없었어요.

Q. 왜죠?

A. 내가 퀘스트를 포기한다고 해서 상대편에 뜬 퀘스트까지 포기되는 게 아니었거든요. 내게 퀘스트가 뜨면 상대편에도 떴어요. 그런 상황에서 퀘스트 포기는 정말 머저리 같은 짓이죠. 그리고 퀘스트가 완료돼서 한 사람이 죽으면 인도관은 그걸 '낙오'라고 했어요.

Q. 카탈리나가 그런 퀘스트에서 살아 남았다는 것은······.

A. 네. 저도 암살 퀘스트를 완료했어요. 하지만 그보다 심한 일은 얼마든지 더 많았죠.

제게 한정 짓지 않아도, 세 명이 한 시공에 들어가 한 명만 살아 나오는 퀘스트도 있었다니까요. 저라고 모든 퀘스트를 다 아는 건 아니에요.

다만 시스템과 인도관이 저지른 악랄한 퀘스트가 한두 개가 아니었다는 거죠.

Q. 인도관이요?

A. 시작의 장을 운영했던 존재들이에요. 푸른빛을 띠었을 땐 팅커벨처럼 아름다운 외모를 가졌지만,

붉은빛을 띠었을 땐 그야말로 악마였어요. 그것들에게 사람 머리 하나 터트려 죽이는 것쯤은 일도 아니었죠.

그것들은 스스로를 시스템의 이행자라고 자부했어요. 그러고는 우리에게 살인을 지시했죠. 동료 혹은 적대 세력을 향해서요.

시작의 장을 두고 그냥 생존과 전투의 연속이었다고만 말할 수는 없는 게, 바로 그것들의 존재 때문이에요.

이쯤에서 당신이 무슨 생각을 하는지 알아요. 우리 누구나 그랬으니까요. 하지만 시스템은 신이 아니고 시스템의 대리자인 인도관들은 사자 같은 것도 아니에요. 그것들은…… 우리의 적이었어요.

Q. 아직도 각성자들에게는 그런 명령이 주입되고 있는 겁니까?

A. 오딘께서 시작의 장 내내 맞서 싸워 오셨던 게 바로 그거예요. 그분 덕분에 우리는 악의적인 퀘스트들에서 해방될 수 있었죠.

그분은 유일하게 '둠'을 해치우신 분이시며, 우리가 시작의 장에서 귀환할 수 있었던 것도 전부 그분께서 초자연적인 존재들로부터 우리를 방어해 주셨기 때문이었죠.

Q. 우리에게 초자연적인 존재라 함은, 카탈리나 같은 각성자들입니다.

A. 각성자들은 각 구간마다 초능의 위력이 천차만별이에요. 구간과 레벨이 차이가 날수록 대적할 수가 없죠. 앞서 제가 골드 구간이라고 밝혔지요?

당신에게는 제가 초자연적인 존재로 보일 수 있어요. 하지만 제게는 협회의 지도층인 마스터 구간과 챌린저 구간의 분들이 초자연적인 대상들이죠.

그중에서도 오딘께서는……(카탈리나는 오딘에 대해 말하기 힘들어했다) 유일하게 둠 중 하나를 해치우신 분이세요. 우리 본토를 습격했던 외계 생물들은 칠마제라는 일곱 둠들을 숭배하는데, 그런 존재들을 직접 대적하신 분은 그분밖에 없으시죠.

Q. 그럼 오딘은…….

A. 그분에 대해서는 언급하지 않겠어요(알려진 바와 같이 카탈리나 또한 오딘이라는 각성자에게 높은 경외심을 보였다). 확실히 말해 둘게요. 그분에 대해

또 뭔가를 물으시려 한다면 인터뷰는 여기서 끝이에요.

Q. 예. 알겠습니다. 계속 듣다 보니 지구를 본토라고 지칭하시더군요. 이태한 세계 각성자 협회장도 그렇게 지칭한 걸로 기억합니다.

A. 그래요. 그게 제가 인터뷰에 응한 이유예요. 최소 이십 년의 세월이었고, 시공간이 달랐던 '죽은 자들의 대지'와 관련된 던전을 많이 헤맨 각성자들은 두 배, 세 배가 더 늘어날 수 있는 세월이에요.

어쨌든 시작의 장은 그분으로 하여금 악의적인 시스템이 사라진 이후에도 긴 세월이 더 진행됐어요. 몬스터들은 더 많고 더 강해졌죠.

당신이 공포 영화에서나 봤던 존재들이 수만 개체씩 더욱 공포스러운 초능을 사용하며, 당신과 당신의 그룹을 죽이기 위해 혈안이 된 세상을 생각해 보세요.

그리고 악의적인 시스템은 사라졌지만, 그것이 우리에게 남긴 흉터는 꽤나 깊었어요. 서로를 불신하였고 각성자 간 힘의 차이가 그사이를 메꿀 수밖에 없었죠.

우리가 겪었던 수십 년은 그런 세상이었어요.

어땠을 것 같나요?

Q. 약육강식이로군요.

A. 돌아오지 못한 자들이 많아요. 몬스터나 다른 각성자들에게 죽은 자들도 있겠지만, 보세요. 시작의 장은 1막 3장, 2막 6장 총 아홉 개의 장으로 구성되어 있었어요. 각 장마다 달성해야 하는 목표가 분명했었죠.

그 전에 알아 두어야 할 것이, 시작의 장은 450만 개의 무대로 시작했다는 거예요. 1막 1장은 백 명씩 한 그룹이 돼서 크시포스 웨이브를 막는 게 목표였어요.

Q. 크시포스, 외계 군단의 하나를 말씀하시는 거군요?

A. 그래요. 일단 1막 1장만 놓고 보자고요. 크시포스 군단은 날이 지날수록 계속 몰려왔어요.

그것을 최종적으로 막는 것이 1막 1장의 목표였어요. 제가 시작했던 무대는 간신히 성공했어요. 하지만 성공하지 못한 무대가 있다면, 그 무대는 어떻게 되었을 것 같나요?

Q. 전멸입니까?

A. 시작의 장은 그렇게 구성되었어요. 미션이 있고 그 무대의 그룹이 이를 성공하지 못하면 전멸이며, 말씀드렸듯이 낙오 처리되는 거죠.

시작의 장은 약육강식의 룰로 지배되었던 세상이 맞아요. 하지만 필요한 일이었어요.

강한 각성자들이 주축이 돼서 강력한 지배력으로 휘하 각성자들을 통제하지 않았다면 각 장의 미션들을 달성하지 못했을 테니까요.

약육강식의 룰은 생존을 위한 자연 섭리와 같았어요. 우리는 그걸 당연하게 받아들였죠. 더 강한 자들이 우리의 생사를 주관할지라도 생존이 우선이었으니까요.

Q. '우리'라 함은 골드 구간 각성자들입니까?

A. 브론즈, 실버, 골드. 속칭 브실골이라고 하죠.

더 높은 구간의 각성자들에게 우리는 보충 자원이었어요. 예컨대 우리는 생산 작업들 외에도 그들의 기본적인 욕구를 해소시켜 주어야 할 의무가 있었죠.

그 외에도 전투에 필요한 창고 역할을 수행해야

한다든지. 정말 종이 한 장의 확률로 성패를 가르는 치열한 시점에서는 우리도 전투에 나섰어요. 장이 넘어가면서 그 횟수는 늘어났고요.

시작의 장은 갈수록 무서워졌어요.

Q. 기본적인 욕구에는…….

A. 신경 쓸 것 없어요. 맞아요. 성욕이 포함되죠.

보호받기 위해선 뭐든지 해야 했고 상부에서 명령이 떨어지면 거부할 수 없었죠.

하지만 우리 브실골들이 마냥 안주하고만 있었던 것은 아니에요.

박스제에서 레벨제로 변환되면서 우리도 적당히 강해질 수 있었고, 실제로 그 전환기에 공대장급 강자가 된 자들도 여럿 나왔으니까요.

Q. 박스제에서 레벨제로의 변환은 무슨 말입니까?

A. 시스템이 사라진 지금에서는 쓸모없는 이야기예요. 자세한 건 곧 출간될 제 책에서 다루고 있어요.

Q. 시스템이 사라졌습니까?

A. 네. 귀환 직전에. 그로써 전 각성자들의 힘의 차이에는 앞으로 변함이 없을 거예요. 있다면 잔존하고 있는 아이템과 인장의 유무에 따라 달라지겠죠.

Q. 시스템은 사라졌습니다. 각성자 여러분들이 지속해 왔던 생존의 삶도 끝이 났습니다. 그 여파로 세계 각국에서 각성자들의 주체 못 할 힘과 스트레스가 분출되고 있는 것으로 보입니다.

A. 모두가 알아 두셨으면 하는 점이에요. 세계 각성자 협회는 외계로의 진출을 약속했어요. 그때까지는 우리 각성자들이 보내 왔던 삶을 이해하셔야 해요.

세계 2차대전에서 유대인들은 어땠나요. 가족과 동료들이 희생되는 것을 보며 그들은 불안감과 죄책감을 달고 살아야 했어요. 월남전 때는 또 어땠나요. 귀환한 전쟁 영웅들은 병적 심리 상태를 떨치기 위해 많은 고생을 했고 이를 견디지 못해 스스로 목숨을 끊은 애국자들이 많아요. 하지만 국가에서는 그들을 외면하였죠.

이래서는 안 돼요. 우리가 세계를 구했다는 것과는 별개의 문제에요.

Q. 각성자들에게 국가 차원의 실질적인 지원이 필요하다는 말씀이시군요?

A. 그건 이미 세계 각성자 협회에서 시행하고 있어요. 염마왕께서 1조 달러를 각성자들을 위해 사용하셨어요.

제 말은 전 세계 각국이 각 나라의 각성자들에게 무언갈 지원하라는 게 아니에요. 적어도 우리 각성자들을 이해하려는 모습을 보여야 한다는 거예요.

세계 각성자 협회에서 '평화'를 모토로 두고 있기 이전에, 세계 각국도 협회와 공조해야 한다는 거예요.

말했듯이 우리 모두는 지옥에서 귀환했어요. 당신이 무엇을 상상하든 그 이상의 지옥이란 걸 확실히 말해 두겠어요. 우리가 지구를 본토가 아니라, 우리 이웃이 사는 지구 그 자체로 부를 시간이 올 때까지 기다려 줘야 해요.

지금 일어나고 있는 사건들은 국가와 세계인들이 우리를 이해하지 못해서 일어나고 있는 일들이에요. 우리들에게 호기심을 가지고 접근해서는 위험해요.

국가에서는 이를 막을 장치를 만들고, 세계인들 스스로도 이 사실을 인지하고 있어야 해요.

Q. 각성자들에 의한 살인 사건의 견해로 봐도 됩니까?

A. 물론이죠. 우리에게 호기심을 가지고 접근하지 마세요. 우리는 만화 속의 캐릭터들이 아니에요. 진짜 지옥에서 기어 나왔다고요.

제가 인터뷰에 응한 것은 정말 그 때문이에요. 여러분들이 우리에게 가지는 호기심이 얼마나 큰지는 알겠는데, 우리가 본토에 적응하길 기다려 주세요.

Q. 마지막으로 하나 더 묻고 싶은 게 있습니다.

A. 네.

Q. 마이애미 갱스터의 후속편을 기다려도 되겠습니까?

A. 시작의 날 이전에 계약이 진행된 사안인 걸요. 각성자이기 이전에 한 명의 배우로서, 저도 관객 여러분들을 만날 날만을 기다리고 있답니다.

이제 대역은 없을 거예요. 여러분들은 놀라운 액션을 보게 되겠죠. 장담해요. 마이애미 갱스터의 후속편과 곧 출간될 제 회고록도 많은 사랑 부탁드리겠습니다.

인터뷰가 끝나고 나서 나는 소름이 돋았다. 카랄리나의 미소 뒤에 감춰진 고통의 세월들을 조금이나마 예측할 수 있었기 때문이었다. 시작의 장은 힘이 지배했던 세상. 그 세상에서 살아남기 위해 이 가련한 여자가 무엇을 어떻게 해 왔을지, 차마 말로썬 내뱉을 수 없었다.

각성자들은 세계를 구했다. 하지만 그들이 세계를 구하는 데 사용한 초능들은 어느 날 기적 같이 떨어진 게 아니라, 그들 스스로 생존의 대가로 쟁취한 것이었다.

수십 년이었다. 약육강식의 생존 문명 속에서 외계 괴물들과 싸워 온 세월이 말이다.

이에 잊지 말아야 할 것은, 그들은 외계 괴물들과의 전쟁에서 승리하고 귀환한 자들이란 것이다. 포악하고 잔혹한 외계 괴물들을 대상으로…… < 하략 >」

기철이는 모니터에서 방문 밖으로 시선을 돌렸다. 소파에 비스듬히 누워 팬티 속, 엉덩이를 긁고 있는 아버지 성일이 보였다.

그때 드는 생각은 하나였다.

'저게 어딜 봐서 살인 기계란 거야. 그냥 흔한 아저씨인데.'

"아빠! 나 잠깐 나갔다 올게."

"껌벅 정신 줄 놓으면 길 잃는다잉. 잘 찾아올 수 있으?"

"무슨 어린애도 아니고…… 갔다 올게."

＊　　＊　　＊

일성 호텔, 일성 백화점, 일성 면세점 등 온갖 집합 건물이 한 묶음으로 연결되어 있는 거기는 성일의 말대로였다.

행여나 이용객들이 길을 잃을까 봐 표지판이 덕지덕지 붙어 있었어도 무작정 돌아다니다 보면 길을 잃기에 충분했다.

기철이는 호텔 건물에서 백화점으로 길을 잘못 들었다가 간신히 호텔로 돌아오는 데 성공했다. 그리고 물어 물어서 수영장에 도착했다.

그중에서도 VVIP 회원 전용으로 구분되어 있는 수영장은 실내 온도며 물 온도까지도 4월에 이용하기 알맞았다.

'끝내준다.'

기철이는 이런 상류층의 삶은 드라마 속에나 있는 것으로만 생각했었다.

드라마는 가짜지만 현실은 진짜였다. 실제로 한 여자가 수영복 차림으로 제 앞을 지나갔을 때, 기철이는 그녀의 아찔한 뒤태에서 눈을 뗄 수가 없었다.

한창 사춘기인 기철이로서는 황급히 썬베드에 자리를 잡았다. 아빠 성일의 표현에 따르면 가운데 몽둥이로 피가 쏠렸기 때문이었다.

기철이는 침을 꿀꺽 삼키며 스마트폰 메신저부터 켰다.

〈 칼리버 아들: 지금 누구 봤는지 알아? 〉

〈 이용주: ㄴㄱ? 〉

〈 칼리버 아들: 권세희. 그것도 비키니 차림. 실물이 더 죽여. 〉

〈 이용주: 컨셉질 ㄴㄴㅎ 〉

〈 칼리버 아들: 컨셉 아니라니까. 〉

〈 오딘 아들: 그럼 우리 아빠는 오딘이다. ㅂㅅ아. 〉

〈 칼리버 아들: 용주야. 그러다 큰일 난다. 빨리 제대로 돌려. 그분 이름 함부로 쓰면 안 돼. 〉

〈 오딘 아들: 남이사. 칼리버는 되고 오딘은 안 되냐? 〉

기철이는 수영장 풍경을 찍고서 바로 채팅방에 올렸다. 물론 자신의 얼굴이 나오게 그리고 유명 여배우 권세희의 뒷모습이 포함되게.

〈 오딘 아들: 머야? 어디야? 〉

〈 칼리버 아들: 일성 호텔 수영장. VVIP 전용. 여기 장
난 아니야. 〉

〈 오딘 아들: 헐ㅋ 〉

〈 칼리버 아들: 놀러 와. 우리 아빠가 친구들 얼마든지
불러도 된대. 〉

〈 이용주: 야 진짜야? 〉

〈 칼리버 아들: 태세 변환 보소 〉

〈 이용주: 야 진짜냐고. 너네 아버지가 칼리버야? 〉

〈 칼리버 아들: ㅋㅋㅋ 〉

〈 이용주: 대박 〉

〈 칼리버 아들: 혼자 노니까 심심하다. 와라. 딴 애들한
테 말하지 말고 너만 와. 특별히 허가하노라. 호텔 로비에
서 나 찾아왔다고 말하면 돼. 〉

〈 이용주: 대박 소름 〉

〈 칼리버 아들: 얼마나 걸려? 〉

〈 이용주: 두 시간? 〉

〈 칼리버 아들: 택시 타고 와서 호텔에 내 이름하고 우리
아빠 이름 대. 〉

〈 이용주: 칼리버? 〉

〈 칼리버 아들: ㅇㅇ 빨리 와. 심심해 〉

〈 이용주: ㅇㅇㅈㄴㄸㅇㄱ 〉

〈 칼리버 아들: ㅇㅋ〉

〈 이용주: ㅇㅋㅋㅋㅋㅋㅋ 〉

기철이는 절친 용주가 오는 동안 수영을 즐겼다. 아닌 척
하면서 권세희와 코스가 맞닥트리게 움직였다. 그녀가 앞
에서 진행하여 기철이 옆을 지나칠 때면 기철이의 고개도
자연히 그녀의 엉덩이 쪽으로 향했다.

비키니를 입은 권세희라니? 그것도 자신의 바로 앞에
서?

기철이는 그것 하나만으로도 아버지의 위력을 실감했다.

인터넷에선 각성자를 두고 온갖 말들을 해 대기 시작했
지만 그래도 변함없는 것은, 각성자들은 정말로 전 세계를
구한 영웅들이란 것이다.

수십만 명의 각성자 중 일부가 문제를 일으켰다고 해서
모든 각성자들이 전부 살인 기계로 매도될 순 없는 것이었
다.

아빠만 봐도 그렇지 않은가.

'잘 모르는 것들이 꼭 그래. 잘 알지도 못하면서.'

문득 흥이 깨져 버린 기철이는 풀장 밖으로 나왔다. 권세희가 비키니 차림으로 수영하고 있는 모습은 더 눈에 들어오지도 않았다.

그때부터 기철이는 인터넷 커뮤니티들을 돌며 각성자들을 매도하는 글들에 댓글을 달기 시작했다.

　ㄴ하여간 고마운 걸 몰라. 구해 줬더니 보따리 내놓으라고 하네. ㅉㅉㅉ.

　ㄴ아니거든? 뭐 눈엔 뭐만 보인다고. 착한 각성자들도 얼마든지 있거든?

　ㄴ각성자 함부로 까다간 인류 끝장남. 세계 군대들도 어쩌질 못했던 괴물들을 그냥 날려 버린 게 지금 각성자들임. 막말로 각성자가 너희들 말대로 통제 불능이면 벌써 세상 끝났지. 어떻게 막을 건데?

　ㄴ나 아는 사람이 각성잔데, ㅈㄴ 착함. 잘 모르면 아닥하는 게 상책.

어린 시절, 아빠에 대한 좋은 기억은 없었다. 엄마와 항

상 싸웠고 그 큰 체구에서 언성이 높아졌을 때는 항상 조마
조마했었다. 거기에 지지 않고 득달같이 달려드는 엄마 또
한 이해하기 어려웠었다.

그러다 정말로 아빠가 못 참아서 때려 버리면 어쩌려고?
그렇게 엄마와 아빠가 싸울 때마다 울고 불며 아빠의 바짓
가랑이를 잡고 매달렸었다.

돌이켜 보면 당시에 부서졌던 집안 집기들은 다 엄마가
그랬던 것이지만.

아빠는 그대로 화가 나서 나가 버리면 며칠간 돌아오지
않고, 돌아올 때에도 술에 취해 들어오기 일쑤라 또 싸움이
시작되던 옛날이었다.

하지만 시작의 장에서 돌아온 아빠는 정말로 달라지셨
다.

엄마와 자신에게 대하는 것만 아니라, 새아빠라고 부르
기도 싫은 늙다리한테도 날을 세우지 않으셨다.

엄마가 집을 비울 때마다 아빠 흉만 봤던 그 늙다리에게
까지 말이다.

늙다리가 아빠를 두고 했던 흔한 표현이 '막노동판에서
늙다가 폐지나 주울 팔자' 였다. 그러며 자신에게도 그 피
가 어디 가겠냐고, 힐난했던 게 또 늙다리였다.

아빠에게 그 전부를 들려줬다간 아빠 성격에 큰일 날 것

같아서 다 말하진 않았었지만, 아빠도 대강은 눈치채고 있었을 것이다.

그런데도 늙다리에게 한 방 먹이지 않았다. 오히려 자신을 지금까지 돌봐 준 게 고맙다나 뭐라나.

아빠는 그렇게 달라지셨다. 그런데 뭐 어쩌고 저째? 아빠가 살인 기계라면 돌아온 즉시 늙다리의 뚝배기가 깨졌을 것이다.

"여기야!"

기철이는 용주를 발견했다.

허둥대면서 주변을 두리번거리고 있는 용주의 모습이 사뭇 재밌었다.

"너 진짜네. 진짜야."

"속고만 살았냐. 진짜라니까. 우리 아빠가 칼리버야."

기철이는 용주의 목을 감쌌다. 용주가 아니었으면 아빠를 만나기 힘들었을 거다.

실제로 시작의 날이 있기 전에 준비가 끝나 있었다.

그동안 꼬불쳐 둔 돈을 가지고, 미리 얘기가 끝난 부산 쪽의 가출 팸에 들어갈 준비 말이다. 서울에서 최대한 멀리 부산으로.

그때 터미널까지 쫓아와서 강제로 자신을 붙잡아 줬던 친구가 용주였다.

"야. 너네 아버지라서 하는 소리가 아니라, 칼리버면 각 성자들 중에서도 탑중에 탑이잖아. 엄청 쎄시겠다."

"첼린저래."

"클라스…… 그래서 앞으로 여기 살아?"

"그럴 것 같아."

"학교는?"

"그건 학교 열리면 다시 생각해 보자는데? 내가 원하는 대로 해 주신다고. 아마 학교 가까운 데로 집 옮기지 않을 까. 나도 전학 가고 싶진 않아."

"대박이다."

"그때까지 아무 때나 놀러 와. 아빠한테 니 얘기 들려주 니까, 너네 부모님도 놀다 가셔도 된대. 방 얼마든지 있다 고. 말만 하래."

"우와. 너희 아버지 엄청 부자시다."

"우리 아빠가 부자가 아니라 이태한 삼촌이 부자야. 여 기도 이태한 삼촌 거고. 이태한 삼촌 알지?"

"어. 일성."

"어제 같이 밥도 먹었어."

"그러니까 이태한이 이제 니 삼촌이 되는 거냐?"

"이태한 이태한 하지 마라. 이제 내 삼촌이잖냐."

"야 근데…… 너희 아버지 안 무서워?"

"무섭긴. 그냥 우리 아빠야. 너는 인터넷 믿지 마라. 다 몰라서 하는 소리야."

"이거 봤어? 어? 바로 짤렸네. 괜찮아. 다운 받아 놨어."

"뭔데."

"일단 봐 봐. 완전 미쳐."

기철이는 용주에게 스마트폰을 건네받았다. 그 속에서 펼쳐지기 시작한 영상은 인터넷에 돌아다니는 사진과는 차원이 달랐다.

외계 괴물들이 배를 드러내고 내장을 흘리거나, 징그립고 혐오스러운 대가리 같은 것이 순간 포착된 한 장면 따위가 아니었다.

기철이의 심장이 빨리 뛰기 시작했다. 동영상 속, 건물 잔해에 밖으로 튀어나온 건 짓뭉개진 사람의 얼굴이 틀림없었다. 차에 깔린 고양이를 보는 것도 힘든 기철이로선 제대로 볼 수 없었다.

그래서 황급히 핸드폰을 꺼 버리며 얼굴을 일그러트렸다.

"으엑. 이런 것도 가지고 다니냐."

"너 보여 주려고 했지."

"이게 뭐야."

"더 안 봐?"

그때부터 기철이는 실눈을 유지했다. 지금도 같은 공간 안에 있는 권세희가 진짜인 것처럼 영상 속에 존재하는 아비규환도 진짜였다.

거기의 주인공은 각성자인 게 분명한 중국인 남자였다. 무엇인지 모를 분노에 차서 고함을 질러 대고 있었는데, 그가 중국인이라고 특정할 수 있던 까닭은 간판들이 한문으로 되어 있기 때문이었다.

남자가 걸어 다닐 때마다 피가 튀고 팔다리가 날아다녔다.

세상에 그런 괴물이 따로 없었다. 난장판이 된 시가지 안에는 군인들도 많았지만, 괴물을 상대하기에는 역부족이었다.

괴물은, 그 중국인 각성자는 군인들의 머리를 산 채로 잡아 뜯었다. 뜯어진 머리 밑으로 축 늘어지며 딸려 나온 것은 사람의 척추였다.

기철이는 영상을 정지시켰다. 어쩐지 현기증이 일어나는 것 같았다.

벌렁거리는 심장은 좀처럼 진정되지 않고 가슴벽을 때려 댔다. 돌연한 오싹함으로 인해 솟구친 온몸의 아드레날린이 기철이의 뇌리까지 치밀어 올랐다. 기철이는 이런 끔찍한 광경은 난생처음이었다.

더 볼 수가 없었다. 속이 메슥거렸고 방금 본 것이 앞으로 오랫동안 머릿속에 남을 거라는 걸 직감했다.

우연히 인터넷에서 엽기 동영상을 클릭하고 말았을 때처럼. 하물며 이 영상은…….

"아 쫌. 말 좀 해 주지. 역겨워 죽겠네. 씨. 그리고 우리 아빠 이런 사람들 하고 달라. 그냥 평범해. 아빠한테 가 볼까?"

"진짜지?"

"우리 아빠도 너 보고 싶어 하셔. 따라와."

*   *   *

성일은 용주에게 용돈도 듬뿍 주었다. 앞으로 기철이와 싸우지 말고 친하게 지내라는 덕담도 해 주었다. 기철이가 탈선하지 않게 도와준 용주를 위해서라면 무엇이든 해 줄 수 있는 마음이었다.

"아저씨 스킬 한 번 보여 줄 수 있으세요? 네?"

"근디 아저씨가 스킬 쓰면 호텔 무너진다잉. 흐허허. 우리 기철이 친구니께 용주한테만 특별히 알려 주는 거여. 아저씨는 스킬 같은 거 필요 없으. 아저씨 주먹이 스킬이거든."

"와. 그런데 아저씨는 왜 칼리버세요?"

"그것은 말이여. 앞에 '인간' 이 빠진 거여. 인간 칼리버 하믄 멋탱이가 없응게 그냥 인간 빼고 칼리버라고만 하는 거여."

"인간 칼리버요?"

"그려. 인간을 무기처럼 휘두른다고 인간 칼리버여. 그게 아저씨 주력이거든."

"우와……."

"또 궁금한 거 있어?"

"그럼…… 사람도 죽여 봤어요?"

"야!"

기철이가 바로 소리쳤다.

"괜찮으. 죽였다기보다는 제거했었지 아마. 뒤통수치는 것들의 뚝배기 겁나 깨 부렀으. 다들 그려. 그러니까 너희들도 행여나 각성자 만나믄 조심하고, 우리 아빠가, 내 친구 아빠가 칼리버라고 말혀. 그럼 알아서 길 텡게."

"우와. 하나 더 궁금한 게 있는데, 이거 보셨어요?"

"뭔디."

"아저씨. 이 사람보다 쎄세요?"

성일은 용주가 재생시킨 동영상을 보다가 기철이를 살폈다.

태한 동상이 그랬다. 전 세계 몬스터를 진입하던 과정에서 생긴 일들이나, 그 이후의 일들이 인터넷에 퍼지는 걸 막기는 힘들 거라고.

그래도 이제 중학생인 녀석들이 보기에는 끔찍한 영상임

이 틀림없었다.

성일은 영상 유포자를 향해 부아가 치밀어 올랐으나 그 감정을 고스란히 드러낼 수 없었다. 어쨌거나 기철이와 기철이의 친구 앞이었다.

"너그들이 보기엔 너무 잔인한디? 이거 지워라잉."

"그럴게요."

"아저씨가 이짝보다 쎄냐고 물었지?"

"예."

"이짝은 골드 구간 초입 같은디. 기철아. 아빠는 뭐다?"

"첼린저."

"그려. 이짝 같은 것들이 수십만 명 달려들어도 아저씨한텐 한주먹도 안 되는 것이여. 그라고 아저씨는 이렇게 맘대로 하고 다니는 꼴 못 봐. 아저씨가 기철이하고 용주가 살아가는 세상. 아주 평탄하게 만들어 놓을 거니께 느그들은 이런 거 걱정 말고 건강하게 잘 자라기만 혀. 세상 살다 보니께 공부 다 필요 없더라. 알아서 살길 찾아가니께 느그들은 그냥 건강하게 잘 크기만 하란 말이여. 알긋지?"

성일을 바라보는 기철이와 용주의 눈은 한없이 반짝거렸다.

기철이와 용주가 나가고 나서였다.

"대박. 너희 아버지 정말 멋지시다."

그런 흐뭇한 소리가 점점 멀어지고 있을 때. 성일의 얼굴이 굳어졌다.

시스템이 증발했다고 하지 않았던가? 그런데 눈을 감으나 뜨나 정면으로 뜨는 건 틀림없이, 시작의 장에서나 봤던 메시지였다.

[당신은 둠 맨의 사대 제사장 중 한 명으로 임명 되었습니다.]

[최고 제사장: 이태한

사대 제사장: 마리, 염마왕, 오시리스, 칼리버]

[인간 군단의 의례 '전환'을 습득 하였습니다.]

[전지전능한, 둠 카오스로부터 지령이 도착 했습니다.]

[의례 '전환'을 수행하라 (지령)

성(星) 드라고린의 군단과 칠마제 군단의 전투가 종결로 치닫고 있습니다. 인간 군단의 참전까지 얼마 남지 않았습니다. 준비하십시오.

인간 군단의 본토에는 올드 원이 남긴 던전들이 잔존해 있습니다. 던전의 출구를 전장을 향해 바꿔 놓아야 할 것입니다.

의례 '전환'이 이를 가능케 합니다.

성공: 던전의 출구들이 성(星) 드라고린으로 이어집니다. 인간 군단의 의례 '황금 만능주의'를 습득 합니다.

실패: 알 수 없음]

"쓰벌…… 이게 뭐시여."

*   *   *

서울에 막 들어왔을 때 두 군데에서 연락이 들어왔다. 둘이 해 온 연락은 그냥 지나칠 수 없는 것이었다.

부모님을 뵈려 했던 것을 잠깐 미뤄 두며 말했다.

"일성 호텔로 바꿉시다."

택시 기사는 백미러로 날 슬쩍 보고는 웃는 목소리로 말했다.

"예약은 잡아 두셨나요? 거기 지금 난리도 그런 난리가 없는지라. 왜 칼리버라고 우리나라 각성자 중 대단한 사람이 거기 머문답니다."

예약을 잡아 두었다고 대답했을 때쯤, 택시 기사가 라디오 볼륨을 높였다.

"코스피 현재 시황입니다. 오후 2시 13분 현재 코스피는 전일 대비 52.94포인트 상승한 1273.90을 기록하고 있습니다. 이날 코스피는 전 거래일 대비 12.33포인트 상승한 1233.29포인트에서 시작했습니다.

미국의 주도하에 대중 경제 제재가 실시된 지 이 주일이 지난 현재까지도 전 세계 증시가 상승세를 유지하고 있는 가운데, 오늘 낮 세계 각성자 협회에서 발표한 '각성자 대상 마이크로 칩 이식' 안이 그간의 우려를 불식시키고 급등세를 주도하고 있습니다.

또한 일성 그룹 모기업을 포함한 계열사 전체의 주가는 오늘도……."

"이야. 주식쟁이…… 투자자들 돈 버는 소리가 들립니다. 그렇죠?"

보통 택시 기사들은 사람 보는 눈이 있는 사람들이다.

승객의 행색, 분위기, 목적지로 추측할 수 있는 것도 그렇지만 기사 경력이 늘어나면 늘어날수록 그보다 더 많은 것이 눈에 들어오는 것이다.

내가 대화하기 싫어한다는 것을 눈치챘음에도 말을 걸어오는 이유는 하나였다.

내게서 주식 투자에 대해 조언을 구하고 싶은 기색이었다.

"늦지 않았습니다. 지금 들어가도 손해 보는 일은 없을 겁니다."

"그런가요? 어떤 손님분은 지금이 꼭대기라고, 지금 들어가면 물린다고 하던데. 선생님 생각은 조금 다르신가 봅니다. 허허허."

"지금 사시고 2500포인트 돌파할 때 반쯤 정리해 두세요."

과연 택시 기사가 내 조언대로 따를지는 미지수다.

일성 호텔 쪽은 택시 기사의 말마따나 상당히 복잡했다.

입구에서부터 취재진의 열기가 뜨거웠다. 호텔 측의 보안 요원들 역시 방송 차량이 진입하지 못하도록 동분서주하고 있었는데, 카탈리나라고 하는 저구간 각성자의 인터뷰가 그다지 소용없었다는 걸 보여 주는 광경 같았다.

로비에서부터 안내를 받아 성일이 머무는 객실까지 도착했다.

거기는 소주 빈 병들이 박스째로 놓여, 하루에 수만 달러 하는 최고가 객실과는 대조적인 풍경을 자아내고 있었다.

성일이 터줏대감처럼 자리 잡고 있는 소파 앞 테이블 위에도 소주병들이 가지런히 올려져 있었다. 글라스에 채워진 것 또한 물이 아니라 소주였다.

성일은 한 모금, 한 방울에 애가 탔던 시작의 장에서의 한을 풀고 있었다.

그렇다고 그가 취한 것은 아니다. 하고자 한다면 반 모금으로도 만취 상태까지 끌어올릴 수 있겠지만 반대로 들이부은 양과는 상관없이 취기를 조절할 수 있는 게 지금의 성일이다.

"이야. 양장빨 제대로 받수다. 하시던 일은 잘 마무리하고 오셨수?"

"기철이가 뭐라 안 하나?"

"아빠 주량 엄청나다고 칭찬하던디. 쩝. 고놈 소주 좀 까본 것 같으요. 머리에 피도 안 마른 것이…… 다 제 불찰이지만."

"아이는 부모를 고스란히 보고 배운다. 부모가 솔선해야돼."

"그러니까 오늘까지만이요. 이제 술 끊을라고요."

"어련하실까."

"흐흐. 어제 태한 동상이 주고 간 것 있는디, 그것 좀 드실라요? 제 입맛에는 영 안 맞아서리. 비싸기만 허벌나게 비싸지, 저 같이 저렴한 인간한테는 영."

"기철이는?"

"친구 불러서 놀고 있수. 용주라고 아비보다 나은 놈이요. 태한 동상이 여러모로 신경 써 줘서 참 고맙더이다."

성일이 모르는 사실이 있다. 일성 호텔, 백화점, 면세점 등 여기에 묶여 있는 모든 시설들은 전일 그룹의 소유라는 것.

브랜드만 과거의 것을 그대로 사용할 뿐, 주머니 주인은 오래전에 바뀌었다.

대충 자리를 잡고 앉을 무렵, 성일이 준비해 뒀던 것을 들이밀었다.

그에게 떴던 메시지와 창들을 보이는 대로 적어 둔 것이었다.

연희에게 들었던 것과 동일했다.

"의례 이거 지금 시작해야 하는 거 맞수? 그럴람은 마리 누님은 바로 지척이니께 상관없는디. 염마왕하고 오시리스가 문제요."

"기다려 보자. 마리도 불러 놨으니까."

"이리로요?"

"그럼 기철이 혼자 두고 가게? 며칠이 걸릴지도 모르는 일인데."

"아……."

성일은 감동받은 얼굴로 코밑을 비비적거렸다.

*　　　*　　　*

의례, 황금 만능주의는 무엇일까.

둠 맨의 성향 혹은 그 군단의 성향에 따라서 사용할 수 있는 의례에 차이가 있는 것만큼은 확실했다.

성일과 같은 층의 객실로 자리를 옮기고 나서였다.

성일이 한 소년을 데리고 들어왔다. 제 아버지가 아니라, 제 어머니의 DNA를 완전히 가져왔는지 체구가 여리여리하고 얼굴은 달걀형이었다.

"뭐 혀. 후딱 인사드리지 않고. 이분이 바로 오딘이시여."

"안, 안녕하세요. 저는……."

"네가 기철이지?"

"예."

"네 아버지는 너 하나만 보고 시작의 장을 견디셨다. 그리고 최고 각성자의 한 분이 되셨지. 잊지 마라. 네가 어떤 아버지를 두고 있는지."

"예."

"평소 몸가짐 잘하고. 너 하나 잘못되면 네 아버지는 널 위해 세계 전쟁이라도 불사할 테니까. 무슨 말인지 알지?"

"아…… 알아요."

"그래."

"그런데 그 쿠폰……."

"잘 생각하고 사용해."

성일은 기철이를 되돌려 보내고 나서 민망하다는 듯 겸연쩍게 웃었다.

"아직 아새끼지요?"

"부모 눈에만 그리 보이는 거고. 중2면 다 여문 거지. 제일 예민할 때야. 그나저나 널 안 닮아서 다행이다."

"흐흐. 꼭 자식 키워 본 것처럼 말씀하시는디, 마리 누님하고 좋은 소식 언제 들려줄 거요? 국수 겁나게 먹어 불라고요."

그때 연희가 도착했다. 그녀는 호텔 측 안내자 없이 혼자 들어왔다.

"방금 걔 기철이야?"

"예. 누님."

"엄마 닮았구나? 다행이다."

"왜 다들 그리 말한디야. 귀에 아주 딱지 박히겠수. 사내 얼굴이 이만하믄 먹히는 거 아니요."

"정말?"

"예? 뭐가요. 누님."

"정말로 잘생겼다고 생각하는 거야?"

"잘생겼다는 게 아니고 사내답잖소. 나이트 가믄 미씨들이 아주 끔뻑 죽으요. 허벅지 쓰다듬고 난리 부르스 장난 아닌디."

"그렇게 안 봤는데 성일이 아주 못됐네. 바람도 폈어?"

"누님도 참. 이혼하고 난 다음 얘기요. 그 전엔 전 여편네한테 의리 어긴 적 없수. 그렇지 않아도 오딘께 국수 언제 먹여 줄 거냐고 물었는디, 누님. 언제 소식 들을 수 있는 거요? 그날만 눈 빠지게 기다리고 있구만."

"성일아. 이제 한 달도 안 됐어. 여기에 완전 적응했구나?"

"쐬주 한 잔에 인생이 담겨 있는디, 수십 박스 까 부렀으니 말 다한 거 아니요. 흐흐."

"냄새만 맡고도 취하겠다. 기철이가 뭐라 안 해?"

"아따. 한 쌍의 원앙 아니랄까 봐 아주 일심동체시오. 누가 보면 약속이라도 한 줄 알겠수. 증말 날만 잡으면 될 것 같은디."

"응?"

"그런 게 있수."

성일이 되지도 않는 윙크를 해 보였다. 연희는 그 옆모습을 보고는 으으으 하고 고개를 젓더니, 이내 화사한 미소를 지었다.

진심에서 우러나오는 즐거움으로 보였다. 그녀가 안고 있는 크시포스 또한 고로로로 하는 괴이한 소리를 내기 시작했다.

"그런디 그거 그렇게 데리고 다녀도 되는 거요? 그러니께 제 말은 여기, 개새끼 출입 금지 아니요. 겁나게 비싼 덴디."

*   *   *

그날 밤.

지애 누나가 오르까에 대한 소식을 전해 왔다. 각성자들이 처음 자리했던 호텔을 전부 비워 버린 지금, 오르까 또한 협회 본부인 전일 리조트의 한 동으로 자리를 옮긴 상태였다.

누나답게 스마트폰으로 찍어 보낸 사진 속 거기는 괴수의 소굴이 되어 있었다.

깨진 창밖으로 거대한 촉수들이 꿈틀거리고 있는데, 그 안이 어떻게 구성되어 있을지야 빤히 보이는 일이란 것이다.

제이미를 통해 오르까가 차지한 구역에 누구도 접근하지 못하도록 조치를 취하고 난 후, 스마트폰을 한쪽으로 밀어 두었다.

연희가 기다렸다는 듯이 배 위로 올라탔다. 그녀가 말했다.

"많이 기다렸어. 떠날 땐 이 주나 걸릴지 몰랐지."

"많이 굶주린 게 아니고?"

"호호호. 그럼 어디 굶주린 괴물한테 잡아먹혀 볼래요?"

"아니. 내가 더 급해."

연희를 껴안아 옆으로 넘어트리자, 그녀가 꺄 하고 짧은 탄성을 질렀다.

그때 스마트폰이 또 울려 대는 것이었다. 이 번호로 전화를 걸 수 있는 사람은 손에 꼽는다. 부모님, 연희, 성일, 김청수, 지애 누나, 제이미 그리고 제이미를 통할 수 있는 몇몇들뿐.

연희는 이불 속으로 기어들어 가서는 얼굴만 빼꼼히 내밀었다.

"염마왕이나 오시리스일지도 몰라."

그녀의 말은 반은 맞고 반은 틀렸다.

〈 조슈아 폰 카르얀이 그의…… 그의 사람들과 입국했어요. 뒷문을 통하지 않고 본인들을 노출했어요. 〉

당혹함이 서린 목소리였다. 제이미와 통화를 끝낸 즉시 리모컨을 찾았다.

구태여 관련 채널을 찾을 필요가 없었다. 모든 방송사에서 조슈아와 그의 공격대를 집중 조명하고 있었다. 텔레비전 전원을 켜자마자 입국 광경이 펼쳐졌다.

「 [속보] 독(獨) 카르얀 총수, 세계 각성자 협회 이사. 조슈아 폰 카르얀 입국 현장 」

조슈아는 어김없이 네크로맨서 로브를 입고 있었다. 후드 속을 채우고 있는 건 어둠뿐이었다. 카메라가 아무리 초점 거리를 조절해 화면을 키운들, 텅 빈 공간의 불가사의한 어둠만을 확대할 뿐이다.

또한 조슈아의 공대원들도 시작의 장에서 입고 있던 차림 그대로였다.

지우려야 지울 수 없는, 핏물이 찌든 장비들에선 텔레비전 밖으로까지 당시의 피비린내를 물씬 풍겨 내는 것 같았다.

그들의 일그러진 얼굴 위로는 살기등등한 눈빛들이 카메라들을 위협하고 있었다.

제이미가 당혹해하던 목소리나, 입국 현장의 정적은 그 때문이었다.

누가 보더라도 어둠의 사신이 악마들을 끌고 온 것처럼 보였다.

"이수원 기자입니다. 전격 입국하신 까닭이 무엇입니까? 이태한 회장을 만나러 오신 겁니까? 마이코 로칩 때문입니까?"

멀리서 외쳐 대는 한 기자의 목소리 외에는 다른 소리가 없었다.

일성 호텔에 몰려들어 있던 정도만큼이나, 거기에도 기자들이 바글거렸다. 하지만 그들의 앞을 누구도 가로막지 못했다.

자연히 길이 열렸다. 송출 영상은 그들이 검은 승합차량에 타는 모습을 끝으로 스튜디오 데스크로 전환되었다.

아나운서는 제 직분을 잠깐 잊은 듯했다. 큐 사인이 수차
례 들어왔을 텐데, 넋을 놓고 있는 모습이 5초가량 이어졌
다.

「[속보] 카르얀 총수, 휘하 각성자들과 전격 입국」

"입국 현장에 나가 있는 취재 기자 연결합니다. 박
소윤 기자."

"네. 오시리스라고도 알려진 조슈아 폰 카르얀, 카
르얀 총수가 지금 막 전격 입국했습니다. 기자 회견
대를 거치지 않고 준비되어 있던 차량을 타고 유유
히 떠났습니다."

「[속보] 카르얀 총수, 기자 회견 거부」

"그런데 카르얀 총수와 휘하 각성자들의 외양이
사뭇 눈길을 끄는데요, 또한 그간 카르얀 총수의 행
방을 두고 많은 의문들이 제기되어 왔지 않습니까.
지금 시국에 아이템을 착용하고 전면에 등장한 것을
어떻게 받아들여야 할까요?"

「[속보] 카르얀 총수, 얼굴을 가리는 아이템을 장비. 휘하 각성자들 또한 아이템을 장비.」

"카르얀 그룹의 총수 조슈아 폰 카르얀이 아닌, 세계 각성자 협회 이사 오시리스의 신분으로 입국하였다고 보여집니다. 세계 각성자 협회에서 전 각성자들을 대상으로 마이크로칩을 이식하겠다고 밝힌 게 어제입니다. 카르얀 총수의 전격 입국으로 새로운 국면을 맞이하게 되는지, 전 세계의 이목이 집중되고 있습니다."

"지금 들어온 소식이 하나 있습니다. 카르얀 총수와 같이 행방이 묘연했던, 세계적인 금융 그룹 조나단 투자 금융 그룹의 대표 이사 조나단 헌터가 미국에서 출발했다는 소식입니다."

「[속보] 조나단 투자 금융 그룹 대표 이사, 조나단 헌터도 한국행 」

"네. 각성자 등록일을 이 주 앞두고, 현장 기자단은 마이크로칩 이식에 대해 협회 내 의견이 나눠진 것 아니냐는 의문들을 제기하고 있습니다. 한편 세계 각성자 협회의 총본부가 우리나라에 위치하게 된 것, 그리고 세계 각성자 협회장에 이태한 회장이 선임된 점에 대해 우리나라의 위상이 전 세계에……."

더 볼 것 없었다. 둠 맨의 사대 제사장이 모두 모이고 있다.

아무래도 자리를 옮겨야겠다.

Chapter 5.

원래는 성일이 기철이를 생각하는 마음을 고려해 호텔에서 진행할 마음이었다.

하지만 조슈아가 예상치 못하게 세간의 시선을 끌었다. 자리를 옮기기로 결정했다. 헬기를 타고 도착한 곳이 여기 구(舊)전일 리조트, 현(現) 세계 각성자 협회 총본부다.

"아빠. 저기……."

기철이가 지상을 가리켰다. 오르까가 차지하고 있는 한 동 전체를 향해서였다.

갑자기 거대 촉수가 헬기를 꿰뚫듯이 치솟아 오른 시점에서, 기철이는 어린아이처럼 성일의 품으로 얼굴을 묻었다.

악, 하는 놀란 비명도 함께 말이다. 헬기 운전수도 놀랐던 것 같다. 헬기가 잠깐 균형을 잃었다. 그러나 여기로 미친 듯이 자라났던 거대 촉수는 곧 시작된 지점으로 빨려 들어가다시피 사라져 있었다.

"거봐. 오르까도 한몫하잖아. 건물 하나 내주기 잘했지?"

연희는 촉수들이 일렁거리는 괴기 건물을 향해 사랑스러운 시선을 띠었다.

"괜찮으. 기철아, 저거 우리들 쫄병이여."

"성일아. 말은 바로 하랬다? 오르까가 들으면 섭섭하겠어."

"그런데…… 누나는 왜 우리 아빠한테 계속 반말이세요?"

비행시간 내내 기철이가 연희를 향해 얼굴을 굳히고 있던 까닭이 바로 그 때문이었다. 기철이가 참다못해 용기를 내서 한 말에 연희가 까르르 웃어 버렸다.

"죄송허요, 누님. 우리 기철이가 좀 철이 없으요."

"아이들이 다 그렇지 뭐. 저 시기 아이들은 성일이보다 내가 더 잘 알걸? 기철아. 나는 누나가 아니라 이모야. 네 아빠보다 나이가 많단다. 더 쎄기도 하고. 그럼 이제 설명이 됐니?"

"……."

"서열 1위가 나야. 언젠가 네 소원을 들어줄 사람도 나고."

기철이는 나를 힐끔 쳐다보았다.

"물론 그분은 논외야."

어쨌거나 전일 리조트는 협회 총본부로 바뀌면서 과거의 풍경을 잃고 있었다.

풀장들은 하나같이 메워졌다. 그 위에 대리석이 깔렸다. 장벽들 또한 세간의 비판을 의식해서 그려 둔 벽화 따윈 일찍이 지워 버리고 오르까의 촉수처럼 감시 카메라를 덕지덕지 붙이고 있었다.

헬기가 옥상에 착륙했을 때, 지상에서는 전일 그룹의 로고 석상이 치워진 자리로 허공을 움켜쥔 주먹 형상의 석상이 설치되던 중이었다.

원래부터 협회 총본부를 목적으로 만들어진 곳이 거기다.

각성자 등록일 전까지 마무리 공사가 수월하게 진행될 것으로 보였다.

밤을 밝히고 있는 현장의 조명들이 새삼 눈에 띄었다. 지금도 공사판으로 어수선하지만, 우리가 고향 땅으로 복귀한 시점에는 더욱 어수선했을 것이다.

구(舊)레볼루치온과 투모로우 각성자들의 가족들이 여기에서 합동 장례식을 치렀다고 들었다. 살아 돌아온 소수도 본인들 가족을 찾지 않았고.

그때 보안 책임자 중 한 명이 헬기로 접근했다. 전투복에 군사 기업 화이트 워터의 기업 마크를 붙인, 민간인이다.

자동 화기로 중무장하고 조끼에는 탄창들을 꽂아 놓은 상태였다.

"뵙게 돼서 영광입니다. 베니라고 불러 주십시오."

기철이에겐 우리보다 그렇게 절도 있는 용병의 모습이 더 대단하게 보였는지 나와 마리에게도 보이지 않았던 탄성을 짧게 터트렸다.

*　　*　　*

애송이 기자들이 눈치채면 상당히 귀찮게 될 일이다. 나라의 주권을 떠들어 대며, 무장한 외국인 용병들을 향해 제멋대로 펜을 갈길 일이다.

아직 UN과 정식 협정이 체결되지 않은 시점이기 때문이었다.

하지만 청와대와는 말이 끝난 상태였다. 그들 역시 UN 상임이사국이기도 한 중국이 곧 항복을 선언하고 협정문에

도장을 찍을 거라 믿어 의심치 않는다 했다.

암묵적으로 여긴 치외법권. 세계 각성자 협회의 진짜 영역이다.

베니는 그간의 경과를 열심히 설명했다. 보안 총책임자 중 한 사람으로 시작의 날 이전부터 이후까지 여기를 총괄하는 동안, 화이트 워터의 끝에 내가 있음을 진즉 깨달았을 일.

그는 자신의 공적이 될 만한 것들을 감추지 않았다.

예컨대 한국지부 CIA와 외국의 스파이들이 멋대로 잠입을 시도하려 했던 것들을 차단한 일부터, 날아오는 동안 내렸던 마지막 지시에 대한 것까지.

그가 한참을 설명한 끝에 자리를 비우자 연희와 성일이 다가왔다.

연희부터였다.

"반드시 황금이어야 해."

"맞수. 제물로는 지폐를 바쳐야 하는 거요."

사대 제사장에게 띄워졌던 창에는 구체적으로 명시되어 있지 않았다.

하지만 둠 카오스의 의념이 내게 내려왔던 것처럼, 둘도 불현듯 느낀 게 있었다는 것이다. 제단은 황금으로 제물로는 지폐를 바쳐야 한다 했다.

달러든, 원화든, 엔화든, 유로화든 지폐라면 아무거나 상관없이 가치가 있다고 느끼는 것이면 다.

조금도 우습지 않았다. 오히려 내게는 그것이 공포로 다가왔다.

둠 카오스가 나와 우리 인류를 정확히 파악하고 있다는 게 아닌가. 혹은 거기에서 어떤 에너지를 느꼈던 게 아니겠는가.

성일이야 쐬주 한 잔에 인생이 담겼다고 말하지만, 진실은 그 종이 한 장에 우리 인류의 애환과 애욕이 집약되어 있는 것이다.

그것이 우리 세상을 움직이고 있는 힘이다. 둠 카오스는 그걸 알고 있었다. 어쩌면 내게서 파생된 무엇일지도 모르겠지만.

어쨌든 조슈아가 도착한 건 그로부터 두 시간 후였다.

"집안을 정리하고 있었습니다. 마스터."

조나단은 이튿날에 도착했다.

그리고 또 나흘이 지나간 후에야, 제단 방 공사가 끝이 났다.

아직 공사가 한창인 총본부 깊숙이.

비밀 통로와 보안 장치들로 이어진 거기는 황금의 방이었다.

얇은 금박을 처바른 게 아니라 실제 금괴들이 사방 벽과 바닥 그리고 천장을 구성하고 있었다. 각성자들인 우리들에겐 전기 시설이 따로 필요 없었다.

우리들 누구의 눈에도 어둠 속에 감춰진, 황금의 색채가 퍼져 있었다.

제단은 정면 벽에 설치되어 있었다.

"그럼."

사대 제사장들이 돈 가방을 올려놓기 시작했다. 쌓이고 또 쌓였다.

사실상 내가 없어도 되는 자리지만 직접 보고 싶었다. 한 가지 흥미로운 점은 저 돈 가방들은 제사장들의 주머니에서 나온 것이란 데 있었다.

사비 말이다.

조나단은 자신의 연봉을 따로 모아 둔 계좌에서 일부를, 연희는 나와 같이 던전을 돌면서 지급받았던 금액 중 일부를.

그래서 성일이 올려놓은 수량이 가장 적었다. 그는 각성자라는 이유로 세계 각성자 협회로부터 지급받았던 20만 달러에서 내놓고 있었다.

그게 둠 맨의 제사장들에게 걸린 제물에 대한 조건이었다.

내가 대신 내줘서는 안 된다고 말했다.

의미하는 바가 깊었다.

"이로써 준비는 끝났어. 이제 의식에 들어가기만 하면 되는데…… 각성자 등록일 전까지 끝날지는 감이 잡히지 않네."

연희가 말했다. 그 외에는 말을 아끼며 긴장한 얼굴을 보이고 있었다.

그들에게 고개를 끄덕이고 나서 입구 쪽으로 물러섰다.

연희를 시작으로 제단을 향해 무릎을 꿇었다. 어떤 주문이나 특정한 의식 절차가 있는 건 아니었다. 그러나 황금으로 밀폐된 좁은 공간에 채워진 긴장감이 공기를 짓누르는 듯했다.

순간 화악—!

제단에 올려져 있던 돈 가방들이 화염으로 타올랐다.

그때부터였다. 결코 환청이 아니었다. 그런 것 하나 분간하지 못할까.

소리들이 진짜로 나왔다.

깔깔깔—

웃는 여자 소리.

엉엉엉—

우는 남자 소리.

으아아악—

비명을 지르는 노인 소리.

그러고는 성별 나이 할 것 없이 뒤죽박죽이 된 소리들이 요동치기 시작했다. 발원지는 제단이었다. 제사장들은 무릎을 꿇은 채로 묵념만 하고 있었다.

그 소리들이 온갖 감정들의 집합체라는 사실을 깨닫기까지 오래 걸리지도 않았다. 그것들은 실내를 휘감아 돌았다. 끊이지 않았다.

우는 소리가 한바탕 고조를 높일 때면 나도 울컥하고 치밀어 오르는 게 있었다. 웃는 소리가 그 뒤를 따라붙으면 내 입꼬리도 씰룩였다. 비명을 지르는 소리에서는 뼈 아픈 통증이 이는 것만 같았다.

빌어먹을.

이런 격렬한 감정의 소용돌이 안에 내 사람들이 노출되고 있었다.

언제 끝이 날지 모를 시간을 두고.

　[당신의 제사장들이 의례 '전환'을 집행 하고 있습
니다.]
　[그들의 바람에 응답하려면 권능을 아껴 두십시오.
]

제단방에서 나오는 발걸음이 무거웠다. 다만 그들이 해
야 할 일이 있듯이 내게도 진행 중인 과제가 있다는 것을
상기했다.

중국과의 전쟁은 현재 진행형이다. 지금쯤 협정문을 받
고 느낀 바가 클 터.

곧 중국 측에서 움직임이 있을 것이다. 김청수에게 메시
지를 하나 날렸다.

　「 공략 준비 」

　　　　　*　　　*　　　*

중화인민공화국 국무원(中華人民共和國 國務院).

내수 시장에서 구할 수 있는 것이 있고 아닌 것이 있다. 그중에 하나는 의약품인데, 경제부장은 90년대 이라크 당시의 상황을 비춰 국제 인권 단체들에게 압력을 넣어 왔었다.

이런 식으로 계속 경제 제재를 가한다면 사상자가 발생할 거라고.

그것은 심각한 인권 문제가 아니겠냐고.

하지만.

"대체 일을 어떻게 하는 거냐!

경제부장은 정말로 핸드폰을 던져 버리고 말았다. 그가 던진 핸드폰이 부하의 얼굴에 적중해 윽 하는 소리가 터져 나왔다.

"죄송합니다. 인권 단체들은 각성자들에게 마이크로칩을 이식하는 사안에만 집중하기로 입을 맞춘 것 같습니다."

"주석님께는 이를 어떻게 보고해야 한단 말이냐."

중화를 향한 경제 제재가 국제 인권 단체를 통해 '비인도적 조치'로 받아들여지게 된다면 거기서부터 물꼬를 틀 수 있었다.

"죄송합니다."

부하는 시큰한 코와 거기에서 흘러나오는 코피를 수습할

틈이 없었다. 그에게는 경제부장에게 안겨 줄 비보가 하나
더 있었다.

UN에서 사전에 통보해 온 협정문. 그걸로 국무원 전체
가 혼란스러웠다.

　「 세계 각성자 협회와 UN 회원국 간의 협회원 지
　위에 대한 협정 」

협정문을 확인한 경제부장은 순간 할 말을 잃었다.

경제부장이 흔들리는 눈빛으로 부하를 쳐다보았다. 그러
자 재차 확인을 끝낸 일이라는 믿지 못할 답변이 들려왔다.

전 세계가 단체로 미쳐 버린 게 아니었다.

중화를 향해 절교를 선언하게 된 과정도 그렇지만, 이 협
정문이야말로 미친 짓의 끝이었다. 그렇다고 전 세계의 수
장과 그들을 보좌하는 엘리트들이 광인들이냐?

아니다.

그들 모두를 움직일 수 있는, 그러니까 모두를 통제할 수
있는 어떤 강력한 힘이 작용하고 있는 것이다. 그 외에는
답이 없었다.

"우리 중화인민공화국이 수용하지 않는다면, 각성자 등
록일 전까지 각 나라가……."

"각 나라가!"

"각 나라가 자체적으로 세계 각성자 협회와 동일 협정을 맺을 거라 합니다."

부하의 그 대답으로 경제부장은 정말 확신했다.

UN에서 결의되지 않아도 세계 전체를 움직이는 힘이 존재한다!

하지만 그 힘을 두고 빌더버그 클럽이라 점 찍기에는 산유국과 러시아까지 움직이고 있는 힘이 설명되지 않는다.

'빌더버그보다 더 큰 힘이다…….'

경제부장은 불현듯 미지의 거대한 힘에 압도당하는 기분이 들었다.

한기가 등줄기를 훑고 올라온다. 소름이 돋았다. 직전에 씩씩거렸던 것이 무색하게도 치솟았던 화가 쑥 꺼져 버린 것이다.

그 길로 자리를 박찬 경제부장은 똑같은 협정문에 자신과 똑같은 얼굴이 되어 있는 주석과 마주하였다.

그런데 주석도 같은 결론에 이르러 있었다.

"보시오. 부장. 빌더버그 클럽이 아니었소."

"예."

"우리 식견이 이리 좁았을 줄이야. 지금 시국이야말로 정저지와(井底之蛙) 아니오. 허 참. 우리야말로 우물 안의 개구리였던 거요."

각성자들이 그토록 두려워하는 오딘.

그에게 입신(入神)의 강력한 초능이 서려 있다면 세계 질서를 움직이는 거대한 힘 역시 그에 못지않으리라.

단언컨대 빌더버그 클럽은 아니었다. 경제부장은 고개를 박은 채로 그렇게 생각했다.

"그러니 우물 벽을 부술 수밖에 없게 되었소. 그 건, 당장 시행할 수 있겠소?"

숙어져 있던 것도 잠시, 경제부장의 고개가 번쩍 들려졌다.

"내게나 부장에게나 반면교사로 삼아야 할 일이오. 해서 작전명은 금와(金蛙)가 좋겠소. 싹 다 갈아엎고 처음부터 다시 시작합시다. 부장. 어떻게 생각하시오?"

경제부장은 눈앞이 캄캄해졌다.

중화의 몰락이 선명히 그려졌다. 전 세계 경제의 동반 몰락까지.

그래도 유일한 희망은 자신과 자신의 일파가 숙청되는 일이 없을 거라는 의향을 보인 점에 있었다.

또한 이런 시국에 정치국 상무위원들.

국무총리, 경제부총리 겸 전국인민정치 협상회의 주석,

중앙조직부장 겸 중앙기율검사 위원회 서기, 중앙판공청 주임 및 전국인민대표회의 상무위원장, 정책연구실 주임 겸 중앙서기처, 상하이시 서기 겸 상무 부총리…….

주석께서 그분들 외에도 자신에게 시간을 내주고 있는 점이 바로 그래서인 것이다.

한순간 흔들렸던 경제부장의 마음이 바로 섰다.

"지당하신 말씀입니다."

그렇다. 주석님의 말씀대로 우물 안 개구리가 됐다면 우물 벽을 부술 수밖에.

다 같이 거기에 깔려 죽는 한이 있더라도.

*　　　*　　　*

사비나는 눈에 띄는 미녀다.

각성자 카탈리나의 미모가 다시금 각광 받고 있는 시점이어도, 사비나의 미모는 카탈리나에 비해 결코 뒤떨어지지 않았다.

「지난번 거기서. 」

그녀는 한 통의 메시지를 받고 몸을 일으켰다. 옆에 잠들어 있는 미 보수 정계인의 이마에 입을 맞추고 12시의 신데렐라처럼 자리를 떠났다.

그 허름한 모텔에서 완전히 빠져나왔을 때 그녀의 얼굴이 차갑게 굳었다.

최근 돌아가는 분위기가 심상치 않았기 때문이었다.

유학 비자로 미국에 들어온 지 4년째.

실제로 워싱턴의 한 대학원에서 국제 관계학 석사 학위를 받고 동기들 간에 작은 단체를 설립하기도 했었다.

그러나 전부 위장이었다. 진실은 그녀가 중국의 스파이라는 것!

그녀가 주위를 두리번거리는 눈빛은 꼭 각성자들의 날선 눈빛과 닮아 있었다.

다행히 미행은 없었다. 사비나는 상부, 그러니까 중국 당국에서 최근 너무 무리한다고 생각하며 접선 장소로 이동했다.

이런 식으로 활동을 조급하게 하다 보면 꼭 일이 일어나기 마련이었다. 꼬투리 하나 잘못 잡히면 외국 대리인 등록법(FARA)에 따라 기소되기 십상.

미 행정부에 등록하지 않고 외국 정부를 위해 활동한 혐의로 말이다.

요즘 돌아가는 정국으로 봤을 땐.

정말 발각되면 중·미 스파이 맞교환 합의 같은 건 꿈도 꿀 수 없는 일로 보였다.

"계속 이런 식이었다간 의심을 살 수밖에 없어요. 누구와 함께 있었는지 아세요?"

사비나는 그냥 두려울 뿐이었다. 항상 미모를 유지해야 하기 때문에 숙면이 필요했지만, 그녀는 불면증에 시달리고 있었다.

중국과 미국의 관계가 극도로 악화되었다. 총알이 빗발치지만 않을 뿐 전시나 다름없는 것이다.

사비나는 말 없는 접선자를 보면서 가슴이 조마조마했다.

그때 접선자가 봉투 하나를 내밀었다.

봉투 색깔이 빨간색이라는 걸 보자마자, 사비나는 얼어붙었다.

코드 적(赤)!

설마 했던 최악의 상황이 시작되고 있는 것이었다. 기어코 중국 정부에서 칼을 빼 들었다.

"……이거 정말이에요?"

접선자는 고개만 끄덕였다.

그가 떠나고 난 뒤 사비나는 봉투를 열기가 겁났다.

그걸 여는 순간, 정말로 핵폭탄이 쾅 터져 버릴 듯싶었다.

코드 적에 해당하는 임무들이 그런 것들이다. 핵 공격, 전산 마비 등 세계 3차 대전의 시작을 알리는 임무들로 득실거린다.

물론 그 임무 속에서 그녀는 봉투를 건네주고 간 접선자처럼 중간책에 불과하겠지만, 그것만으론 위안이 되지 않는 게 사실이었다.

외계 괴물들의 습격을 겨우 막았는가 싶더니 전 세계와 중국이 총성 없는 전쟁을 벌이고, 이는 마침내 최후로 향하고 있었다.

사비나는 떨리는 손으로 봉투를 뜯었다.

들어 있는 것은 지도 하나였다.

페디큐어 샵으로 위장된 시설 안은 컴퓨터와 화이트보드로 가득했다.

사비나는 거기에 도착해서도 감이 잡히지 않았다. 해커들 같지도 않고 군인 같은 느낌도 없었다. 오히려 친근한 느낌이 강했다.

그녀가 자주 드나들었던, 월가의 한 사무실을 고스란히 가져온 듯했으니까.

"사비나. 뉴욕상업거래소(NYMEX) 의장과 잘 아십니까?"

사비나는 고개를 끄덕였다.

그녀가 공을 들여야 했던 인물 중에 그자가 포함되어 있었다.

"그래요. 그런데 전 아직도 당신의 이름을 듣지 못했어요."

"미키 청입니다."

사비나는 미키의 전신을 훑었다. 고급 양복에 왁스로 깔끔하게 정돈된 머리. 다시 보아도 월가의 엘리트층에서 흔히 볼 수 있는 인상이었다.

역시나 미키는 본인이 헤지펀드 하나를 운용하고 있다는 사실을 밝혔다.

"여기는?"

"포탄을 개발하고 있습니다. 완성은 진즉 끝났고 검토만 남았습니다."

화약 냄새는커녕 키보드 두들기는 소리만 컸다. 몇 개의 테이블에선 서로의 데이터들을 대조하며 목소리들이 커지고 있었는데, 금융권의 전문 용어가 주를 이루고 있었다.

사비나가 말했다.

"제 임무는 당신을 뉴욕상업거래소 의장과 연결시키는 것까지겠군요."

다시 생각해 봐야 할 게 이번 임무가 코드 적(赤)에 해당한다는 것이다. 핵 공격이 아니라고 해서 안도할 일이 아니란 말이다.

그에 준하는 뭔가로 미국 본토를 습격할 것이고, 미키 청 또한 그걸 두고 '포탄'이라 비유했다.

사비나는 주변의 풍경과 회의 소리에 집중하다가 이내 깨달았다.

화폐 전쟁이구나! 중국 당국에서 국운과 국력 전부를 건!

'마침내⋯⋯.'

"이쪽으로."

미키가 사비나를 사무실 칸으로 안내했다. 거기서 미키가 말했다.

"의장에게 절 연결시켜 주기 위해선 사비나도 알아야 할 사실이 몇 가지 있을 겁니다. 기본적인 골격만 설명드리죠. 그 전에 08년 서브프라임 사태에 대해 얼마나 아십니까?"

"그때를 기점으로 조나단 투자 금융 그룹이 더욱 비상하게 된 것까지요."

"그럼 이렇게만 설명하고 넘어가도 되겠군요. 월가의 천재들은 유해 쓰레기들을 근사하게 포장하는 데 능했습니다. 그것을 집약시키고 집약시켜서, 꼬고 또 꽈서 마침내 악종을 탄생시켰습니다."

"그걸 로트실트가 다 삼켜 버렸었죠."

"어쨌든 그 복잡한 메커니즘만큼은 우리 모두에게 깊은 영감을 주었죠. '소금와(小金蛙)'는 그렇게 탄생했습니다."

"작은 황금 개구리요?"

"당국에서 내려온 이름입니다. 이름이 뭐 중요하겠습니까."

사비나는 미키의 설명에 빠져들어 갔다.

하지만 보다 전문적으로 들어가면서, 기본적인 금융 지식을 갖추고 있던 그녀로서도 소금와란 상품의 복잡한 구조를 이해할 수 없었다.

그녀가 이해한 최대 선은 소금와로 명명된 파생 상품이 현물인 황금 그리고 위안화와 크게 연동되어 있다는 것까지였다.

"어렵네요."

"그간 달러가 세계의 기축통화로써 위상이 흔들렸던 것은 사실입니다만, 시작의 날을 겪으며 전성기를 누리고 있습니다. 이런 때에 달러가 무너지면 어떻게 될 것 같습니까? 전 세계 어디도 낙진(落塵)을 피할 수 없게 됩니다."

"그럼 당국이라도……."

미키는 담담히 고개를 끄덕였다.

"당국에도 낙진이 떨어지겠죠."

*　　　*　　　*

　'젠장! 이건 미친 짓이야! 전 세계가 당국을 향해 벌이는
짓보다 더!'

　미키는 속으로 소리쳤다.

　당국에서 보내온 스파이 사비나를 중간책 삼아, 뉴욕상
업거래소 의장과 만나고 나온 후였다.

　사실 소금와가 물거품이 되기를 바라 왔던 미키 청은 실
망감을 감출 수 없었다.

　사비나에게 홀린 것도 그렇고 약점도 잡힐 대로 잡혔는
지, 뉴욕상업거래소 의장은 시장에 소금와를 유통시키겠다
고 확언한 것이었다.

　'어떻게 살아난 세상인데! 본인들의 권력만 유지되면 그
만이라는 거 아니냐! 우리 인민들은? 내 가족은? 그리고
나는?'

　미키는 울분을 삼켰다.

　일단 당국에서 붙인 눈, 사비나의 시선을 따돌리는 게 우
선이라는 생각이 들었다.

　물론 사비나가 사태의 심각성을 깨우칠 수 있도록 온갖
노력을 다했다. 하지만 사비나는 세계 경제가 붕괴되는 것
보다 자신의 삶이 더 중요한 흔한 사람이었다.

'기대할 걸 기대해야지.'

미쳐 가고 있는 그 속내를 드러내지 않고 사비나에게 웃어 보였다.

사비나도 화답했다.

"이야기가 잘 풀려서 다행이에요."

"그런데 사비나. 큰돈 벌고 싶지 않습니까? 솔직히 돈을 다루는 한 사람으로서 이번 기회를 놓치면 죽어도 눈을 감지 못할 것 같습니다."

"당국의 작전을 이용하겠다는 걸로 들리네요?"

"사비나가 눈 한번 감아 주면 안 될 이유가 있겠습니까. 최소 1000만 달러는 보장할 수 있습니다. 물론 달러가 휴지 조각이 되기 전에 현물로 바꿔 드리겠습니다. 수익은 정확히 반반."

"……."

"윗분들은 권력 챙기시라 하고, 우리는 돈 좀 나눠 가집시다."

"……계획이 뭐죠?"

"제가 직접 끼어들었다간 당국의 눈에 띌 게 뻔합니다. 친구가 있습니다. 서브프라임, 시작의 날. 두 번의 세계 경제 위기 속에서도 성공한 친구입니다. 흔치 않죠. 그 친구에게 투자 시안 넘기고 우리는 기다리기만 하면 됩니다."

"설마 조나단 헌터는 아니겠죠?"

장난을 던질 정도로 사비나의 표정은 풀어지고 있었다.

"'크리스 리'라고 합니다."

"제 번호예요. 연락 기다리고 있을게요."

미키는 그 길로 크리스의 사무실로 향했다. 거리는 가까웠다.

대호황기다. 랠리는 이제 시작 단계에 불과했기에 그 끝을 예측하는 것은 시기상조인 시국이다. 월가의 어느 사무실이나 그렇듯 크리스의 사무실도 즐거움이 넘쳤다.

미키가 도착했을 때, 크리스는 한 사내와 미팅을 가지고 있었다.

거기까지는 크게 관심이 가지 않았다.

그러나 창 너머, 사내의 손에서 형형한 색채의 뭔가가 번뜩이던 순간 미키는 사내가 각성자라는 사실을 깨달았다.

그런 후에 각성자인 사내와 크리스가 서류를 주고받으며 악수를 나누는 게 보였다.

더 시간이 지난 다음.

스윽.

사무실 문이 열렸다. 미키는 차마 각성자와 눈을 마주치지 못했다.

각성자들이 민간에서 문제를 일으켜 왔던 일들은, 언론

통제만으로는 감출 수 없는 일이었다. 미키도 몇 개 사건들을 알고 있었다.

"미키?"

크리스는 각성자의 등을 쫓는 미키의 시선에 대고 말을 이었다.

"사업을 확장하고 있었습니다. 그렇지 않아도 미키와 긴히 얘기를 나눌 사안이 있었는데, 때마침 잘 오셨습니다. 들어오세요."

미키는 자신이 왔던 목적을 잠깐 잊었다. 무슨 사업을 어떻게 확장하고 있기에, 위험한 각성자를 사무실에 들인 거지?

"정식 계약은 각성자 등록일이 지나고 나서 하게 될 겁니다."

"뭐가 어떻게 진행되고 있는 겁니까?"

"군사법이 심화되기 전에 진입해야 해서 서두르고 있는 중입니다. 쉽게 말하면 매니지먼트와 비슷하다고 볼 수 있겠습니다."

매니지먼트? 각성자를 상대로?

미키는 크리스의 대담함에 치를 떨었다. 원래는 이런 친구가 아니었다.

성공한 헤지펀드를 운영하는 친구답게 시장에서의 성공

률이 뛰어나고 명석한 친구인 것은 맞다. 하지만 그 안의 뭔가가 크게 달라진 시점은 시작의 날이었다. 크리스부터가 그렇게 밝혔었다.

친구, 동료, 라이벌 할 것 없이 업계 관계자 모두가 자산을 처분하기 바쁜 당시.

이 친구는 오히려 방어자의 대열에 뛰어들었었다. 그러며 조나단과 질리언, 두 금융 재벌의 열렬한 신봉자로 변했다.

사실 미키가 크리스를 찾아온 까닭이 그 때문이었다. 크리스라면 자신의 처지를 대담하게 받아들이고 도와줄 거라 믿었다.

크리스가 말했다.

"연락은 왜 그렇게 안 받으셨죠? 중국으로 돌아가신 줄 알고 걱정 많이 했습니다."

"돌아가려 해도 돌아갈 수가 없죠. 일이 있었습니다. 중요한 일이……."

"잘 해결되셨습니까?"

"오랫동안 지휘하고 있던 프로젝트였고 막 마무리도 끝났습니다."

"일단 앉으시죠."

미키는 각성자가 앉았던 자리에 앉았다. 그가 어떻게 이야기를 시작해야 할지 고민하고 있을 때, 크리스가 먼저 말문을 열었다.

"다름이 아니라. 손은 많은데 믿을 만한 손이 부족해서 미키의 연락만 기다리고 있었습니다. 휴식, 잠시만 미뤄 두시죠. 각성자를 대상으로 하는 시장이 빠르게 형성되고 있습니다. 같이 선진입합시다."

미키는 크리스의 빛나는 눈이 또 부럽게 느껴졌다. 자신도 모르는 사이 크리스의 눈을 응시하고 있는 시간이 길어지고 있었다.

"괜찮으십니까? 뭐든지 간에, 개의치 말고 말씀하세요. 미키."

"……그동안 말씀드리지 못한 게 있습니다."

"예."

"제 모국은 중국입니다."

"그렇죠."

"저는…… 저는 중국 당국을 위해 일하고 있었습니다. 절 좀 도와주십시오. 간절히 부탁드립니다. 크리스. 정부와 조나단 투자 금융 그룹과 연결시켜 주십시오."

"……."

"중국 당국이 전 세계와 자멸하려 하고 있습니다. 저와 제 가족을 지켜 주십시오. 제발."

그날 밤.

미키의 핸드폰으로 전화가 걸려 왔다. 등록되지 않은 낯선 번호였다.

〈 브라이언 김입니다. 〉

브라이언 김. 조나단 투자 금융 그룹의 최고 재무 관리자!
거대 금융 제국의 선봉장!

〈 위험을 무릅쓰신 점에 대해선 깊게 감사드립니다. 하지만 소금와(小金蛙)는 그대로 놔둘 겁니다. 도리상 알려 드려야 할 것 같았습니다. 〉
〈 그게 무슨…… 제대로 확인하신 것 맞습니까? 소금와가 있다는 것은 대금와(大金蛙)도 있다는 겁니다. 제대로 대처하지 않으면 다 끝납니다! 〉
〈 괜찮습니다. 우리는 조나단 투자 금융 그룹입니다. 조만간 사석에서 뵙겠습니다. 다시 연락드리죠. 〉

순간 미키는 할 말을 잃었다.

그러다 브라이언 김의 단호했던 말이 계속 머릿속에 남기 시작했다.

"그래…… 당신들은…… 조나단 투자 금융 그룹이
지……."

*　　　*　　　*

IMF 특별 인출권(SDR)이란 게 있다. 그것이 담당하는
역할을 떠나, 중요한 바는 SDR을 구성하는 화폐들이 국제
통화의 지위를 누리며 사실상 세계 경제의 중요한 축을 담
당하게 되는 데 있다.

16년도까지만 해도 달러, 유로, 파운드, 엔 그렇게 네 개
뿐이었다.

하지만 당시를 기점으로 중국의 위안화가 추가되었다.

그래서 세계 경제에서는 달러가 파티장이고 나머지 네
개의 화폐가 파티원들이라 할 수 있다.

그 한 개의 파티가 세계 경제를 움직인다. 그렇게나 중요
한 지위를 위안화가 차지할 수 있었던 이유는 다른 게 아니
었다.

본 역사에서도 그랬지만, 연희와 함께 주야장천 던전만
돌던 그해.

우리 클럽에서도 위안화 문제가 대두됐었다. 클럽원 중
에 한 명인 IMF 의장이 중국에서 압력이 강해지고 있다고

하소연을 하면서부터였다.

중국은 세계 경제를 움직이는 화폐 파티에 위안화를 편입시키길 바랐다. 그만큼 성장했으며 전 세계에 이를 인정받을 수 있다 생각했었다.

그래서 위안화를 파티원으로 끼워 주지 않을 시엔 본인들의 '금 보유량'을 세간에 알려 버리겠다는 은연한 협박도 마다하지 않았다.

물론 당시에 중국의 협박은 먹혀들지 않았다.

왜?

중국이 그럴 이유는 추호만큼도 없으니까. 당시에 그것들은 국제 금 시장이 흔들리는 것을 우리만큼이나 바라지 않았으니까.

그럼에도 불구하고 우리는 파티장 달러 밑에 위안화를 파티원으로 초대해 주었다.

왜?

그게 또 우리에게 이득이 되었고 중국을 다독여야 하는 중요한 이유가 하나 더 있었기 때문이다. 시작의 날, 제멋대로 핵을 사용하지 못하도록 말이다.

"대금와(大金蛙)의 시작인 것 같습니다."

김청수의 목소리가 스피커에서 강조되었다. 시선 하단에는 인터넷 뉴스 한쪽으로 속보가 띄워졌던 것이 아직도 남아 있었다.

「속보: 중국 경제부총리 "당국의 금 보유량 1만 5천여 톤 이상. 세계 1위."」

「속보: 인민 부흥 운동 시작. 97년 우리나라 IMF 금 모으기 운동과 닮아.」

「속보: 중(中) 발언의 여파로, 국제 금 가격 급등세. 세계 증시 하락세로 전환.」

중국 경제 부총리가 전 세계를 상대로 시작한 브리핑은 이태한의 기자 회견 못지않았다.

「<집중 탐구 1> 위안화의 금본위 화폐 추진인가? 세계 기축 통화 달러의 운명은? — 경제 제재국 중국의 역습. 국제 질서에 대한 정면 도전장.」

「<집중 탐구 2> '중국만이 자본주의를 구제한다'라는 말, 들어 보셨습니까? — 중국 금 보유량의 진정한 의미. 중국의 미 국채 보유량.」

「<집중 탐구 3> 금융 제국 빅4는 누구의 손을 들

어 줄 것인가? 미(美)인가 중(中)인가? — 조나단 헌
터는 금융인인가 각성자인가.」

세계는 또 시끄러워지고 있었다.

2018년도는 인류 역사에서 최고 다사다난했던 해로 기
록되겠다.

*"말씀하셨던 대로 진행되고 있습니다. 그럼 클럽 회원들
에게 연락 돌리겠습니다."*

"이탈자는 중국과 똑같은 운명을 맞이하게 될 거라고 전
하도록."

"예."

나는 화폐 전쟁을 받아들였다.

다짜고짜 중국 인민은행에 쳐들어가서 황금을 탈취해 오
는 건, 내가 그려 나가고 있는 미래에 존재하지 않는다.

그렇게 최악의 수단을 사용하지 않아도.

큰 개구리든 작은 개구리든 다 금력(金力)으로 눌러 밟고,
그 안에 가득 찬 황금만 전리품으로 빼내 오면 끝나는 일.

그렇다.

지금껏 역사를 이용해 왔지만, 이제는 내가 역사를 만들어 나갈 때가 온 것이다.

환영한다.

내 역사 속으로 들어온 것을.

*　　　*　　　*

로트실트 본가(本家) 대저택.

'오딘에게는 수십 년도 더 지난 일이겠군.'

하지만 드레스너 본인에게는 아직 한 달도 지나지 않은 날이었다.

시작의 날에 가운(家運)을 걸었다.

지금도 생생하다.

허튼짓하지 말라는 오딘의 경고가 있기도 했지만, 본가의 옛 영광을 조금이나마 회복할 수 있는 마지막 기회로 보였다.

다시 돌이켜 봐도 시작의 날은 혼돈 그 자체였다. 클럽의 결의에도 불구하고 많은 금융 세력들이 자산을 처분하기 급급했었다.

어쨌든 그 날에 어느 금융 세력들보다 앞서 오딘의 방어 선으로 참여했던 건 훌륭한 결정이었다.

정확히는 다른 금융 세력들은 오딘의 방어선이 끄떡없는 것을 보고 나서야 방향을 튼 반면에, 본가는 일찍부터 오딘 과 함께했었던 것이다.

과정은 고통스러웠지만, 결과는 극도의 희열로 돌아왔다.

본가는, 로트실트는 옛 영광에 조금씩 가까워지고 있었다.

그때 조나단 투자 금융 그룹 쪽에서 전화가 걸려 왔다.

〈 브라이언 김입니다. 다시금 전해 드릴 사안이 있어 연 락드렸습니다. 〉

발신자만 오딘에서 브라이언 김으로 바뀌었을 뿐이다. 내용이 같았다.

로트실트에서 오딘에 반대되는 움직임을 보였다간, 중국 과 함께 요단강을 건너게 해 주겠다는 직접적인 협박이었 다.

〈 알겠소. 그리고 금년도 회의에 참석하지 못한 점, 오딘 께 다시 한번 양해를 구해 주시오. 〉

드레스너는 전화를 끊고 나서 허탈하게 웃었다.

오딘이 아니라 그 하수인에 불과한 자에게 협박을 받고도 화조차 나지 않는 것이, 바로 지난 십 년 추락할 대로 추락한 로트실트의 현 처지였다.

시작의 날을 거치며 오딘의 환심을 샀다 생각했는데. 가문의 자산을 어느 정도 회복했다 생각했는데.

그들에게는 아직도 로트실트가 가소로워 보이는 모양이다.

드레스너의 시선이 돌아갔다.

쿠베라가 거기에 자리를 잡고 금융 서적 및 잡지들을 탐독하고 있었다.

진짜 이름은 사무엘 로트실트.

하지만 그는 인도 신화의 신 중 하나인 '쿠베라'라는 이름을 고집하고 있었다. 그래서 드레스너가 그를 부를 때도 그 신의 이름대로였다.

"쿠베라. 방금 전은 클럽이었네."

쿠베라는 책에서 눈을 떼지 않은 채 고개만 끄덕거렸다.

그러거나 말거나, 드레스너의 말이 이어졌다.

"보다시피 이게 본가의 현실일세. 실망이 많을 걸세."

탁!

쿠베라가 책을 덮으며 드레스너를 쳐다보았다.

"08년도를 기점으로 본가의 사정이야 뻔한 거 아니었나? 그나마 시작의 날에 방어자로 참여한 것은 대단한 결정이었다. 나라도 그렇게는 못 했을 거다."

"말이라도 고맙군."

"진심이다. 그렇게 당하고도 꼬리나 흔들고 있는 건 나라도 자신 없으니까. 개라면 모를까."

드레스너는 이번에도 같았다. 힘없는 웃음만 입가로 번졌다. 너도 똑같지 않느냐, 라는 반문을 하는 것도 우스운 일로 생각됐다.

드레스너가 조용히 있는 가운데, 쿠베라의 말이 이어졌다.

"중국이 지금 그러는 것처럼, 그때 전 세계가 망하게 됐어야 했다. 이대로 가다간 로트실트는 오딘의 손아귀에서 절대 벗어날 수 없다. 몇 세대가 흘러도. 노예 딱지를 박지 않았을 뿐, 그것과 뭐가 다르지?"

쿠베라는 본인이 노예 딱지라 언급해 놓고도, 곧 이식될 마이크로칩을 떠올리고는 얼굴을 일그러뜨렸다.

빌어먹을 마이크로칩.

그걸 피부 밑에 처박기까지 며칠 남지도 않았다.

"자네가 지옥에서 살아왔다는 게 실감이 드는군. 세상이 다 망하도록 내버려 뒀어야 한다고? 흐. 흐흐훗. 아직 감이 돌아오지 않았나 보네. 재촉하진 않겠네."

드레스너는 계속 말했다.

"보시게. 당시 오딘의 방어선은 꿈쩍도 하지 않았네. 블랙홀 같았지. 팔아도 팔아도 집어삼키는. 그나마 다른 금융세력들보다 먼저 진입해서 지금 정도나 복구할 수 있었던 거네. 오딘이 시작의 날을 얼마나 준비해 왔었는지 아나? 의심하지 말게. 그는 천생 금융인이네. 지금의 질서가 유지되길 바라지."

그 점에 대해서는 쿠베라도 고개가 끄덕여졌다.

중국이 끝까지 버티고 있는 이유는 하나였다.

황금.

중국은 세계 최대의 금 생산국이며 소비국이었다. 당국이 주도하여 인민 전체에 금 보유를 장려하고, 소비국으로서도 수입한 금은 절대 국외로 보내는 일 없이 자국에 비축해 두기만 했다. 즉 금을 사들이고 캐면서 오로지 모아 오기만 했다는 것이다.

그렇게 대량의 금을 무기로, 세계의 패권에 도전하기에 이르렀다.

그렇다면 그 금만 빼앗아 오면 되는 거였다. 하지만 오딘은 그렇게 하지 않았다.

쿠베라는 그게 불만이기도 했다. 무력으로 세계 패권국인 중국을 장악한다면 그다음에 자연히 발생할 일들은 무엇이겠는가?

점진적인 무력의 분출이다.

시작은 중국이겠지만 유럽, 아시아, 아메리카 세계 대륙들을 차례대로 집어삼키며 진짜 각성자들의 세상이 도래하는 것이다.

시작의 장이 어떤 곳이었나. 거기에서 전 각성자는 무엇을 배웠으며 무엇을 얻었나.

지배하는 법을 배웠고 본토를 장악할 준비도 갖춰서 돌아왔다.

그러나 오딘의 행보는 정반대였다. 외계로 진출한다 하지 않나, 각성자들에게 노예 딱지를 부착한다 하지 않나.

그나마 전 세계와의 협정을 통해 각성자들을 치외법권의 존재들로 만들어 주려는 노력이 있기는 하다만, 단언컨대 오딘의 행보는 각성자답지 않았다.

하기야 오딘에게는 무력으로 세상을 장악할 이유가 없었다.

그는 이미 세계의 주인이었으니까

각성자들의 불만 따윈 혼자서 해결할 수 있는 신격(神格) 또한 갖췄으니까.

쿠베라는 속이 쓰렸다.

드레스너가 딱딱해진 쿠베라의 얼굴에 대고 뇌까렸다.

"그러니 자네들 각성자들도 오딘의 질서에 익숙해져야 할 걸세. 오딘은 각성자들이 자본주의에 편입되길 바라네."

"당신의 모가지가 온전한 이유도 그 때문이다."

드레스너는 이번에도 웃어넘겼다.

"나라고 모든 혈족을 보살펴 줄 수는 없지 않은가. 집중해야 하는 이들이 있고, 반대인 자들도 있지. 해도 교육만큼은 확실히 시켜 주지 않았나."

"……."

"자네도 거기서 본가의 이권을 누릴 만큼 누렸을 테고. 과거를 계속 말해서 무얼 하겠나. 중요한 건 내일이지. 이것도 이해 못 한다면 자네에게 시간을 들이고 있을 필요도 없다고 생각하네."

"그래서 이제 어쩔 참인가?"

"중국의 금본위제(金本位制)는 실패할 거네. 몇 년을 더 기다렸다면 성공했을 수도 있겠지. 물론 오딘은 그것도 방관하지 않았을 테지만 말일세. 어쨌든 중국의 금본위제는 곧 자국 경제를 벼랑 끝으로 밀어트리는 결과를 낳을 거네. 그런데도 중국이 그걸 몰라서 감행하고 있다 생각하나?"

"질문을 어지간히도 좋아하시는 양반이군. 답은 일전에 했을 텐데?"

쿠베라는 심드렁하게 답했다.

"그래. 전부 다 공멸하려는 속셈이지. 자국 경제를 자살 폭탄 삼아, 달려든 뭐든 쾅 하고 말일세."

드레스너는 쿠베라 앞으로 자리를 옮겼다. 각성자의 두 눈에 도사리고 있는 살기가 보다 강렬하게 다가오는 자리였어도, 그는 쿠베라가 겁나지 않았다.

오딘이 지키려는 질서를 이해하고 있는 게 바로 쿠베라였다.

쿠베라가 오딘의 질서 속에서 시작의 장에서와 같은 권력을 누리려면 손을 잡을 곳은 당연히 본가였다. 같은 피가 흐르는!

"그럼 뭘 고민하고 있지?"

쿠베라는 겁 없이 자신을 빤히 쳐다보고 있는 얼굴에 대고 뇌까렸다.

"시작의 날에 처분한 자산이 다 어디로 쏠렸겠나? 황금이네. 소위 황금 카르텔 가문이라고, 본가도 그중의 하날세. 우리 황금 카르텔 가문들과 러시아가 손을 잡고 황금을 더 밀어준다면, 중국은 금본위제를 성공시킬 수 있을 거라는 계산이 섰네."

"그거 재밌어지는군."

그럼 세계는 공멸이 아니라 중국 중심의 질서로 재편될

수 있다는 이야기였다.

전산상에서 무한정 찍어 낼 수 있는 달러와 금으로 확실히 바꿔 줄 수 있는 위안화.

그중 무엇이 공신력을 얻겠는가.

정말로 중국이 금본위제에 성공하면 달러는 '석유를 사려거든 달러를 가져와라' 따위로 기축 통화의 명맥을 이어 나갈 수 없는 것이었다.

"지금에야 석유가 오로지 달러로만 거래되고 있지만, 금으로 바꿀 수 있는 화폐가 출현한다면 그 질서는 바로 깨지고 마는 거네."

거기까지 말한 드레스너는 회상에 잠겼다.

가문의 후계자로 교육을 받았던 당시. 소수의 가문들이 세상을 지배할 수 있었던 이유, 달러에 세계 권력을 집약시킨 역사는 가문의 후계자로서 반드시 통달하고 있어야 할 일이었다.

당시 본가는 정말로 위대했었다. 소수의 가문들과 미 중앙은행을 나눠 먹고 달러를 마음대로 찍어 냈었다. 금본위제를 철폐하고 석유로 묶어 버린 다음부터는 더 거칠 게 없었다.

하지만 전부 옛일. 현재 미 중앙은행은 오딘의 수중으로 들어갔다.

이제 달러는 오딘의 전유물이 되었다.

회상은 거기까지였다.

그때 쿠베라의 비아냥거림이 끼어들었다.

"왜. 한창 재미있어지는데 계속해 보시지. 오딘의 뒤통수를 칠 수 있다, 까지 말했다."

"일이 일어나기 전 오딘이 러시아와 황금 카르텔 가문들을 모아 놓고 경고했었네. 그리고 바로 전에도 똑같은 경고를 전해 왔고."

"큭큭. 그럼에도 뒤통수를 쳐 보고 싶다는 것인가? 대단해. 대단해. 실로 대단하다."

"자네는 정말로 감을 상실했군. 나는 황금의 위대함에 대해서 말하고 있네."

"……?"

"오딘은 한 손에 칼을, 다른 한 손에 돈을 쥐고 있네. 칼을 쓰러트릴 방법은 생각나지 않는군. 하지만 돈을 쥔 손만큼은 절단 낼 방법이, 바로 황금에 있다는 거네. 각성자들은 정말로 성장이 멈춘 건가?"

"그렇지."

"음……"

"계속해 봐."

"이번에 본가는 시작의 날처럼 가운(家運)을 모조리 걸

거네. 모든 전력을 다해 오딘과 또 함께할 거네."

"황금?"

"맞네. 우리 본가도 중국의 황금을 약탈해 올 거란 말일세. 황금을 쌓고 또 쌓아서 때를 기다릴 것이네. 그렇게 본가의 주력은 황금이 될 걸세. 금을 모으는 건 내 몫이네. 자네는 칼을 모아 주시게. 이는 오딘도 권장하는 사안이니 문제 될 게 없네."

"큭. 정말 그걸로 된다 생각하나?"

"아네. 하지만 내 들어 보니 최후의 순간은 너무 촉박하지 않았나? 일방적으로 학살당할 수밖에 없었지. 하지만 결국엔 오딘도 사람일세. 자네와 나 같은 사람."

"그렇게 생각했던 것들이야말로 가장 빨리 죽어 나갔다. 여기까지 오고 보니 아쉽긴 하군. 당신도 각성했다면 이야기가 꽤 진전됐을 텐데."

"자네도 오딘을 신처럼 떠받드는군."

"그자는 악마다. 절대 악마."

"그러니 칼을 모으면서 찾아보시게. 악마의 크립토나이트는 무엇인지."

"……."

"내 생각엔 그의 인간관계부터 찾아보는 게 좋을 것 같네."

쿠베라는 드레스너가 다시 보였다. 드레스너가 쓰고 있는 광대의 가면 뒤에는, 찬탈을 노리는 역당의 얼굴이 숨겨져 있었다.

이런 자들이 시작의 장에서 지배자가 되기 마련이었다.

쿠베라는 모르긴 몰라도, 드레스너가 시작의 장에 진입했다면 최소한 30인 석 중 하나까지는 올라가지 않았을까 생각했다.

마지막이었다. 드레스너가 말했다.

"예컨대 가족부터."

Chapter 6.

중국이 위안화의 금본위제를 천명했다.

위안화 신권을 가져오면 언제든지 금으로 바꿔 주겠다는
것이다.

그래서다.

개미들의 주식 투매가 시작되고 금 시세는 시작의 날에
찍었던 사상 최고가를 훌쩍 뛰어넘었다.

언론들은 세계 패권이 중국에 넘어갔다고 호들갑을 떤
다.

그러며 세간의 관심이 또 집중된 곳은 뉴욕상업거래소
(NYMEX)였다.

하나같이 황금과 위안화가 연동되어 있었고 수십 개의 파생 상품 간에도 서로 복잡하게 얽혀 있어서, 그 상품들을 설명하는 리포트의 페이지만 책 한 권 분량을 만들기에 충분해 보였다.

나조차도 당장 이해하기에는 쉽지 않은 내용이었다. 중국의 수많은 금융 공학자들이 작정하고 만들어 낸 것이니까.

당장 그들부터도 이것을 제대로 이해하고 있는 자들이 얼마나 될까 싶었다.

이 파생 상품들을 두고 '소금와'라 했다.

작은 황금 개구리 위에는 폭탄이 묶여 있어, 중국은 그 폭탄을 터트릴 기회만 기다리고 있던 때였다.

폭탄을 터트릴 시기는 달러를 비롯한 세계 통화들이 회생 불가능까지 치닫고 위안화가 세계 유일의 기축 통화란 권좌를 차지하게 될 때일 것이다.

그런 다음에 뻔뻔한 얼굴로 이렇게 말할 것이다.

"각고의 노력을 다했습니다만, 위원화의 금본위제는 철폐되었습니다."

쾅!

위안화까지 휴지 조각으로 변하는 순간이다. 거품을 키울 대로 키운 파생 상품들은 휴지 조각보다 못한 신세로 처박힌다.

쾅쾅!

모든 지폐들이 쓰레기다. 세계의 경제는 그 누구도 손을 댈 수 없을 정도로 지옥 구덩이 속에 처박힌다.

거기까지가 바로 중국 당국의 계획인 것이다.

무시무시하지.

하지만 말이다. 중국의 큰 패착은 그때까지 가기도 전에 전쟁이 끝날 거란 것을 모른 데 있었다.

그것들이 이번 작전을 금와라고 부른다면 나는 우리의 작전을 이렇게 부르겠다.

속전속결(速戰速決)이라고.

*   *   *

자리를 옮겼다.

조나단 투자 금융 그룹의 본사 안내원이 아는 체를 해 왔다.

"에단! 건강한 모습을 보니 정말 반갑네요. 그런데 소식 못 들으셨나요? 대표 이사께선 한국에 계세요."

"오늘은 브라이언 김을 찾아왔습니다."

잠시 후.

김청수는 의문스러운 빛을 띠운 얼굴로 날 맞이했다. 불과 바로 몇십 분 전까지만 해도 한국에서 화상으로만 연결하고 있던 내가, 본인 앞에 나타났기 때문이었다.

조나단에게 넘겨받았던 귀환석 덕분이다. 어쨌거나 지난한 달 동안 많은 일이 일어났기 때문에 본사의 직원들은 지쳐 있었다.

테이블마다 에너지 드링크가 쌓여 있고 실제로 불법 각성제를 먹고 있는 자들도 적지 않아 보였다. 돈을 위해, 현재의 지위를 지키기 위해.

김청수도 마찬가지였다. 그에게서 인위적인 활력이 느껴졌다.

약제(藥劑)를 통해 강제로 끄집어낸 정도 이상의 활력 말이다.

김청수의 사무실에 도착했을 때, 알약이 가득 든 휴대용 약통을 그대로 발견할 수 있었다.

그가 거기에 머문 내 시선을 쫓다가 부끄럼 없이 물었다.

"각성자는 잠을 자지 않아도 된다는 게 사실입니까?"

"구간에 따라 버틸 수 있는 시간에만 차이가 날 뿐이다."

"한 번씩 생각해 봅니다. 제가 각성했으면 어땠을지."

"그럼 여기에 없었겠지. 내 측근 중에 권성일이라고 있다."

"칼리버 말씀이군요."

"그래. 그는 사람을 무기처럼 휘두르고 다닌다. 넌 돈이고. 각성자들을 부러워할 것 없다. 너는 어느 각성자들보다 강하다."

"말씀만이라도 감사합니다."

김청수의 의자는 뜨겁다고 표현해도 될 만큼 달궈져 있었다.

꽤나 오랫동안 의자에서 떠나지 않았다는 거다.

또한 여섯 개의 모니터, 그리고 최소 네 개 이상씩 쪼개져 있는 창에는 김청수가 전장을 지휘하고 있던 흔적이 고스란히 남아 있었다.

그중 격전지 중 한 곳인 뉴욕상업거래소 쪽 창을 확대시켰다.

평상시에는 있을 수 없는, 엄청난 거래들이 진행되고 있었다.

거래량이 끝을 모르고 치솟는 거기만 보자면 움직일 수 있는 세계 자본이 여기로 다 쏠리고 있는 것처럼 보인다.

그것은 틀린 말이 아니다. 조나단 투자 금융 그룹을 위시로 한 빅4가 그간 지분을 정리해 온 자금이 여기로 투입되고 있으니까.

"중국이 웃고 있을 겁니다. 곧 무슨 일이 일어날지도 모른 채 말이지요."

그럴 것이다.

유령 회사에서 정리된 자금들은 차마 계산에 넣지도 못한 채, 빅4의 자금만 움직이게 될 거라 생각하겠지.

"전부 소화시키는 데 얼마나 걸리지?"

"지금대로라면 한 시간 안에 가닥이 잡힐 것 같습니다."

"달러 추세는?"

중국이 금본위제라는 카드를 꺼낸 이상 속도전이다. 시간을 끌면 끌수록 달러의 가치는 한없이 쪼그라드니까.

"여전히 하락세지만 계산에 넣어 두었습니다. 금일 안에 끝낼 수 있습니다."

"그래. 새끼 개구리라 했지?"

"예."

"다 잡아들이도록. 요리는 그다음부터 시작하도록 하지."

*   *   *

"으하하핫—!"

중국 경제부장은 쾌재를 부르짖었다. 작은 황금 개구리

들이 날뛰고 있었다.

계획은 순조롭게 진행 중이었다.

뉴욕상업거래소에 작은 황금 개구리들을 풀어 놓는 것도 성공적이었고 거기에 온 세상의 이목을 집중시키는 데도 성공했다.

그다음부터는 자본 시장의 생리에 따라 격류가 휘몰아치고 있었다.

"그래. 그래! 이렇게 될 수밖에! 너희들이 죽고 못 사는 자본주의 맛이다!"

부장은 모니터에 대고 소리쳤다.

뉴욕상업거래소에서 폭발한 거래량은 자본주의의 생리를 고스란히 보여 주고 있었다. 뉴욕상업거래소 자체뿐만 아니라 금융계 역사상 길이길이 회자될 양이다.

전 세계를 모조리 움직여, 심지어 러시아와 산유국까지 중화를 상대로 절교시킨 힘은 가히 절대지경의 힘이었단 걸 인정한다.

하지만 돈이 보이는 방향으로 시류가 형성되는 게 바로 자본주의다.

절대지경의 힘이라도 세계의 질서가 그렇게 편성된 마당에는 그것을 억누를 수 없는 것이다. 그게 가능하다면 역천(逆天)인 것이지.

보다시피 역천은 없었다.

모두가 소금와를 주워 담지 못해서 환장하지 않았나!

경제부장은 흥분을 못 이겨 몇 번이나 책상을 내리쳤다.

쾅쾅쾅!

그렇게 한바탕 분출하고 나자, 새삼스럽게 원통한 마음이 드는 것도 사실이었다.

몇 년만 더 시간이 있었다면 현재 벌어지고 있는 작전들은 폭탄이 아니라 진짜 중화의 힘으로, 중화를 전 세계의 중심에 세울 수 있는 것들이었다.

중화의 화폐가 달러 및 기존의 화폐들을 아래로 깔고 독존(獨尊)할 수 있었을 것이다.

그로부터 한 시간 후였다. 그때 부장은 화장실에 있었다.

평소에는 힘을 줘야만 오줌발이 간신히 섰는데 이제는 그럴 것도 없었다.

한창 젊었을 때처럼 처음부터 강했다. 이게 대체 몇십 년만에 느껴보는 기쁨인지, 부장은 흐뭇한 표정으로 일을 마쳤다.

문득 첩으로 앉혀 놓은 어린 계집이 생각났다. 오줌발이 돌아온 것처럼 한밤의 정력에도 기대를 걸어 볼 만했다.

'좋다. 좋아. 누릴 수 있을 때 즐겨야 하는 것이다. 나중 일에 벌써부터 얼굴 구길 것 없다는 것이다.'

화장실에서 나온 부장은 복도를 따라 느릿한 걸음을 유지했다.

소금와는 자신의 지휘 아래 진행되었던 사안이니 만큼, 장내에 감도는 승리감을 계속 느끼고 싶었다.

그런데 이상한 일이었다.

다급하게 뛰어다니는 것들이 많이 보였다. 부장은 행여나 불순분자(不純分子) 각성자가 침입했나 싶어서 주위를 두리번거렸다.

그랬다면 창밖에서 중화의 공격대들과 군인들의 소리가 들려야 했지만, 이상하게 소란은 장내에서만 일어나고 있었다.

'아니겠지. 소변을 본 그 짧은 찰나에 작전이 틀어질 일은 없다.'

부장이 부하 중 한 명의 뒤로 다가가자, 부하가 생귀신을 본 것처럼 움찔거렸다.

"웬 소란들이냐."

"반대 매매가 들어오고 있습니다."

작전에 제동이 걸렸다는 뜻이었다. 부장은 부하가 비킨 자리에 앉았다.

그가 확인하기에도 반대 매매의 규모가 상식적이지 않았다. 거기까지는 괜찮았다. 문제는 매수 세력이 갑자기 증발한 데에 있었다.

그나마 유지되어 있는 매수세는 일반 투자자들로 추측되는 아주 소량.

매수세가 그쳤다고 봐도 무방했다.

"괜찮다. 이제 와서 눌러 봤자 소용없는 일이지."

"……여길 보십시오."

부하가 몇 개 창을 확대했다. 그때부터 부장의 눈에 숫자들이 핑핑 돌기 시작했다.

작은 주식 판에서나 일어날 일이 중화의 총력을 건 판에서 일어나고 있었던 것이다. 믿을 수 없게도 동일한 목적을 띤 한 그룹에 의해 그 많은 소금와들이 놀아나고 있는 것 같았다.

부장의 얼굴에서 핏기가 싹 빠진 건 한순간이었다. 부장은 부하에게 현기증을 호소하며 자신의 사무실까지 부축을 받았다.

그는 정신을 차려야만 했다.

소금와들은 공격적인 파생 상품이지만 어쨌거나 선물 거래로 진행되는 것들이었고, 그것들은 중화의 황금들과 위안화와 연결되어 있었다.

선물 거래가 무엇인가. 만일 소금와들을 장악한 그룹이 포지션을 청산하지 않는다면 해당 현물을 인도해야 한다.

중화의 황금과 위안화들을!

애당초 거기까지 보고 만든 상품이 아니었다.

부장은 고개를 미친 듯이 흔들었다. 어디까지나 가정이
었다.

십조 달러가 넘게 부풀어 버린 거품을 온전히 떠안을 수
있는 집단은 없다. 달러의 가치가 빠르게 추락하고 있는 현
시국에서는 더더욱!

서구의 금융 제국 빅4가 이합집산이 맞아서 똘똘 뭉쳐있
다고 해도 불가능한 일이다. 몇 번이고 계산해 봤던 일이었
다.

'아닐 거야. 아닐 거야. 천지가 개벽해도 있을 수 없는
일이다!'

부장은 모니터를 노려보며 데이터들을 대조하기 시작했
다.

시간이 어떻게 흐르고 있는지 체감되지 않을 만큼, 그는
혼신을 다하고 있었다. 그렇게 문득 정신을 차렸을 때는 두
시간이 지나가 있었다.

부장은 비틀거리며 자리에서 일어났다. 마지막으로 화장
실에 갔다 온 이후로 물을 마시지도 않았는데 또 소변이 미
친 듯이 마려웠기 때문이었다.

화장실로 향하는 복도는 여전히 소란스러웠지만 정작 그
에게는 아무것도 들리지 않았다.

두 시간 내내 살펴봤던 숫자들만 환각처럼 둥둥 떠다녔
다.

몇 개 집단이 소금와를 장악한 이후로, 자기들끼리 사고
팔며 어느 한 시세로 맞춰 나가고 있는 건 다른 게 아니었
다.

최대한 손해 보지 않게끔. 그러면서 이익이 나게끔.

통제된 자본 안에서는 늘상 있는 일이다. 하지만 어쩐지
부장은 불길한 마음을 감추기가 힘들었다.

청산하지 않으면 어쩌지? 정말 현물로 인도하겠다면 어
쩌지?

그런 생각만 하고 있기 때문이었을까. 소변감은 대단했
지만 아무리 힘을 줘도 소변이 나오지 않았다. 불과 두 시
간 전에는 젊은이의 것처럼 그리도 콸콸 쏟아졌는데 말이
다.

그때였다.

쾅!

화장실 문이 부서질 듯한 충격과 함께 큰 소리를 냈다.

부장의 시야에 제일 먼저 들어온 건 화장실 문을 걷어찬
군홧발이었다.

화장실로 군인과 공안들이 쏟아져 들어왔다.

"경제부장! 우리와 같이 가 줘야겠소!"

그제야 부장은 제일 중요한 사실을 잊고 있었다는 걸 깨달았다.

화장실에 올 게 아니라 서랍 속에 넣어 뒀던 권총부터 챙겨야 할 일이었다. 이제는 자진도 할 수 없게 되었다.

"뭐 할 말이라도 있소?"

뻐끔거리는 부장을 향해 공격적인 목소리가 나왔다.

부장은 아직도 오줌이 나오지 않는 거기를 바라보면서 중얼거렸다.

"이건…… 이건…… 자본주의가 아니야."

＊　　　＊　　　＊

"위안화의 화폐 개혁이 시작된 지 이틀 만에 난항을 겪고 있습니다. 중국 당국에서 위안화의 신권 발행을 긴급 중단하였죠. 금융 전문가들은 같은 날 뉴욕상업거래소에서 거래되었던 상품들이 그 문제의 시작이라는 공통적인 의견을 내놓았습니다. 왜 그런가요?"

"중국이 달러 패권주의의 질서를 깨기 위해 오랜 시간 동안 많은 준비를 해 온 것은 사실입니다. 금본위제는 전 세계와 벌이고 있는 경제 전쟁에서 단번에 우위를 차지할 수 있는 카드임에는 틀림없습니다. 누구든 그렇게 생각할 수 있었습니다. 저도 그랬습니다."

"예. 어제 뉴욕상업거래소에서는 대체 무슨 일이 있었던 건가요? 시청자들을 위해 쉽게 설명해 주셨으면 합니다."

"위안화 신권과 금이 연동되는 상품들이 거래되었습니다. 한데 무엇보다 거래된 양에 주목해야 합니다. 일단 위안화는 제외하고 금에만 한정 지어 보겠습니다."

"예."

"전 세계 거래소에서 거래되고 있는 금보다 훨씬 많은 양이었습니다. 실로 천문학적인 양의 황금이 거래되었다고 볼 수 있습니다. 여기서 퀴즈를 드리죠. 전 세계에 유통되고 있는 금보다 더 많은 금. 그 많은 금들이 어디에서 나왔겠습니까?"

"중국인가요?"

"맞습니다."

"하지만 중국은 경제 제재국이 아닌가요?"

"수출입에 한정되어 있었지 금융에 관련된 모든 게 막힌 건 아니었습니다. 아마 2차 경제 제재 안에는 그 부분뿐만 아니라 중국계 자산의 동결까지 있었을 겁니다. 중국으로선 2차 경제 제재안이 선포되기 전에 전세를 뒤바꿔 놓고 싶었을 겁니다. 화폐 계획을 감행했고 뉴욕상품거래소에서도 바로 그랬죠."

"어제 뉴욕상품거래소의 거래들이 왜 중요하게 작용한 건가요?"

"현대의 전쟁은 과거처럼 총을 쏘는 식으로 진행되지 않습니다. 그래서 총성 없는 전쟁이라고 표현도 하고, 화폐 전쟁이라고도 표현됩니다."

"예."

"화폐 전쟁이 발발하면 전 세계가 전장으로 변합니다."

"왜죠?"

"주식, 선물, 외환 등. 그것들을 거래할 수 있는 거래소들이 전 세계에 분산되어 있기 때문이죠. 국지전(局地戰)이 동시다발적으로 발발하는데, 그중에서도 전쟁의 승패를 결정짓는 전장이 출현하기 마련입니다."

"어제 뉴욕 상품 거래소가 그랬군요?"

"맞습니다. 달러에 기반을 둔 금융 재벌들은 전 세계 금 거래소에서 금값 상승을 방어하고 있었습니다. 그럼에도 금값은 고공 행진을 이어 나가고 있었죠. 그러던 것도 뉴욕 상품거래소에서 거래되고 있던 상품들이 일제히 하락세로 돌아선 때 전세가 반전되었습니다. 그다음부터는 중국계 자본으로 추정되는 공격이 이어지긴 했습니다만…… 보다시피 결과를 바꾸긴 힘들었던 것 같습니다."

"전쟁은 지금도 진행 중인가요?"

"그렇습니다."

"그러니까 말씀을 종합해 보자면 뉴욕상품거래소에서 다른 거래소를 압도하는 거래들이 진행되어, 다른 거래소의 시세들까지 영향을 받았다는 것 아닌가요?"

"맞습니다."

"그런데 여기서 한 가지 의문이 드네요. 세계 전체는 달러가 폭락하고 금값이 상승하고 있었어요. 어떻게 뉴욕상품거래소에서만, 그것도 최대의 거래가 진행되고 있던 거기에서 정반대의 결과가 나올 수 있는 거죠? 그리고 중국당국의 입장에선 황금의 반출을 막아야 하는데, 왜 황금을 기반으로 한 상품들을 거래하기 시작한 것이죠? 제일 의문인 것은 달러가 폭락 중인 시점에서 그 모든 거래들을 체결하기 위해선……."

진행자가 그렇게 반문을 던졌을 때였다. 패널이 카메라 쪽으로 몸을 틀었다. 그러고는 인터뷰를 중단한다는 뜻으로 양팔을 교차했다.

녹화 진행 중이었던 카메라 점등이 중지 점등으로 바뀌었다.

패널은 거기까지 확인하고 나서 진행자에게 얼굴을 굳혀 보였다. PD가 스튜디오에 성큼성큼 걸어 들어온 것도 그때였다.

"지금 뭐 하자는 겁니까? 대본대로 합시다. 대본대로."

PD가 소리쳤다.

"시청자들이 가장 궁금해할 점이 그 부분에 있어요. 어떻게 그 부분을 제외하고 진행할 수 있습니까?"

진행자는 독하게 마음을 먹은 듯 목소리에도 힘이 실려 있었다.

"시청자 누가 그걸 궁금해한다고 그럽니까."

"그럼 아닌가요?"

진행자와 PD의 설전이 한참 동안 이어졌다. 그러던 문득 진행자는 평소와 다른 PD의 고성에 깨달은 사실이 있었다.

'외압이 있구나! 보도국 전체를 누를 만큼이면 워싱턴 쪽인가? 아니면 사업주? 아니야. 아니야. 그보다 더 위야.'

진행자는 물러설 수 없다고 생각했다. 뉴욕상업 거래소에서 일어난 사건은 중국과 미국의 패권 전쟁만을 다루고 있는 게 아니었다.

그 이면에는 세계를 지배하는 거대 자본 세력들이 존재하는 것이었다.

중국 같은 초강대국을 오로지 돈으로만 찍어 누를 수 있는!

이런 세상에.

＊　　＊　　＊

　김청수는 역경자가 꺼져 버린 나처럼 축 늘어져 있었다. 그러면서도 현재의 전선만 생각하는 게 아니라 이후에 일어날 일까지 계산에 담고 있었다.

　"우리 그룹을 비롯해 오딘 님의 자산이 세상에 드러날 겁니다."

　외압을 가해 두었지만, 대중은 어리석지 않다. 그들은 시작의 날과 어제 자의 전투를 대조하며 당연한 결과에 이르게 될 것이다.

　조나단 투자 금융 그룹을 위시로 한 빅4의 자산이 상상을 초월한다는 것 말이다.

　금년도 클럽 회의에서도 회원들이 이 안건을 들고 나왔었다. 김청수와 똑같은 이유를 근거로 인류 전체에 노예 딱지를 붙여 둬야 한다고 주장하지 않았던가.

　회의에서 있었던 일을 들려주자, 김청수도 프로젝트 테세라를 각성자에게만 한정시킨 것이 아쉽다는 진심을 토로했다.

　그의 약발이 꺼져 갈 무렵이었다.

　백악관에서 연락이 들어왔다. 중국 대사가 클럽의 주인을 만나고 싶어 한다는 거였다.

조선 시대에 도모지(塗貌紙)라는 형벌이 있었다고 한다. 사형 방식 중 하나로 물을 묻힌 종이를 얼굴에 겹겹이 바름으로써 질식사시키는 형벌이다.

종이가 쌓이면 쌓일수록 코와 입에 달라붙은 종이들이 숨통을 틀어막는다.

중국 대사는 딱 그 꼴이었다. 질식 직전의 사색된 얼굴로 들어왔다. 그 얼굴 위로 겹겹이 처발라진 화폐 종이들이 존재하는 듯했다.

그가 도착했을 때는 사무실에 나밖에 없었다. 그래서 누가 클럽의 주인인지는 쉽게 알아차릴 수 있는 일이나, 그는 날 보며 머뭇거렸다.

이토록 젊은 얼굴을 한 동양인이 자신을 기다리고 있을 줄은 차마 생각하지 못했다는 듯 한참을 멍해져 있었다.

대사는 내가 턱짓을 해 보이고 나서야 맞은편에 소리 내지 않고 앉았다.

"……주석께서 오시지 못한 점에 대해 먼저 사과드리겠습니다."

아직은 서늘한 날씨임에도 불구하고 그에게서는 땀 냄새가 났다.

벌써부터 흥건한 손수건으로 제 이마며 관자놀이를 닦는데, 살살 눈치를 살피는 기색이 짜증스럽게 다가왔다.

내가 아무 말 없이 있자 어색한 침묵이 흘렀다. 대사는 그걸 견디다 못해 말했다.

"시작은 당국에서 각성자들을 억류하면서부터였습니다. 주석께서는 귀하와 세계 정상들이 협회의 강압을 못 이기고 있는지 염려하고 있습니다."

잠을 못 잔 건 나만이 아니다. 김청수도 그렇고, 내 기사들도, 그들 휘하의 엘리트 군단들도 전부 잠을 자지 못했다.

그건 대사도 마찬가지였는지 손바닥의 도톰한 부위로 제 눈을 문지르며 충혈된 눈을 매만졌다. 그러며 내 대답을 기다리는 눈치였다.

하지만 대사를 여기까지 들여보내 준 것, 내 얼굴을 보여 준 것만으로도 과분한 것이다. 헛소리에 대꾸해 줄 마음은 추호만큼도 없었다.

대사는 헛기침 같은 것을 몇 번 해 대다가 또 말을 이었다.

"당국에 억류 중이었던 각성자들을 협회에 인도하겠습니다."

거기서도 내게서 별 대꾸가 없자 그는 방향을 돌리기로 한 것 같았다.

"뉴욕상품거래소의 상품들…… 을 가지고 계십니까?"

"그렇다면?"

비로소 기다렸던 목소리를 들었기 때문일까. 그가 엉덩이를 달싹거리며 의자를 바짝 당겼다.

"상품들은 황금에도 그렇지만, 위안화 신권에도 연동이 되어 있습니다."

"그리고 발행을 중단했더군. 하지만 계속 찍어 내야 할 거야. 그 정도나 거래를 만들어 놓고 없던 일로 돌리면…… 큭."

대사는 금융인이 아니다. 그래도 그 이후에 일어날 일들을 보좌관들에게 충분히 들었던 것 같다. 그렇지 않고서야 이미 사색이 된 얼굴에 정말로 숨을 멈춰 버릴 순 없는 것이었다.

이윽고 대사는 본능적으로 숨을 몰아쉬었다. 하악하악 간신히 숨을 내쉬는 그 얼굴에 대고 뇌까렸다.

"중국은 악의 축으로 지정되는 것만으로 끝나지 않을 것이다."

"아, 아시겠지만…… 세계 각성자 협회에서는 무력 충돌을 바라지 않습니다. 그들이 개입하면 귀하께서도 곤란하시게 됩니다."

중국에서 쏟아 냈던 그 많은 상품들을 전부 취소하겠다는 것이었다.

"너희들만 신용을 지키면 그런 일은 일어나지 않는다."

대사는 침묵했다.

그에게는 결정권이 없다. 중국 당국의 결정을 통보하러 온 것이지.

"그것이 너희들의 결론이냐? 위안화와 금을 인도하지 않겠다? 아직 만기일까지는 시간이 많이 남았지. 너무 성급하군."

마침내 대사의 얼굴은 공포로 질렸다. 나를 마주하고 있기 때문에?

아니다.

자신이 전해야 하는 한마디에 화폐 전쟁이 진짜 핵미사일이 오고 가는 세계 3차 대전으로 돌변할 수 있음을 알고 있기 때문이다.

이윽고 대사는 눈에 띄게 떨기 시작했다. 그런 자신의 모습을 감추기 위해 주먹을 꽉 쥐고 있어도, 그 주먹마저 바들거렸다.

"주석께선…… 인도하지 않겠다 하셨습니다. 끝까지 들어 주십시오. 이런 말씀을 전해 드려서 저도 유감입니다만 귀하께서도 전면 충돌을 원치 않으시지 않습니까."

이것들은 도둑놈들이다.

팔 땐 좋다고 팔아 놓고 이제 와서 본인들 뜻대로 되지 않으니 전부 없던 일로 하겠다는 거다.

선금을 받았는데, 물건을 줄 수 없다는 꼴인 거다. 조 달러 단위의 선금을 받아 놓고 말이다.

사상 최고의 도둑놈들이 떼로 뭉쳐 있다.

나는 이것들의 배포에 헛웃음이 나왔다. 그 미소를 어떤 의미로 받아들였는지, 대사는 가짜 웃음을 만들어 내며 고개를 끄덕거렸다.

물론 대사는 그때도 제 몸이 통제 못 하게 떨리는 것까진 어쩌지 못했다.

그가 내 입술을 뚫어져라 쳐다보고 있었다.

"인도하지 않겠다면 억지로 받아 낼 수밖에."

그건 대사는 물론 중국 당국으로서도 가장 듣고 싶지 않을 대답이었다.

그들이라고 서로 핵미사일을 주고받는 시나리오는 없을 것이다. 경제가 몰락하면 몰락했지. 모조리 다 죽음의 땅으로 변해 버리는 건 목숨에 더불어 기득권 전체를 날려 버리는 일이니까.

"……!"

중국 대사는 빙결계 스킬에 적중당한 듯 그 자리서 얼어 버렸다.

눈 깜박임도 없이 굳어 버린 그 눈동자 속으론, 핵미사일들이 날아다녔다.

그러다 그가 안간힘을 쥐어짜며 말했다.

"시, 시간을 주십시오. 제가 당국과 다시 한번……."

"걸어."

"예?"

"네 잘난 주석에게 전화 걸어 보란 말이다. 내가 직접 통화하지."

중국 대사는 머뭇거렸다. 그건 월권이고 자신이 직무를 제대로 수행하지 못했다는 방증이니까. 하지만 이내 제 가슴 안을 뒤적거려 핸드폰을 꺼냈다.

이윽고 그가 격앙된 중국어로 전화를 끊은 후에 다시 전화가 걸려 왔다.

중국 대사는 자신이 받지 않고 그것을 고스란히 넘겼다. 핸드폰의 진동이 대사가 떨고 있는 정도만큼이나 거셌다.

〈 당신이 중국 주석인가? 〉

〈 그렇소. 〉

〈 내 물건을 인도하지 않겠다고 하던데, 사실인가? 〉

〈 그렇소. 〉

〈 간이 배 밖으로 나왔군. 나한테 사기칠 수 있을 거라 생각하나? 〉

〈 ……. 〉

〈 나는 오딘이다. 조만간 내 물건을 가지러 가지. 〉

＊　　　＊　　　＊

뼈저린 패배감뿐이었다. 주석의 얼굴에는 그 외에는 아무것도 남아 있지 않았다.

주석은 의자에서 일어났을 때 다리에 힘이 하나도 남아있지 않다는 걸 깨달았다. 그는 다시 자리에 앉았다. 그러고는 당장 눈앞에 보고서라고 올라온 서류들을 구겨 던졌다.

서초패왕 항우가 단 한 번의 패배를 참지 못하고 자결했던 까닭이 그리 멀리 있는 게 아니었다.

한 번의 패배에 명운이 뒤바뀐다면, 그것이 향후 수백 년간의 국운까지도 뒤흔들어 놓는다면 자결이 대수인가?

그 전에 풍전등화와 같은 중화의 운명을 바꿀 길로 무엇이 남아 있을까.

금본위제의 화폐 개혁은 시작부터 역습을 당했다.

그리고 경제 제재로 피해를 보고 있는 글로벌 기업, 예컨대 중화의 해안가에 생산 공장을 가져온 에이폰 제조사 같은 기업들에게 압력을 가해 봤지만, 죽는소리만 나오다 그쳤다.

이대로 가다간 공멸은커녕, 중화의 땅에만 점령군들이 들이닥치게 생긴 것이었다.

"나는 오딘이다. 조만간 내 물건을 가지러 가지."

그 냉정한 목소리가 주석의 귓속에 틀어박혀 떠나질 않고 있을 때.

한 사내가 조용히 들어왔다.

주석이 던진 서류들을 집어 들기 시작한 사내는 주석의 50년 지기였다.

외계 문명의 습격이란 대사건이 일어나지 않았다면 지금쯤 국무원의 경제담당 부총리 자리로 올라왔어야 할 사내.

차이나 드림(中國夢)이란 큰 그림을 그려 올 수 있었던 것도.

신창타이(新常態)라 해서 중국 경제가 고도 성장기를 거쳐 안정적인 성장 추세로 진입할 수 있었던 이면에도 그가 존재했다.

"그대를 볼 면목이 없소."

주석은 사내를 향해 씁쓸한 말을 뱉었다.

"죄송합니다. 제가 더 적극적으로 만류했어야 할 일이었습니다."

"그대는 할 만큼 했소."

주석의 집무실은 넓었다. 하지만 암담한 공기만 무겁게 깔려 있었다. 좁게 밀폐된 공간보다 답답한 분위기였다.

실제로 사내는 제 목을 졸라매고 있는 넥타이를 느슨하게 풀고 있었다. 숨을 돌리고자 했다.

사내가 주석에게 올라왔던 보고서들을 훑어보고 있는 동안, 주석 또한 별말이 없는 시간이 느릿하게 흘러가고 있었다.

보고서들은 실패로 돌아간 금와(金蛙) 이후의 대응 방법들을 다루고 있었다.

가짓수는 많았다.

그러나 사내가 보기에도 효과가 있을 방법이라곤 하나밖에 보이지 않았다.

당국에서 보유 중인 미 채권은 1조 2천억 달러 규모로, 미국이 세계에서 가장 많은 빚을 지고 있는 나라가 중화 당국이었다.

그것을 시장에 급매하기 시작하면 미연방준비제도(FED)의 금리 정책에 충격을 줄 수 있을 거라 보였다.

이미 미연방준비제도에서는 점차적으로 금리를 인하할 것이라고 밝혔다. 세계 증시를 부흥시키려는 목적이 분명하다.

거기에 훼방을 놓을 수 있는 것이다.

그러나 어디까지나 '훼방'이다.

설령 진행시킨다 해도.

금와마저도 무산시켜 버린 자본 세력들 중 하나는, 자그마치 1조 달러나 되는 천문학적인 금액을 각성자들에게 풀어 버릴 수 있을 만큼 상상 초월의 금력을 지닌 게 문제였다.

'그러니 미 국채를 시장에 급매한다고 해도 그들은 똑같은 방법으로 방어하겠지, 돈으로. 다른 방어 정책 따윈 필요 없이, 오로지 돈으로만 방어하고도 남을 만큼 충분하다. 서구에서는 결국 괴물을 낳고 만 것이야. 괴물을……'

그 괴물의 이름은 독점자본주의였다.

멀리에서 찾을 것도 없었다.

바다 건너 한반도 남쪽만 들여다봐도, 거기는 전 세계에 완성되어 버린 독점자본주의의 축소판이었다.

한국은 90년대 외환위기 한 번으로 외자(外資)에 점령당했다.

기존의 재벌들을 집어삼킨 거대 재벌 '전일'이 출현하여 그 나라의 경제를 장악하고 있었다. 사실 한국은 한 개 국가라고 할 수 없는 비참한 신세가 맞았다.

사내는 그 똑같은 일이 중화를 향해 엄습해 오고 있다는 생각에 얼굴이 딱딱하게 굳었다.

사내의 그 얼굴을 본 주석의 표정 또한 더욱 힘을 잃고 있었다.

＊　　＊　　＊

언제고 큰 바위 같은 존재감을 가지고 있던 사람이 주석이었다.

비단 바위 같기만 했을까?

여우 같은 명석한 두뇌와 곰 같은 용맹함으로 수십 년간 무장된 사람이었다.

그랬기에 무시무시한 전임 권력자들의 암투 속에서, 도리어 황좌를 차지하고 만 용장 중의 용장이 주석이었다.

주석과 사내는 적지 않은 대화를 나눴다. 하지만 그럴수록 사내에게는 주석의 텅 비어 버린 공허함만을 느껴 가는 시간이었다.

사내는 주석을 그림자처럼 보좌해 왔던, 자신의 인생까지 부정당하는 느낌이었다.

그래서 그때 내뱉은 사내의 말에는 울분이 섞여 나왔다.

"주석. 아직 끝나신 게 아닙니다. 일단 황금을 인도하지 마시고……."

주석의 고개가 저어졌다.

"그렇지 않아도 클럽의 주인이라는 양반과 통화를 끝냈소."

사내의 입이 바로 다물어졌다.

클럽의 주인!

자그마치 전 세계를 대상으로 독점자본주의를 완성시켜 버린, 희대의 인물이 거론되었기 때문이다.

사내는 생각했다.

클럽의 주인에게 대적할 수 있는 자를 꼽자면 각성자 오 딘이 유일할 거라고.

오딘이 누구인가.

하나같이 무자비한 초인들도 그 이름만 나오면 겁에 질 리기 일쑤였다

그러니 금력의 절정에 이른 자를 상대할 수 있는 자는 그 대척점에서 절정에 선, 각성자 오딘일 수밖에 없는 것이다.

"그러셨습니까?"

"동지들 모두 그대와 같은 의견이었소. 황금을 인도하면 안 된다고 말이오. 그래서 그리 통보했던 것이었소. 그랬 더니 이리 답하더이다. 조만간 자기 물건을 가지러 오겠다 고."

"전쟁을 불사하겠다는 겁니까?"

고작 황금 때문에? 라는 말이 사내의 목구멍까지 치밀어 올랐다.

중화와 전 세계의 무력 전쟁이 개시되면 황금은 정말로 고작이라 말할 수 있게 되는 것이다.

방사능으로 다 오염되어 버린 세상에서 황금이 대체 무슨 소용이란 말인가.

사내는 일이 이상하게 꼬였다는 걸 깨달았다.

"이제 오딘이라는 각성자를 찾아 중재를 부탁……."

"오딘 말이오?"

주석은 웃는 투로 되물었다.

"예. 클럽의 주인에게 전 세계를 움직일 수 있는 힘이 있다는 것은 경제 제재에서 이미 확인이 된 사실입니다. 금을 인도하지 않을 경우에 일어날 일은 강제적으로 이를 집행하려 드는 무력 충돌이 되겠지요. 하지만 형식상에서 그칠 수밖에 없습니다. 세상에 그 누구도 3차 세계 대전은 바라지 않고, 세계 각성자 협회부터가 이를 간과하지 않을 것입니다. 하니 오딘이라는 자에게 중재를 부탁하여 협상 테이블을 만들어야 할 것입니다."

"나도 클럽의 주인이 누구인지 알기 전까진 그렇게 생각하고 있었소. 그가 누구인 것 같소?"

주석은 사내를 향해 얼굴을 굳혔다. 둘의 눈빛이 허공에서 쉴 새 없이 부딪치기 시작했다. 이윽고 사내의 동공이 흔들리기 시작했다.

주석이 사내의 그 눈에 대고 고개를 끄덕여 보이자, 사내는 주석이 왜 그렇게 무력한 몰골로 자신을 맞이했었는지 깨닫고 말았다.

클럽의 주인이 오딘이었다.

"어…… 어떻게 그런 일이……."

"오딘이 곧 올 거요. 나와 함께 맞이해 주겠소? 그대도
알겠지만, 군부에서 다룰 일이 아니오. 오딘에게는 우리의
공격 체계가 통하지 않소."

사내는 양손으로 바지를 움켜쥐고 있었다. 위험한 단어
가 입 밖으로 뛰쳐나오려는 것을 주먹에 힘을 줘서 참고 있
었다.

하지만 그 위험한 단어는 주석의 입에서 바로 내뱉어졌
다.

"각성자들 전부가 말하길, 오딘에게는 핵 공격도 소용없
을 거라 하더이다."

"아……."

"뇌전(雷電)이니, 절대전장이니, 게이트니 하는 것들을
시험해 보기엔 위험 부담이 크다는 거요."

그 말엔 사내도 공감했다.

"그자가 오겠다면 막을 방법이 없소. 말려서도 아니 될
것이고. 각성자가 아니라 클럽의 주인으로 오겠다면 더더
욱이 말이오."

"예. 협상의 여지를 남겨 둔 것 같습니다. 그런데 언제

온다고 말했습니까?"

"그런 말은 없었소. 짧은 통화였으니."

맙소사!

사내는 벌써부터 머리가 지끈거렸다. 오딘이 무력보다 금력에 우선을 두고 있는 이상, 돈 냄새를 맡고 달려들 승냥이 떼들이 눈앞에 선했기 때문이었다.

하루속히 오딘과 자리를 만들어야 하겠지만 가능할 것 같지도 않았다. 승리를 확정 지은 이상 누가 발을 빼겠는가.

악착같이 전리품을 취하려 들 것이다.

솔직히 시작의 장을 겪어 보지 않은 주석과 사내로선 각 성자 오딘보다는, 클럽의 주인 오딘이 더욱 두렵게 느껴졌다.

그가 만들 중화의 운명이…….

*　　　*　　　*

지난 며칠간.

달러의 가치는 이전과 다름없이 안정을 찾아 갔다. 세계 곳곳에서 펼쳐졌던 전장들은 우리 쪽으로 전세가 완전히 기울어 버렸다.

그리고 나자 새롭게 불타오르는 전장들이 속출하기 시작했다.

뉴욕상품거래소에서 금와를 싹쓸이했던 내 주머니들만이 아니었다.

시작의 날에 큰 손해를 봤던 온갖 헤지펀드들까지 달라붙었다. 그것들은 90년대 아시아를 향했던 것처럼, 한통속이 되어 다채로운 공격을 퍼부어 댔다.

모두가 다 중국이란 공룡의 시체를 떼어 먹는 데 혈안이 되어 있었다.

중국 당국의 외환 보유고가 갉아 먹히는 속도는 점차 빨라지고, 중국 기업체들의 부도가 속출하기 시작한 지금…….

중국의 모라토리엄(Moratorium: 국가 파산) 선언까지 얼마 남지 않은 어느 날이었다.

나는 김청수가 건네 오는 데이터들을 확인하다가 고개를 돌렸다.

그의 사무실은 오늘도 손님들로 분주했다.

이 기회에 그룹의 눈에 들고 싶어 하는 엘리트 직원들이 포트폴리오를 안고 들어오는가 하면, 크고 작은 이름들의 금융사들 또한 비슷한 포트폴리오로 투자를 바라고 있었다.

그들의 포트폴리오에 제목을 붙이자면 이렇게 되겠다.

중국발(發) 세계 금융 위기

월가를 기점으로 루머 아닌 루머가 돌고 있었다.

중국의 어떤 공작에 의해서가 아니다. 방대한 세계 금융 네트워크를 고려하면 중국 경제의 몰락은 비단 그것들만의 일이 아니기 때문이다.

특히나 중국 같이 세계 제1위의 경제 대국을 노리고 있는 나라에서 일이 터지면 그 위기는 전 세계로 전이되고 만다.

지금에야 몬스터를 격퇴했던 여운이 가시지 않아 경제 제재에도 불구하고 모든 악재들이 짓눌려 있는 상태지만, 정말로 중국이 모라토리엄을 선언한다면 세계는 깨닫고 말 것이다.

전 세계의 경제가 어디까지 침몰해 버렸는지를!

그렇게 08년 서브프라임 사태를 답습하게 되는 것인데, 지금은 세계 경기를 부흥시켜야 할 때였다.

세계 경제를 구렁텅이로 몰아넣고 나서 주식들을 회수해 본들 처음처럼 자본의 흐름만 경색시킬 뿐 아닌가. 길들이기는 끝났다.

그래서 차라리 중국을 통째로 삶아 버리는 게 낫다는 판단이었다.

우리나라가 IMF 구제 금융을 받았던 당시, 세계 자본 세력들은 다시 오지 않을 초특가 바겐 세일이 시작되었다며 그리도 환장했었지.

이번에는 중국 차례였다.

클럽 회원 중 한 명에게 전화를 걸었다.

IMF 총재.

그 늙은 여자가 중국으로 보낼 첨병(尖兵)의 지휘관으로 낙점됐다.

그녀는 중국 시장을 완전히 개방하여 그 땅의 모든 것들을 내 아가리로 밀어 주는 데, 사력을 다할 것이다. 다음번 임기를 보장받기 위해서라도 말이다.

Chapter 7.

　국제탐사보도언론인협회(ICIJ)는 감시 저널리즘을 기반으로 하고 있다. 80여 개국 200여 명의 기자가 참여하는데, 바스티안은 그중에 한 명이었다.

　「기로에 선 중국. IMF가 내민 손길을 잡을까?」
　「IMF 총재 "중국에 강력한 개혁을 주문할 것. 중국 경제 제재 해제는 그다음."」

　'맙소사. 정말로 중국을 꺾었어.'
　전공자들만큼은 아니지만, 탐사 보도인으로서 기본적인

소양을 갖춘 바스티안으로선 가히 충격적인 사건임이 틀림없었다.

그 기사들이 뜻하는 바는 소수 자본 세력의 완전한 승리였다.

혹자들은 초인적인 능력에 흉포성까지 지닌 각성자들을 세계의 제일 큰 문젯거리라 지칭하지만 그건 잘 몰라서 하는 소리다. 각성자에 관한 문제는 세계 각성자 협회에서 잘 해결해 나가고 있다.

그러니 세계가 당면한 제일 큰 문제는 너무나 한쪽으로 쏠려 버린 부(富)에 있었다.

전 세계 대 중국의 경제 전쟁, 혹은 달러 대 위안화의 기축 통화 전쟁이라는 표어를 내걸어 왔던 사건들도.

실은 '중국' 대 '부를 독점한 소수의 자본 세력' 들 간의 전쟁이었다.

소수라 함은 소위 금융 업계에서 빅4로 불리는 조나단 투자 금융 그룹, 질리언 투자 금융 그룹, 텔레스타 인베스트먼트, 골드 앤 실버 인베스트먼트 및 그들의 추종 세력들이다.

기실 자본 세력들이 한 국가를 무너트린 것은 이번이 처음은 아니다.

90년대 아시아 외환위기 당시 많은 아시아 국가들이 도미

노처럼 무너졌고 러시아까지도 전화에 휘말렸던 적이 있었다.

하지만 당시의 아시아 국가들과 현재의 중국을 놓고 비교할 순 없었다.

일찍이 각종 경제 지표에서 일본을 제치고 세계 2위의 반열에 오른 나라가 현재의 중국이다.

그나마 아시아 외환위기 당시에는 많은 자본 세력들이 아시아 국가들의 잘못된 금융 정책을 공략하고 공포를 동반시켰다면 이번 전쟁은 국운을 건 전면전이었다.

그러했던 전쟁에서 소수의 자본 세력들이 오로지 돈으로만 중국을 제압한 것이다.

그들의 금력은 상상을 초월한 예측 불허였다.

자본주의 세상에서 소수의 자본 세력들에게 부가 쏠리는 현상이야 불가피하다지만, 이건 정도가 지나쳐도 너무하지 않은가!

바스티안이 생각했을 때 인류의 미래는 절망적이었다.

「1. 조나단 투자 금융 그룹

2. 질리언 투자 금융 그룹

3. 텔레스타 인베스트먼트

4. 골드 앤 실버 인베스트먼트」

바스티안은 소위 금융 업계에서 빅4로 불리는 그들, 금융 제국들의 이름을 노트에 써 놓고선 섬뜩한 시선으로 바라보고 있었다.

몇 개 자본 세력이 세계 강대국을 전면전에서 쓰러트려 버리다니…….

더욱이나 그들 금융 제국들이 섬뜩한 점은 그것들 사이의 유대 관계에 있었다. 90년대 아시안 외환위기 이후에 출몰한 변방의 세력들이 지금의 거대 금융 제국으로 성장하기까지, 그들의 노선은 대개 비슷했다.

업계에서는 그들이 기존의 자본 세력들을 대상으로 함께했던 행보를 두고서 사실상 빅4의 관계를 혈맹의 동지로 보는 시각들이 많았다.

시작의 날에도 그랬다.

전 세계가 팔지 못해서 환장할 때 그들만이 미친 듯이 사들였다.

덕분에 시작의 날이 지나고도 방대한 국제 금융 연결망이 존속하며 인류 문명이 유지될 수 있었다지만, 당시만 해도 그건 미친 짓이었다.

손해도 같이 보고 이익도 같이 보는 혈맹.

바스티안은 자본 세계에 그런 관계가 존재한다는 것이 소름 끼쳤다. 그들이 중국을 무너트려 버린 과정과 결과보다도 더!

그 끈끈한 유대 관계가 지속되는 한, 그들이 세운 제국은 인류 역사상 가장 강력한 제국이 될 수밖에 없었다.

13세기 말 베네치아 공화국이 어땠는가.

공화국을 통치하는 총독이 있었지만, 대상인들로 이루어진 소수의 상인 귀족의 세력이 훨씬 강대했던 그때였다.

대평의회(大評議會)라는 공화국 정책의 중심지 역시 몇 개의 상인 가문이 장악하면서 공화국 전체는 상인들의 손 아귀에서 놀아났다.

중세 이탈리아 반도의 작은 도시 국가에서 있었던 일이 이제는 전 세계로 확장된 꼴.

'그들의 영향력은 빌더버그 클럽 안에서도 대단하겠지. 이건…… 애초부터 그들 금융 제국들이 의도적으로 만들어 낸 전쟁이었어. 각성자들이 억류된 건 그저 명분에 불과하고. 세계 각성자 협회도 한통속일 수밖에 없는 것이지.'

시작의 날은 인류 역사에 있어 커다란 분기점임이 틀림없었다.

금융 제국들이 완성되어 버린 날이니까.

외계 괴물들의 습격은 막아 냈지만, 금융 제국들의 힘이 걷잡을 수 없도록 팽창한 날이 바로 그날이기 때문이다.

*　　　*　　　*

「 중(中). 결국 IMF 조기구제금융 요청 」

「 '조나단 투자 금융 그룹의 지원 사격' 받은 중
국. IMF와 중국 구제금융 조기 지원 협상 」

「 중국 IMF, 구제금융 역대 최대 지원 규모. 1900
억 달러 →2100억 달러로 상향 」

「 중국 경제 제재 철회. 세계는 화해 모드 ─ 중국
에서 억류 중인 각성자들은 등록일 전까지 해방 」

「 중(中). IMF의 1차 경제 개혁안 수용 」

「 [심층탐구] 중국의 황금, 1만 5천 톤은 전부 어
디로 가는가? 」

바스티안을 충격으로 몰아넣었던 날들이 지나가고 있었
다.

그가 기사 집필에 집중하지 못하고 있는 그때도, 창밖은
여전히 어두웠고 고요했다. 그래서 스피커에서 튕겨져 나
온 알림음이 그 어느 때보다 크게 들렸다.

띵─!

채팅창이 켜졌다.

'설마?'

정체불명의 정보원은 암호화된 채널로만 접근해 왔다.

〈 A: 날씨가 맑은가요? 〉

바스티안은 순간 잠이 확 달아나는 기분이었다. 그러고
는 말이 안 되는 대답을 던졌다.

그것이 정보원과 접촉할 때 거치는 인증 방법 중 하나였
다.

〈 B: 목성에는 눈이 내리고 있습니다. 〉

정보원이 바스티안에게 처음 접근했던 때는 2년 전이었
다.

그때 정보원은 파나마 제도의 최대 로펌 중에 한 곳인 모
색 폰세카(Mossak Fonseca)에서 유출된 내부 자료를 보내
왔었다.

480만 개의 이메일, 3만 개 이상의 데이터베이스 파일,
210만 개 이상의 PDF 파일.

2.6 테라바이트가 넘는 그 방대한 자료들을 여러 시일에
걸쳐 꾸준히 보내 왔었는데, 세계 곳곳의 거물급 인사들의
조세 회피 자료가 넘쳐 났었다.

정치인, 기업인, 금융인, 스포츠 스타.

거기에는 현재 빅4에 수난을 겪고 있는 중국 주석과 그 일당들이 역외로 빼돌린 4조 달러 규모의 부패 자료들도 포함되어 있었다.

2년 전.

세상을 떠들썩하게 만들었던 프로젝트, 파나마 페이퍼를 시작할 수 있었던 까닭은 그런 방대한 자료를 보내 준 정보원 A가 있었기 때문이다.

〈 A: 오랜만입니다. 〉

바스티안은 정보원의 메시지를 두고 뭐라 대답해야 할지 망설여졌다.

세상을 떠들썩하게 만드는 데는 성공했지만 딱 거기까지였다.

이후로 추가적인 폭로가 더 진행되었어도 세상은 바뀐 게 없었다.

그리고 시작의 날을 거친 지금에 와서는 완전히 잊혀진 일이 되었다. 정보원은 그런 결과를 바라고서 목숨을 담보로 걸었던 게 아니었을 텐데 말이다.

암호화된 채널이 바뀌는 찰나. 모니터가 거뭏게 물들었

을 때 바스티안의 미안한 표정이 잠깐 비쳤다가 사라졌다.

〈 B: 예. 오랜만입니다. 그런데 파나마 페이퍼의 결과가 실망스럽지 않으십니까? 〉
〈 A: 여러분들께서는 최선을 다해 주셨습니다. 〉
〈 B: 대중들의 관심을 더욱 가져오지 못한 것이 안타까울 뿐입니다. 〉

그나마 팝스타 누구, 축구 선수 누구가 횡령했던 금액에 대해서만 여러 번 회자되었을 뿐, 정작 거물급들에 대해선 관심도를 높이기가 힘들었다.

〈 A: 이번에는 많이 달라질 겁니다. 더 위험하실 테고요. 〉

바스티안의 두 눈이 부릅떠졌다. 기자의 본능이 번뜩였다.

16년 파나마 페이퍼 폭로에서 큰 아쉬움으로 남았던 게 조나단 투자 금융 그룹을 비롯한 빅4의 자료들이 하나도 포함되어 있지 않은 점이었다.

파나마에는 조세 회피 공장으로 두 개의 로펌이 존재한다.

하나는 모색 폰세카.

다른 하나는 칼 앤 제인 법률 회계 사무소다.

그런데 모색 폰세카는 그들의 서비스를 바라는 고객들에게 개방되어 있었지만, 칼 앤 제인 법률 회계 사무소는 그렇지 않았다.

그럼에도 불구하고 칼 앤 제인 법률 회계 사무소에서 쏟아 내는 페이퍼 컴퍼니의 수는 매년 모색 폰세카를 추월했었다.

바스티안은 거기가 빅4, 소수 금융 제국들의 전용 공장이라고 확신해 왔었다.

그가 떨리는 마음으로 키보드를 눌렀다.

〈 B: 혹시 칼 앤 제인 법률 회계 사무소 쪽 자료입니까? 〉

〈 A: 맞습니다. 이번에도 저널리즘이 책임을 가지고 할 수 있는 일을 보여 주실 거라 기대하고 있습니다. 〉

아아.

바스티안은 숨이 멎는 듯했다.

정보원이 그런 자료들을 어떻게 입수하는지는 둘째치고, 드디어 금융 제국들의 성벽을 넘을 수 있는 순간이 온 것이었다.

그러면서 또 한편으론 성벽에 세워진 금융 제국의 경비병들이 어떤 위협을 가해 올지 걱정이 드는 것도 사실이었다.

폭로에 참여했던 기자들 중 선두에 섰던 기자 두 명이 의문의 차량 폭발 사건으로 생을 마감했었다. 그 일도 물론 소리 없이 묻혔고.

누가 그들을 죽였는지는 너무나 뻔한 일.

〈 A: 자세한 이야기는 자료를 보면서 시작하죠. 〉

깜박.

이번에도 암호화된 채널이 바뀌며 새로운 채팅 창을 띄웠다.

수만 개의 유령 회사. 서로의 지분이 복잡하게 얽혀 있는 그것의 근원을 찾아가는 일은 단기간 안에 되는 일이 아니다.

심지어 이번의 유출 자료들은 예전보다 더욱 복잡했다.

혼자서는 절대 할 수 없는 일이고, 국제탐사보도언론인협회의 동지들과 공조한다고 해도 예전처럼 1년 안에 해결될 일이 아니라고 판단됐다. 무엇보다 당시보다 상황이 더욱 열악해졌다.

시작의 날을 기점으로 빅4의 자본들이 세계 언론들을 장악하지 않았던가.

바스티안은 미궁 안에 갇힌 기분이 들기 시작했다.

자료는 거대한 퍼즐이었다.

금융 업계에서 뉴욕상품거래소에 등록된 중국발 파생 상품들을 두고 그렇게 표현했었는데, 그들조차도 이 자료들을 보면 그 말이 쏙 들어갈 거라 확신했다.

그때 기존의 채팅 창이 삭제되고 새로운 채팅 창이 떴다.

깜빡.

〈 A: 얼마나 많은 시간과 인력이 투입되어야 할지 감이 잡히지 않으실 겁니다. 〉

〈 B: 솔직히 그렇군요. 작정하고 자신들을 숨겨 두었습니다. 하지만 빅4가 그 끝에 있을 거란 건 자명한 사실이죠. 〉

〈 A: 그렇다면 가장 최근의 자료부터 시작해 보는 게 어떻겠습니까? 〉

자료상에 나온 그 회사의 이름은 데스트니였다. 업종은 제약업.

〈 B: 예. 일단 동료들에게 연락을 돌려야겠습니다. 〉

바스티안은 파나마 페이퍼 폭로에 동참했었던 한국의 기자, 이수원을 시작으로 여러 기자들의 이름을 떠올려 나갔다.

＊　　＊　　＊

중국의 집권자나 엘리트들은 멍청하지 않았다.

그것들이 계획했던 것은 수습 불가능할 정도의 공멸이지 자멸 따위가 아니었다.

애초부터 실패할 게 분명한 화폐 개혁을 감행하고, 뉴욕 상품거래소에 감당할 수 없는 거품을 일으켰던 까닭은 바로 그 때문이었다.

이제 와서 IMF의 구제 금융을 거부하고 중국발 세계 금융 위기를 촉발시켜 본들, 본인들만 영원히 회복할 수 없는 지경에 이를 거라는 뻔한 미래를 보지 못할 수가 없는 것이다.

그 건에 관해 내 금융 제국의 기사들에게 들어온 회신 내용들을 추스르고 있을 때.

결이 다른 메일 한 통이 끼어들었다.

「제목: 당해 상반기 연구 보고

발신자: 데스트니

내용: 텔루르, 게르마늄, 팔라듐을 분리. 새로운 원소를 추출하는 데 성공하였습니다. 새로운 원소의 이름은 임의로 데스티늄 이라 명명하였습니다. 또한 데스티늄이 구성 원소들과 결합하여 발산하는 에너지를 발견하였으며, 현재……. 」

이제야 들어왔다.

그건 석유와 황금에 깃든 가치를 모조리 빼앗아 올 수 있는 연구였다.

이 정도까지만 해도 시일이 앞당겨졌다면 속칭 마석본위제(磨石本位制) 같은 기상천외한 공격을 퍼부어 줄 수 있었을 것이다.

추가로 마석을 구할 수 있는 창구가 막혀 버린 게 문제라면 문제지, 지금껏 확보해 놓은 마석으로도 가능한 이야기.

그래도 본 시대에 비하면 마석의 에너지화가 출현하는 시기가 월등히 앞당겨지고 있었다.

데스트니에 보낼 독려 메시지를 완성시켰을 때. 비행기 창 밖으로 베이징 공항이 보였다. 김청수도 승무원의 안내에 태블릿 PC를 내려놓고 정장 재킷을 챙기기 시작했다.

베이징 공항은 화약 냄새만 나지 않을 뿐, 꽤나 많이 파괴되어 있었다.

세계 각성자 협회의 총본부 공사 현장 같은 복원 작업이 한창이었던 것 같은데, 내 방문으로 인해 잠시 중단된 것으로 보였다.

그다음에야 보이는 것이 도열해 있는 중국 관료들이었다.

이미 IMF의 무리한 요구들, 예컨대 중국의 토지 개방이나 국영사업의 민영화 그리고 외자의 적극적인 투자 환경 조성 등.

그간 봉쇄되어 있던 중국 시장을 전부 열어 버리기로 결정하는 것에 본인들 손으로 굴욕적인 서명을 할 수밖에 없었기 때문에, 그들이 자아내는 분위기는 패전국의 그것이었다.

하지만 이제야 시작인 것이다.

IMF는 우리나라에 그랬던 것처럼 이것들에게도 점차적으로 강도를 높여 가며 식민지화 작업에 박차를 가할 것이다.

그리고 중국 정부는 인민들에게 중국 경제를 외국 자본에 팔아먹는다는 지탄을 받게 되겠지.

그게 중국에 예정된 미래다.

비행기 계단에서 한 걸음씩 내려올 때마다, 제일 경직되고 있는 자는 주석보다 그 옆에 서 있는 각성자였다.

중국에 억류되었던 저구간 각성자 중 한 명으로 보였다.

중국 정부에서는 많고 많은 동시 통역사를 제쳐 두고 그 여자를 나와의 교두보로 내세우려는 것 같았다.

각성 나이가 적고, 영어도 적당히 되고, 얼굴도 제법 반반한 여자로.

인근에서 각성자는 그 여자 한 명뿐이었다. 날 보자마자 겁을 먹기보단 눈물을 글썽거리는 걸 보면 그간 고초가 심했던 모양이다.

한편 주석은 여자의 예기치 못한 반응에 당황하는 눈치였다.

계단 끝, 지면에 첫발이 닿았을 때였다. 주석이 여자만 대동하고서 걸어오기 시작했다.

주석에게는 가식적인 미소 같은 건 없었다. 대신 내게 악수를 청해 오는 자세만큼은 최대한 정중히 또 조심하려는 기색이 느껴졌다.

그때였다.

내 뒤를 따라 내려온 김청수가 주석의 면전에 대고 날카롭게 뱉었다.

"지금부터 주석은 저하고만 얘기하시죠."

나는 주석의 당황한 눈빛을 무시하고 여자에게 말했다.

"이것들은 내가 아직도 외교 사절처럼 느껴지는가 보군."

여자는 그렇지 않아도 은연히 떨고 있던 고개를 떨어트렸다.

"초대연 같은 게 준비돼 있겠지?"

"예……."

여자가 나와 눈을 마주치지 못하며 대답했다.

"다 필요 없고, 내 물건부터 보러 가겠다. 버러지 같은 새끼들."

내 물건을 떼어먹고 세계와 공멸하려던 것들이 이놈들이다.

이 자리에서 목을 날리진 않겠다만!

대신 이놈들이 가진 모든 것, 비자금의 마지막 한 푼까지 탈탈 털어서 거대한 땅덩어리와 함께 삼켜 넘기리라.

꿀꺽.

*　　*　　*

주석의 최측근들.

그러니까 주석과 같은 동향 출신이거나 같이 근무했던 직계 부하들로 구성된 인맥을 통칭해 시자쥔(習家軍)이라 부른다.

주석의 집권 과정에서 정적들을 제거해 온 시자쥔들이었다.

류왕은 그중의 한 명으로 신창타이(新常態)의 설계자이자 막후에서 중국 경제의 사령탑 역할을 해 왔던 인물이었다.

그가 거머쥐고 있는 권력은 인도관에 준할 정도라 할 수 있겠다.

펜을 놀려서 중국 경제를 좌우할 수 있는 것과는 별개로, 가리키는 것만으로도 어지간한 사람들의 대가리를 터트릴 수 있는 힘이 있었다.

하지만 그것은 권력에서 나오는 힘일 뿐 실제로 그런 초능이 있는 게 아니다.

맨손으로 사람의 머리를 부수고 척추를 뽑아낼 수 있는 힘은 오히려, 그와 마주하고 있는 각성자 여자에게 있다.

그럼에도 불구하고 각성자 여자는 류왕에게 쩔쩔매고 있었다.

이윽고 여자가 자동차 창문 밖으로 조심스럽게 의향을 물어 왔다. 자신이 통역관으로 내 옆자리에 타고, 류왕이 조수석에 탈 수 있겠냐는 것이다.

그러면서 붙인 말이 류왕이 금괴 보관소까지 길잡이 역할을 하게 될 거라는 것이었다.

거기서 재미있는 점은 여자가 류왕을 가리켜 정말로 '길잡이 역할'이라 지칭한 데 있었다.

류왕을 어려워하면서도 그를 길잡이 따위로 부르는 건, 시작의 장에서 보낸 삶과 본토의 현실이 한데 섞여서 나온 결과물이었다. 지금은 과도기다.

어쨌든 중국의 경제계 관료에게 전해 줄 사안이 있어서 고개를 끄덕여 주었다.

여자가 내 옆에 타고 나서 정식으로 자신을 소개하였다. 그 사이 마음의 준비를 마쳤는지 이번에는 떨지 않는 목소리였다.

"양가혜입니다. 오딘을 모시게 돼서 영광입니다."

그다음으로 류왕이 조수석에 타며 고개를 숙여 보였다.

중국말은 성조가 다양해서 시끄럽게 들리기 마련이지만 류왕은 최대한 목소리를 가라앉혀 말하기 시작했다. 말은 길어도 결국엔 나와 동행할 수 있게 된 것을 감사히 여기고 있으며, 그만큼 성심껏 모시겠다는 뜻이었다.

베이징 중심부로 들어섰을 때에도 도로를 달리는 차는 우리뿐이었다.

심지어 번화가에도 행인 한 명이 없었다. 거기에 존재하는 사람이라곤 공안들뿐이었다.

차량이 그들의 경례를 받으며 속도를 높여 가던 무렵.

내 눈치만 보고 있을 류왕이 처음으로 말을 건네 왔다.

"저는 신형대국관계의 신봉자입니다, 라고 합니다."

양가혜는 들리는 대로만 통역했다.

신형대국관계.

미국을 향해 충돌하지 말고 상호 존중하자는 이념이다.

주석이 시자쥔들 중에서 경제계 인사를 길잡이로 보내온 까닭은 저렇게 내 호의를 사서, IMF의 강도 높은 명령들을 조금이나마 덜어 보려는 거였다.

확실히 주석은 나를 각성자 오딘이 아니라 클럽의 주인으로 대하고 있었다.

류왕은 자신이 이번 사태를 막기 위해 얼마나 노력했는지 피력하기 시작했다. 그게 다 거짓이란 걸 알지만 계속 말하도록 내버려 두었다.

주석의 최측근 권력층만이 알 수 있는 사실이 간간이 흘러나왔기 때문이었는데, 정작 내가 기다리고 있던 이야기는 나오지 않았다.

슬슬 IMF 이야기가 나오려던 시점에서 처음으로 입을 열었다.

"소금와는 두 개의 현물로 구성되어 있었다. 황금과 위안화 신권. 중국 당국에서는 위안화 신권을 계속 발행할 계획이 있는가?"

양가혜가 그 말을 전하자 그렇게 열심이던 놈이 갑자기 조용해졌다.

위안화의 화폐 계획은 실패로 끝났다. 황금과 엮여 있는 위안화 신권을 재발행해 봤자, 국가적 위기만 더욱 초래할 뿐.

그래서 중국 당국은 기존의 위안화 구권으로 철회하고 되돌리고 있는 중이었다.

"황금은 그대로 인수하면 되는 것이고, 위안화 신권에 대한 내 손해분은 어떻게 대체할 것인가?"

원래부터 중국의 화폐 개혁처럼 소금와 또한 부도를 가정하고 만들어진 상품이었다. 거품을 있는 한껏 부풀리다가 쾅 터트려 버릴 목적으로.

문제는 거기서 발생한다. 그걸 내가 다 사들여 버렸으니까.

"계산해 보니 그 손해분만 2조 달러 규모가 되겠더군."

비로소 양가혜는 내가 어떤 입장으로 중국에 들어왔는지 깨달은 것 같았다.

순간적으로 통역을 하지 못하다가 곧 더듬거리며 말을 시작했다.

"계약을 성실히 이행하지 못한 위약으로, 국제관례에 따라 그 세 배인 6조 달러부터 진행되어야 할 것이다. 다만 당국의 사정을 고려하여 5조 달러 선에서 그치려 한다."

나는 창밖에 흘러가는 광경을 바라보며 대수롭지 않게 말했다.

류왕은 말주변이 능한 인물이나 자신의 한마디 한마디에 달린 책임을 모를 수가 없었다.

그래서 차 안은 바깥의 거리만큼이나 적막해졌다.

＊　　＊　　＊

차 안의 무거운 공기에 짓눌려 있던 덕분에 간신히 참을 수 있었지, 류왕은 정말로 비명을 지를 뻔했다.

국제관례란 단어는 언제고 마법의 단어로 이용되어 온 게 사실이다.

시작의 날 이전에 진행됐던 미국과의 무역 경쟁에서도 그 단어가 여러 번 인용되었고 사실상 패전국의 입장에서는 수용될 수밖에 없는 말이 맞았다.

그런데 6조 달러, 아니 5조 달러가 뉘 집 개 이름이란 말인가?

당국의 외환 보유고가 텅텅 비어 IMF에 조달받기로 한 금액을 2100억 달러까지 상향시켰다.

그런데 그 20배가 넘는 금액을 달러로 내놓으라니?

무력을 사용하지 않을 뿐 그건 무자비한 폭력임이 틀림 없었다.

각성자들이 주야장천 말했던 오딘의 뇌전(雷電)이 베이징에 직격한다 해도, 그것보다 더한 피해를 입힐 수는 없을 것이다.

류왕은 비명을 지르지는 않았지만 고개를 돌리고 말았다.

그러고는 말문이 막혔다.

아무렇지 않게 5조 달러를 입에 담은 인물은 무심한 눈으로 창밖만 바라보고 있었다. 그래서 눈이 마주친 건 통역관으로 데려온 각성자 양가혜뿐이었다.

양가혜는 시작의 장 2막 1장이란 곳에서 오딘과 같은 무대를 치렀다던 각성자였다.

그래서 통역관으로 데려왔지만, 기대에 조금도 부응하지 못했다.

지구에서뿐만 아니라, 시작의 장에서도 신분 차이가 천지 차이일 수밖에 없었던지 양가혜는 오딘과 눈조차 마주치지 못한 것이다.

물론 그걸 예상하지 못한 건 아니다. 하지만 양가혜의 미색이 어느 정도 분위기를 환기시켜 줄 거라 생각했었다.

류왕은 잠깐 틀었던 고개를 제자리로 돌려놓으며 미간을 굳혔다. 자신의 어깨에 지워진 책임이 전신을 짓누르는 듯했기 때문이었다.

상대는 어중이떠중이가 아니었다. 입신지경의 초능을 지녔다는 자이기 전에 클럽의 주인이었다. 경제에 능통하고 자본 세계에서 신화를 기록한 조나단과 질리언 같은 자들을 부리고 있었다.

그래서 더 이해할 수가 없는 것이다.

지금 당국에서 5조 달러나 되는 자본을 어떻게 만들 수 있단 말인가? 그걸 모를 수가 없는데?

"미 채권으로 대체할 수 있겠습니까?"

류왕이 물었다. 대답으로 나온 오딘의 어투는 이번에도 담담했다.

"그래도 3조 5천억 달러가 남는다, 라고 하십니다."

류왕은 십 년이 넘는 기간에 걸쳐 분할 지급하겠다는, 의향을 밝히려다 말았다.

앞으로 중국 경제는 하락세였다. 무역 경쟁에서 미국에게 압도당할 것이며 과거처럼 큰 흑자를 기록하는 건, 기적이 일어난다 해도 있을 수 없는 일이었다.

설사 작은 흑자를 기록한다 해도, 그렇게 벌어들인 외화를 매년 탕진해 버리면 중국 경제는 자본 세력들의 공격을 유도해 버리는 꼴이 되고 마는 것이었다.

솔직히 류왕은 오딘이 탐욕스러운 괴수로 보였다.

두 다리로 걷고 양복을 걸치고 있지만 시작의 날에 침공했던 어떤 외계 괴수들보다 거대한 아가리를 벌리고 있는 게 바로 저자였다.

오딘이 IMF란 점령군들을 보내 시장의 문을 강제적으로 부숴 대고 있는 이유가 무엇이겠는가? 그렇게 개방시킨 시장들을 누가 장악하겠는가?

바로 오딘이다.

국토는 유린당하고, 잠재력 높은 중화의 기업과 국영사업들은 전부 오딘의 주머니로 들어가기 바빠질 것이다.

그런데도 오딘은 거기에 만족지 않는다.

손해분에 위약금까지 붙여서 5조 달러나 되는 자본을 요구하고 있었다.

그때였다.

통역을 거치지 않아도 되는 익숙한 단어가 부딪쳐 왔다.

파나마 페이퍼! 모색 폰세카!

역외에 축재해 놓은 자본들. 거기에는 류왕 자신과 일가의 비자금도 들어 있었다.

류왕은 보이지 않는 어둠의 손아귀가 자신의 머리채를 휘어잡고 지면으로 강하게 당기는 느낌을 받았다. 가장 숨기고 싶은 이야기였지만 역시나 오딘도 비자금의 존재를 알고 있었다.

그때야말로 류왕의 입술 사이로 흡, 하는 신음 소리가 나왔다.

"중국 당국의 역외 자금들을 모으면 가능하지 않겠냐, 하십니다."

대체 어디까지 빨아먹으려고? 골수 끝까지 빨아먹을 참인가?

하지만 그 전에 문제는 역외에 있는 비자금들은 현 정권의 자금만이 아니란 것이다. 전임 그리고 전 전임 권력자들과 그 측근들의 비자금을 모두 합쳤을 때야 가능한 이야기.

이는 현대사를 관통해 온 중국의 역대 권력자들이 모두 얽혀 있는 문제란 것이다!

그래도 대답은 해야 했다. 류왕은 어렵게 입술을 뗐다.

"······아시겠지만 현 정권에 보태서 구정권의 비자금까지 건드리는 것은 많은 문제를 야기시킵니다. 부디 당국의 사정을 고려해 주십시오."

"반란 말이냐? 라고 하십니다."

"······."

류왕은 더는 입을 열기가 무서워졌다. 뒷자리에 탄 탐욕스러운 괴수에게서 어떤 말들이 더 나올지 소름이 돋았다.

"물에서 끄집어내 줬더니 보따리까지 신경 써 달라는 꼴이군. 반란이 두려우면 각성자들을 고용하는 데 돈을 아끼

지 않으면 될 일이다. 여기만 해도 한 명 있군, 이라고 말씀
하셨습니다."

그때 처음이자 마지막으로 양가혜의 개인 의견이 보태졌
다.

"오딘께서 자비를 베푸실 때 감사해야 할 겁니다. 적어
도 당신네들의 목숨은 남겨 두겠다는 것이시니."

＊　　　＊　　　＊

차량이 멈춰 섰다. 베이징의 인민은행 앞이었다.

중국이 금 보유량을 밝힌 이후로 인민은행 지하에 위치
한 금괴 보관소는 세계 최대 규모의 황금 창고로 잠깐이나
마 명성을 떨친 바 있었다.

평소 같았으면 전자 기기는 물론 메모지 한 장까지도 압
수될 장소였다.

고도의 보안이 요구되는 곳은 비슷한 구조를 띠는 법이
다.

뉴욕에 있는 연방준비은행(FRB)의 금괴 보관소도, 캣
푸드 웨어 하우스도, 본 시대 팔악팔선들의 본거지나 그것
들을 피해 만들었던 내 아지트도, 최근에는 협회 본부의 제
사실도.

입구는 언제나 하나였다. 그리고 거기에 보안 장치를 들을 덕지덕지 부착한 채 24시간 경계할 수 있는 인력을 상주시켜 놓는다.

아마도 평소에는 다른 각성자들의 습격을 대비해서 중국 정부에 협조하고 있는 각성자들을 여기에 두고 있었을 테지만, 중국 정부는 본인들이 해 온 짓을 의식했기 때문에라도 보통의 사수(射手)들을 배치해 둔 상황이었다.

자동 화기로 무장한 중국 군인들은 류왕을 볼 때마다 경례를 붙였다.

그러나 류왕이 말을 잃은 지는 오래였다.

단순히 달러로 계산하는 게 의미가 없는 황금의 대전당으로 들어가면서도, 그는 향후 만들어 내야 할 5조 달러에 대한 생각에만 휩싸여 있었다.

그래서 그때도 아무 말소리 없이 발소리만 울렸다.

이윽고 류왕이 금괴 보관소의 마지막 문에 열쇠를 꽂고 비밀번호를 누르는 등, 몇 차례의 보안 절차를 끝냈을 때였다.

천장에 박힌 빛들이 긴 복도를 드러냈다.

거기는 어떻게 보면 금을 가둬 둔 감옥처럼도 보이고 벽돌 공장의 창고 같이도 보인다.

수백 개의 널찍한 창살 너머로 보이는 방마다 금괴가 빈틈없이 쌓여 있어, 금에 대한 감각을 상실해 버리는 마법을 부리기 시작한다.

적어도 이 창고 안에서만큼은, 금은 흔하디흔한 물건에 불과해져 버린 것이다.

1만 5천 톤.

2톤 트럭으로는 7500대분.

천장의 빛에 부딪혀 반짝이는 황금들이 아주 득실거렸다.

그런데 그날 밤이었다. 제이미에게서 급한 연락이 들어왔다.

〈 협회에 이상 현상이 발생했어요. 〉

*　　　*　　　*

그 생각부터 났다.

〈 성일의 아들은? 기철이 말이다. 〉

〈 오 일 전에 서울로 돌아갔어요. 어머니와 있겠다고 해서요. 〉

그렇다면 됐다.

황금 운송과 IMF에 관련된 모든 일을 김청수에게 일임

한 후 한국으로 들어왔다.

이상 현상이 발생했다고 해서 처음에는 의례가 완성되었나 싶었다. 그러나 이상 현상을 찍은 사진이 예사롭지 않았다.

협회 출입문이 푸른 결계로 막혀 있었다. 그건 던전 입구에서나 볼 수 있는 현상이었다.

제이미와 함께 헬기를 타고 거기 상공까지 도착했을 때.

그렇지 않아도 협회에 관심이 지대한 언론들, 우리나라 기자들뿐만 아니라 외신 기자들까지도 군경의 통제 구역 바깥에 운집해 있는 게 보였다.

엠바고(Embargo: 한시적 보도 금지)를 요청해 놨기에 당장 속보로 띄워지는 것은 없었지만, SNS를 통해 빠르게 전파되고 있다는 설명이 잇따랐다.

한눈에 보기에도 협회 본부는 던전화가 진행되어 있었다.

우리가 칠마제 군단의 던전에 들어갈 때면 올드 원의 힘에 의해 그 구역 전체가 봉쇄되었던 것처럼 이번에는 입장이 뒤바뀐 것이다.

외부의 습격이 진행되고 있는 것이다.

성(星)드라고린이라고 불리는 차원의 종족들일 터. 그렇다면 의례가 완성되는 것을 저지하기 위해 진입해 온 것들이다.

그것이 가장 가능성이 높은 이야기였다.

둠 카오스와 거래를 하던 당시, 이와 같은 경우를 가정해 보지 않았던 게 아니다.

그래도 감수하고 받아들일 만하다고 생각했던 일이었다.

올드 원이 칠마제 군단의 본토로 던전을 생성했던 메커니즘을 고려하면 공통된 조건이 있었다.

바클란 군단의 던전들만 봐도 그랬다.

바클란 종족의 일반 거주 영역이 아닌 군사 특정 지역. 즉, 병영이나 투기장 그리고 군왕의 성 같은 지역에만 던전화가 진행되었고.

설사 도전자 퀘스트처럼 본토에 직접적으로 떨어트려 놓은들, 그런 것들이야 내 선에서 얼마든지 제거가 가능하다고 판단했었다.

그래서 인간 군단의 군사 지역으로 특정될 곳, 즉 지금의 협회 본부처럼 우리 각성자들이 운집해 있을 곳들에만 방어 체계를 갖춰 놓으면 되는 거였다.

그리고 결정적으로 올드 원이 병졸로 선택한 종족은 칠마제 군단을 전부 상대해야 했다.

그것들의 화력은 분산될 수밖에 없으며, 다른 칠마제 군단과는 달리 둠 맨이 상주하고 있는 우리 본토에서는 제대로 힘을 발휘할 수 없는 거였다.

그래서 칠마제 군단 전체와 둠 자들에게 우리 본토를 노출시키는 것보단.

둠 카오스에게 편입되는 것이 우리 인류에게 있어 '안전'에 가까운 상황이라 할 수 있는 것이었다.

둠 카오스와의 거래에 응한 건 바로 그러한 까닭에서였다.

그러니 당혹해할 일도 아니다.

협회 본부에는 오르까가 있고 연희의 애완물이 존재한다. 그것들은 각각 군주(君主)의 이름을 붙이기 마땅한 강력한 존재들.

의례를 저지하러 온 놈들이 얼마나 강한 놈들로 구성되어 있는지 모르겠다만 설령 오르까와 연희의 애완물을 뚫고 제단까지 도달한다 해도.

의례 완성이 늦춰지면 늦춰졌지, 그 즉시 죽은 목숨이다.

거기는 지금 인간 군단의 제사장들이 다 모여 있으니까.

그렇게 따지고 보면 협회 본부는 SSS급 던전이 되는 것이다.

[* 보관함]
[제우스의 뇌신 창이 제거 되었습니다.]

제이미에게 말했다.

"통제 구역을 최대한까지 넓히도록."

＊　　　＊　　　＊

오딘의 절대전장을 만들었던 것과 비슷한 이치로, 협회를 둘러싸고 있는 결계는 꿈쩍하지 않았다.

다만 둠 데지르와 사투를 벌였던 당시 절대전장에 생채기가 났던 것처럼, 몇 날 며칠 강력한 충격을 가한다면 약간의 틈을 만들 수는 있을 것 같았다.

빠지직—!

한바탕 휘몰아친 뇌전의 폭풍 뒤로 벼락 줄기들이 오랫동안 잔존했다.

그러니 정작 충격을 받은 것은 협회를 감싼 결계가 아니라 그 광경을 목도한 소수의 사람들이었다. 제이미도 그중에 한 명이었다.

그녀는 클럽 회의에서 발키리들을 본 적은 있어도, 그렇게 직접적으로 파괴적인 힘을 끌어낸 광경은 처음 보았다.

제이미도 클럽의 구성원이다 보니 각성자들의 초인적인 능력에 대해선 접할 수 있는 경로가 많았다.

각성자들이 문제를 일으키고 다닌 게 어디 한두 번인가.

각 국가에서 사력을 다해 극비로 취급하고 묻기에 바빠서 그렇지, 그것들이 일으켰던 소동들은 꽤 많이 영상으로 기록되어 있었다.

그나마 개인당 이십만 달러를 풀어서 숨통을 트여 났기에 그 정도에서 그친 거였다.

어쨌거나 제이미는 지금껏 입수했던 어떤 영상들보다도 제 눈앞의 벼락 줄기들에 매료되어 버린 게 분명했다.

그녀에게 다가갔을 때, 환상으로 젖은 그녀의 얼굴이 보다 선명해졌다.

검게 그을린 대지.

마치 소낙비처럼 허공을 가득 채우고 있는 벼락 줄기의 파편들.

제이미는 나를 앞에 두고도 전방에 광활히 펼쳐진 그 광경에서 눈을 떼지 못했다.

"가까이 접근하면 위험하겠죠?"

경고해 줄 필요가 있었다.

"닿자마자 재가 되겠지."

제이미는 실감이 되지 않는 표정이었다.

＊　　　＊　　　＊

협회 본부를 막고 있는 결계를 바로 앞에 두고 야영지가 만들어졌다.

시작의 장에서는 모닥불과 몬스터 가죽 혹은 목책들로

대충 만들어지기 일쑤였지만, 여기에 제이미가 갖춘 야영지는 훌륭했다.

밤이고 낮이고 조도를 마음대로 조절할 수 있는 이동용 LED 전등에 대형 캠핑카가 있었다.

LED 전등은 기자들의 접근을 막는 위협용으로 쓰였다.

대형 캠핑카에서 중국 건 일을 처리하기 시작한 지 만 하루.

엠바고가 풀린 언론들이 협회 본부에 생긴 이상 현상을 일제히 보도하기 시작했다.

중국의 IMF 구제 금융에 관한 건을 압도하는 양이었고, 보도된 내용 중에는 원거리에서 촬영된 벼락 줄기의 파편들도 포함되어 있었다. 하지만 그것들이 할 수 있는 것이라곤 얼토당토않은 추측뿐이었다.

협회 본부를 감쌌던 결계가 사라진 건 그날 해 질 무렵에서였다.

때는 국내의 각성자들이 뉴스를 보고 제법 많이 모여들어 있을 때였다.

나는 그들과 함께 장벽 정문을 넘어섰다.

오랜만에 맡아 보는 피 냄새였다.

연희의 애완물이 한 구역에서 뭔가를 씹고 있었다. 시체를 끌고 다닌 또 다른 흔적들은 오르까가 거주하는 건물로 이어져 있었다.

생존자들, 협회의 보안 용병들의 목소리도 거기에서 나오고 있었다.

그쪽으로 각성자 몇을 보낸 다음 연희의 애완물에게 향했다.

와그작. 와그작.

커다란 한 개의 입에서 몇 개의 시체를 씹어 대고 있는데, 그때마다 잘려져서 떨어져 나오는 신체 일부분들이 우리 인류의 것과 꼭 닮아 있기 때문이었다.

그 시체들이 협회의 보안 용병이 아니라는 것쯤은 유니폼으로 구분될 수 있었다.

그때 연희의 애완물이 핏빛 광기로 물든 눈을 한 채 나를 쳐다보았다.

상처가 적지 않은 탓에, 전투의 열기가 아직 빠지지 않은 상태였다. 자신에게 상처 입힌 적들의 시신을 유린하는 것만으로는 화가 풀리지 않은 것 같았다.

크라아아아악—!

그렇게 연희의 애완물이 괴성을 질러 대기 시작했을 때였다.

마저 삼켜 넘기지 않아 다 짓이겨진 시체 조각들이 뿜어
져 나왔다.

확실히 인류의 시체가 아니었다.

크시포스의 체액과 핏물들이 엉켜 있었어도 뾰족한 귀들
이 보였다.

두개골이나 팔다리의 길이를 고려해 봤을 때에도 우리
인류와 크게 차이가 나지 않았다. 그렇다고 몽족처럼 푸른
피부를 가진 것도 아니다.

올드 원은 우리와 꽤나 닮은 종족을 제 졸병으로 택한 것
이었다.

보다 완전한 시체를 보고 싶어졌다.

그러며 이것들이 들어왔던 던전 입구도 찾아내고 싶었는
데, 어디에서도 비틀린 시공의 흐름이 느껴지지 않았다.

놈들의 전멸과 함께 던전 입구도 닫혀 버린 것일까. 그럴
수는 있었다.

둠 카오스의 악의가 내게로 집중되었던 시작의 장에서도
그런 경우가 있었다. 정녕 그렇다면 뜻하는 의미가 컸다.

일단 의례가 한창인 본동 쪽은 이상이 없었다.

극으로 끌어올린 감각 안으로 연희를 비롯한 그들의 호
흡 소리가 일정하게 들어오고 있기 때문이었다.

전투의 흔적들 또한 과거 리조트 입구와 정원 구역으로

쓰였던 일대 그리고 오르까의 촉수가 일렁이는 동으로 집중된 상황이었다.

그때 시장의 장에서 지애 누나와 붙어 다니던 녀석, 김지훈이 시체 두 개를 어깨에 짊어지고 나타났다.

녀석은 말없이 고개를 숙여 보인 후 시체들을 바닥에 내려놓았다.

첫 번째.

오르까의 촉수에 복부가 관통된 시체였다. 그것 같은 경우엔 귀가 뾰족하지 않았다.

누구의 눈으로 보더라도, 우리와 동일한 DNA를 품고 있는 똑같은 종이었다.

흰 수염이 가슴까지 내려온 늙은이였고 두 눈은 공포에 질린 채로 부릅떠져 있었다. 사후 경직은 놈이 손에 쥐고 있는 짧은 지팡이까지도 붙들어 놓고 있었다.

지금에야 피에 젖은 채지만 놈의 의복은 본시 흰색으로 로브에 가까웠다.

두 번째.

하반신이 잘려 나간 시체였다. 똑같이 우리 인류의 여성이라 봐도 무방할 외관으로 온몸에 새겨진 문신들이 눈에 띄었다.

두 시체의 공통점은 늙은 놈의 로브에 박혀 있는 문장과 여자의 문신 중 가슴팍의 큰 문신이 동일한 데에 있었다.

일곱 개의 원형을 수직으로 꿰뚫고 있는 문장으로, 이것들의 소속을 나타내는 문장일 수밖에 없었다.

그것이 무엇인지 알게 되기까지는 오래 걸리지도 않았다.

김지훈의 뒤를 이어서, 각성자들이 가져오는 아이템들.

그러니까 침입자들이 장비해 온 무구들에는 공통적인 이름이 붙어 있었다.

[락리마 사제단의 큰 방패]
[락리마 사제단의 전투 지팡이]
[락리마 사제단의 신성 검]

락리마 사제단.

그걸 두고 구원자의 도시민인 한 명이 본인의 의견을 밝혔다.

"침입자들은 몬스터가 아니었습니다. 또 다른 시작의 장이 있었던 것인지도 모르겠습니다."

진실을 모르는 이들에겐 그렇게 보일 수도 있겠다 싶었다.

나는 버려진 대가리를 그들 앞으로 걸어찼다. 그제야 각성자들은 그 대가리에서 뾰족한 귀를 발견하기 시작했다.

"이것들은 우리 인류가 아니다. 앞으로 우리가 상대해야 할 적인 것이지."

그렇게 말해 두고 나서 오르까가 머무는 촉수의 성으로 방향을 틀었다.

락리마 사제단으로 불리는 놈들의 목표는 아마도 둠 맨의 제단이었을 것이다.

하지만 전투의 흔적들이 오르까가 머무는 거기로 집중되어 있는 바, 놈들은 거기에 제단이 있을 거라고 착각했던 것 같다. 그렇게 착각해도 무리는 아닐 것이다. 오르까의 성이 품고 있는 공포감이 그들의 관심을 집중시켰을 테니까.

오르까와 마주하고 나서였다.

침입자들의 수는 두 개 공격대 규모로 적었지만, 개중에 오르까의 영역을 돌파하고 오르까에 상처를 입힐 수 있을 만큼의 주력들이 끼어 있었던 모양이다.

오르까는 그것들 다섯 시체를 감상하듯 펼쳐 놓고 나를 맞이했다.

"락리마."

앞서 다뤘던 단어가 오르까의 후드 속 암흑에서도 흘러나왔다.

나는 녀석에게 고개를 끄덕이며 대답해 주었다.

"아마도 이것들이 올드 원을 부르는 이름인 것 같군. 네 생각은?"

*　　　*　　　*

오르까는 느릿하게 고개를 끄덕인 후 시체들을 응시했다.

그 시선에서 녀석이 자신의 힘에 취해 있는 걸 느낄 수 있었다. 여기까지 도달한 다섯 놈은 오르까에게 그런 기분을 선사할 수 있을 만큼 강자들이었던 모양이다.

정말로 오르까는 그것들이 죽은 모습을 감상하고 있었다.

방해하지 말라는 느낌이 물씬거렸다.

다섯 놈의 시체로 고개를 돌렸을 때 오르까가 한마디를 뱉었다.

"오르까의 전리품."

물론 다섯 놈의 시체를 두고 하는 말이다.

꽤나 치열했던 전투가 분명하게도 놈들의 무구들은 다 깨져 있었다. 그렇게 새로 뜨는 정보 창도 없고, 침입자들의 시체라면 밖에도 얼마든지 있었다.

오르까의 건방진 태도가 거슬리긴 하나 용납할 수 있는 수준이라 생각됐다.

녀석은 본부를 방어했다. 무엇을 전리품으로 챙기든 제 마음인 것이지.

용인의 뜻을 비쳤다.

그러자 진흙 속에서 마루카 종족 특유의 촉수들이 자라났다. 작고 굵은 수십 개의 촉수들은 서로 엉켜 대며 왕좌의 형상을 만들었다.

또한 왕좌의 일부분이 되지 않은 촉수들은 시체 조각들을 묶어 댔다.

정수리부터 사타구니까지 두 동강 난 어떤 놈도, 대가리를 비롯한 사지가 다 잘려 나간 어떤 계집의 시체도.

허공에서 제대로 짜 맞춰지며 전시물로 변했다.

나는 오르까가 자신의 트로피를 감상하는 광경을 뒤로하고 바깥으로 나왔다.

전일 리조트 시절에 창고며 상점으로 이용되던 집합 건물들이 파괴되어 있었다.

어차피 철거가 예정되어 있던 건물들이긴 했다. 하지만 전력선과 다양한 매설관들까지도 파괴되어 버리는 통에 어디는 물바다였고 어디는 화재의 전조가 강했다.

그걸 수습하는 건 군부의 몫이었다. 군인들과 같이 들어왔던 제이미는 내 쪽으로 향해 왔다가 결국 구역질을 시작했다.

찢기거나 짓밟히거나 갈라져 버린.

그렇게 다양한 방식으로 죽은 마흔다섯 놈의 시체 일부분들이 내 앞에 펼쳐져 있기 때문이다.

핏물과 장기들로 뒤죽박죽인 거기를 제대로 내려다보고 있는 건 우리 각성자들뿐이었다.

거기에서 김지훈이 특이 사항이 될 것들을 골라내고 있었다.

과연 침입자들의 구성은 다양했다. 인류와 전혀 다를 게 없는 종이 있는가 하면, 전반적으로 골격이 탄탄한 난쟁이 종도 있었다.

세 개의 종(種)으로 구분될 수 있었다. 인류와 동일한 종, 난쟁이 종, 귀가 뾰족한 종.

그러니 모두는 같은 의심을 하고 있었다.

환상에서나 다뤄졌던 종들이 외계 어딘가에 존재한다고.

맞다. 엘프, 드워프 같은 것들 말이다. 놈들의 모습은 자신들을 가리켜 뭐라 부르든 인류의 오래된 창작물의 이름들로 익숙했다.

"흐흐……."

그때 각성자 중 한 명이 비릿한 웃음소리를 냈다. 그러고는 놀라 바로 입을 다물어 버렸다.

하지만 새로운 적의 출현, 그것들이 품고 나온 외양을 반기고 있는 건 웃음을 낸 녀석뿐만이 아니었다. 대놓고 말하지는 못했지만 거기를 내려다보는 눈빛들은 대개 비슷했다.

침입자들이 온 그 본토를 확인하고 싶어 한다.

시작의 장에서 누렸던 권력을 그 땅에서 다시 거머쥐고 싶어 한다.

그간 억눌려 있던 힘을 분출하고 싶어 한다.

Chapter 8.

　김지훈에게 본토 세계로 돌아온 후 좋았다고 느낀 기간
은 처음 2주에 불과했다.

　그 뒤부터는 답답함만 배가 되었다.

　최근 뉴스에서는 중국 대 세계의 경제 전쟁이다 뭐다 해
서 시끄럽게 떠들며 본토 권력자들의 얼굴을 인용 자료로
삼아 대기 일쑤였다.

　하지만 가소롭기 짝이 없었다. 본토에서 돌아가는 일들
이 대부분 그랬다.

　오딘 님을 필두로 한 협회의 지침에 어긋나고 또 그렇게
할 목적도 없어서 그렇지, 작정하면 중국 주석이든 미국 대

통령이든 언제고 목을 딸 수 있다는 확신이 있었다.

중국에서 비축하고 있다는 1만5천 톤의 황금도 차지할 수 있었다.

주석의 모가지를 틀어쥐고 협박하면 어쩔 건데?

다른 각성자들의 개입을 제외한다면, 상상할 수 있는 모든 일을 할 수 있는 힘이 자신에게 있었다.

보통 힘도 아니고 마스터 구간 초입까지 도달한 자신이니까.

사실 본토로 돌아오면 그렇게 될 줄 알았다. 공대원들과 누누이 말해 왔던 바들이 본토에 돌아와서 할 일들이었다.

세계에 뿔뿔이 흩어져도 최대한 빠른 시일 안에 같은 자리에 모여서 다시 공대를 구축.

구원자 오딘 님의 통솔 아래 본토를 각성자들의 세계로 만들기로 하였다.

그러나 오딘 님의 뜻은 달랐다.

오딘 님은.

그분의 협회는 저열한 본토 사람들과의 공생을 말해 오고 있었다. 심지어 각성자들에게 마이크로칩을 심겠다고도 하였다. 통제가 가해졌다.

그러니 시작의 장을 기점으로 이전과 이후가 똑같을 수밖에 없었다.

한국은 여전히 전일 그룹이 최고였고, 세계는 돈으로만 돌아가고 있었다.

빌어먹을.

시작의 장에서 개처럼 구르며 악귀처럼 싸워 왔던 일들이 전부 허사였다.

더 빌어먹을 일은 세계를 구원한 각성자들을 경계하기 시작한 시선들에 있었다. 본토 세계가 누구들 때문에 안전한 건데!

이십만 달러 따위가 아니라. 이런 금화 한 닢 따위가 아니라.

각성자들은 더 많은 것을 누릴 자격이 있었다. 특히나 최후의 장에서 마리 님의 편에 섰던 이들은 더더욱이 말이다.

본토로 귀환한 후 지금까지 약 한 달이 지나가고 있었다. 의외로 긴 시간이었다. 스스로 판단을 내리기에도 점점 쌓여 가는 불만과 답답함 때문이었다. 할 수 있는 것들을 하지 못했다.

그렇지만!

그랬던 것도 이제 끝이 보였다.

팅—

김지훈이 엄지손가락을 튕겼다.

피 묻은 금화 한 닢이 사정없이 돌았다. 그건 가져도 좋다는 허가가 떨어진 유일한 물건이었다.

금화를 다시 낚아챈 김지훈은 실없는 웃음을 흘리기 시작했다.

금화에는 왕관을 쓴 어느 늙은이의 초상이 새겨져 있었는데, 주조된 정도가 정밀하지 못했다.

인류의 중세에서나 썼을 법한 물건.

본부를 침입했던 침입자들은 그렇게 저열한 문명체였다.

또 중요한 건 침입자들의 생김새에 있었다. 오딘 님에게서 본 드래곤을 본 적이 있었다. 하물며 온갖 괴기한 몬스터들도 다 봐 왔는데 엘프라고 없을까? 드워프라고 없을까?

크시포스 괴수가 씹다 뱉어서 그렇지 온전했다면 아작 난 엘프의 얼굴은 엄청난 미녀의 그것이었을 일이었다.

오딘 님의 말씀에 따르면 그것들의 본토가 앞으로 진출하게 될 외계라 하였다.

몬스터들의 본토가 될 줄 알았는데, 엘프의 땅이라면 대환영이다!

조만간 그 땅으로 진출한다. 거기에서는 공생 따위는 없다. 애초부터 오딘 님과 협회가 꾸준히 공언해 온 일 아닌가.

거기에서라면.

그래.

거기에서라면!

김지훈은 금화를 바라보다가 주먹을 쥐어 우그러트렸다. 금화에 새겨진 어느 왕도 그대로 짓뭉개진 형상이 되었다.

그 무렵에서였다.

각성자 전원에게 철수해도 좋다는 지시가 떨어졌다.

김지훈은 구겨진 금화를 호주머니 속에 쑤셔 넣은 후 지애 누님을 찾아 나섰다.

마리 님을 비롯한 협회 지도층에는 다가설 수 없다. 그러나 그 아래에 전우애와는 별개로 항시 호감을 잃지 말아야 하는 사람들이 있는데, 지애 누님이 그중에 한 명이었다.

"누님. 서울로 가십니까? 그럼 제가 모셔다드리겠습니다."

"차?"

"탈것을 타고 돌아다닐 수는 없지 않습니까. 그래서 하나 뽑았습니다. 아니면 한번 운행해 보시겠습니까? 최고까지 밟으면 그럭저럭 쓸 만합니다."

지급된 이십만 달러를 전부 털어서 산 차였다.

"가면서 긴히 말씀드릴 일도 많고요."

"톡으로 해라."

김지애는 그렇게만 대꾸하고 몸을 틀었다.

"예. 누님. 살펴 가세요."

김지훈은 그녀를 향해 숙였던 고개를 들고서 자신의 차로 이동했다.

마루카 귀족이 거주하는 건물에 들어갔다 나왔고 많은 시체들을 수습하기도 해서, 차 안은 금방 진흙과 핏물로 더러워졌다.

몸에 달라붙은 것들이야 휴게소 기사 샤워실을 이용하면 될 터.

어쨌거나 빨리 고속도로로 나오고 싶었다.

지난 한 주간 답답함을 해소해 왔던 방법 중 하나는 그 도로상에서 저열한 민간인들의 차들을 추월하는 것이었다.

속칭 양카들과 시비가 붙으면 더 좋았다. 마음껏 농락해 주다가 고속도로 갓길에서 차를 세워 놓고 폭력의 쓴맛을 선사해 줄 수 있었다.

목숨에 지장이 없을 정도로 때려 놓은 후, 살려 달라고 비는 놈들의 얼굴에 대고.

"오딘 님께 감사해라. 저열한 것들아."

그렇게 한마디 뇌까려 주면 조금이나마 해소되는 게 있는 날들이었다.

우웅—!

김지훈이 시동을 걸었을 때였다.

대시보드에 올려놓았던 핸드폰이 반짝거리며 그의 시선을 끌었다.

본부의 뒤처리를 하고 있던 몇 시간 동안 들어온 메시지들이 있었다. 스팸 메시지 하나. 아버지라는 인간의 메시지 하나.

그리고 마지막으로 메신저 단체방에 띄워진 알림들이었다.

시작의 장은 개같이 길었었다. 그랬는데 돌아온 여기는 진짜 멈춰 있었다. 전화번호로 등록된 메신저. 거기에서 과거 진행 중이었던 단체방도 그대로였다.

지금까지 저열한 민간인들의 단체방에 대꾸 한 번 하지 않은 자신이었지만 문득 눈에 띄는 게 있었다.

오수일.

흐릿하게나마 고마웠던 것이 생각났다. 옛날 학교를 같이 다닌 민간인 동창이었다.

그 옛날은 오딘 님께서도 급우였고 교탁에는 마리 님이 담임으로 계셨던 시절이었다. 신격(神格)과 신위(神威)를 지닌 구원자께서 한때나마 같은 공간에 있었던 것이다.

민간인 동창들 중 누구도, 그 진실을 꿈에서조차 알 길이 없을 것이다.

〈 오수일: 오늘 다 나오는 거 맞지? 지훈이도 나오냐? 아무도 연락 안 되냐? 〉

〈 최병희: 왜? 채팅방에 있잖아. 〉

〈 오수일: 하아. 엄청 사정해서 이천만 원 빌려줬더니 연락 두절. 〉

〈 최병희: 이천만 원? 너도 미쳤다. 〉

〈 이효섭: ㅉㅉ 그 새끼 토토하는 거 몰랐어? 나한테 물어보지 그랬어. 얼마나 됐는데? 〉

〈 오수일: 작년 추석쯤. 〉

〈 권진원: 애기 보느라 못 나감. 내무부장관님 허락 떨어질 리 없음. 잘들 놀아라. 〉

〈 오수일: 아무도 연락 안 돼? 〉

〈 이효섭: 떼먹혔지 뭐. 야 근데 지훈이가 보고 있는 것 같은데? 맞네. 이 새끼 읽씹 중. 골 때리는 새끼네. 〉

〈 오수일: 김지훈. 너 나이가 몇 갠데 아직도 그렇게 사는 거냐. 〉

〈 이효섭: 지훈이가 못됐네. 제발 철 좀 들자.〉

김지훈은 감상에 젖은 코웃음과 함께 액정을 터치하기 시작했다.

〈 김지훈: 돈 안 떼먹는다. 〉

〈 오수일: 야. 〉

〈 이효섭: 본인 등판. 〉

〈 오수일: 야. 〉

〈 김지훈: ㅋㅋㅋ 다 그대로네. 〉

〈 오수일: ㅋㅋㅋ 다 그대로네? 도랏? 11시 신촌 대양 참치. 당장 와라. 얼굴 보고 얘기하자. 〉

〈 최병희: 참아. 〉

〈 이효섭: 지훈아. 그냥 사과하고 돈만 언제 갚을지 말해 줘라. 수일이 성격 잘 알면서 왜 그래. 〉

〈 오수일: 사실대로 말해 봐. 너 그 돈 어디에 썼는데? 아버지 병원비에 쓴다는 거 개구라지? 〉

〈 김지훈: 그런데 하나만 묻자. 그때의 날 뭘 믿고 그 돈 을 빌려줬지? 〉

〈 오수일: 이 새끼가 진짜. 〉

〈 김지훈: 편돌이 양아치 새끼한테 그 돈 받을 수 있을 거라고 생각했냐? 〉

거기는 디지털 속 채팅 방이었지만 정적이 느껴졌다. 올 라오는 메시지 하나 없는 동안, 김지훈의 입가에 번진 쓴 미소는 더 진해지고 있었다.

〈 김지훈: 고마워서 그런다. 기다려 준 거 조금만 더 기다려 주라. 〉

어쩐지 그간 자신을 짓누르고 있던 속박들이 풀어진 기분이었다.
그것은 아마도 곧 진출할 외계 생각 때문일 것이다.
엘프의 땅이라.

〈 김지훈: 이십 년 이자 쳐서 한 번에 돌려줄 테니까. 〉

"혹시 아냐. 엘프 한 마리 잡아다 줄지."

*　　　*　　　*

본래 UN 정기 총회는 연 1회, 9월 셋째 화요일에 열린다.
그러나 특별한 안건이 있을 경우 별도로 총회가 소집될 수 있으며 그 경우가 바로 금년의 UN 긴급 총회였다.

〈 예. 반영해 놓겠습니다. 〉

이태한은 그분과의 통화를 통해 협회 본부에서 일어났던 사정들을 직접 들을 수 있었다.

인류의 창작물에서 다뤄 왔던 것과 흡사한 종족들이 진입해 왔고, 그렇게 그것들이 의례를 방해하러 온 것부터가 시일이 얼마 남지 않았음을 뜻했다.

이태한은 통화를 끊은 후 연설문을 수정하기 시작했다.

「 나는 시작의 날 외계 침공의 격퇴야말로, 유엔 정신이 빛나는 성취를 이룬 역사적 현장이었다고 생각합니다. 외계 침공의 격퇴는 우리 각성자와 전 인류가 연대의 힘으로 도전에 맞선 결과였습니다.

<중략>

안보리 이사국을 비롯한 유엔의 지도자들 그리고 세계 각국의 정상들에게 기대하고 요청합니다. 유엔 헌장이 말하고 있는 안보 공동체의 기본 정신이 전 세계 전반에 걸쳐 구현되어야 합니다. 그러한 세계 평화를 실현하고자 하는 유엔 정신이 가장 절박하게 요구되는 곳이 바로 세계 각성자 협회입니다. 」

그때 그가 대기하고 있던 별실로 손님이 찾아왔다.

카탈리나 로네아였다.

각성하기 전에도 세계적으로 유명한 영화배우였는데, 본토로 들어와서는 본인의 옛 신분을 백분 활용하고 있는 저구간 각성자였다.

온갖 인터뷰들을 마다하지 않는다. 누구보다 빨리 회고록을 출판했다. 예전과 같은 미소 안에 각성자 특유의 독사같은 표정을 감추는 데에도 능숙했다.

저구간 주제에 민간인들 사이에서는 그분 같은 유명세를 떨치고 있는 것이다.

그럼에도 그녀의 활동을 저지하지 않은 까닭은 다른 게 아니었다. 각성자들에게 깃들기 시작한 부정적 이미지를 환기시키는 데 큰 역할을 하고 있으니까.

뒤를 이은 연설자로 그녀를 추천한 게 바로 이태한 본인이었다.

그때 카탈리나는 허리를 꼿꼿이 세운 채 양손도 배꼽 앞으로 모으고 있었다.

매스컴에서는 그렇게나 화사하게 표정을 짓던 얼굴도, 이태한 앞에서는 경직되어 있었다. 눈을 깜빡이는 것조차도 신경 쓰는 기색이었다.

이태한이 그녀를 마주한 것은 이번이 처음이었다.

그가 수정을 마친 연설문을 들고서 카탈리나에게 다가갔다.

그녀의 턱을 쥐고 몇 번이나 좌우로 돌려 대는 모습은 마치 상품의 상태를 확인하는 듯했다.

"웃어 봐."

줄곧 경직되어 있던 카탈리나의 얼굴에 바로 미소가 퍼졌다.

버튼을 누르면 미소가 나오고, 또 버튼을 누르면 색정(色情)을 일으키는 눈빛을 띠고 마는 것은 저구간 각성자들의 습성이었다.

살아남기 위해서는 어쩔 수 없이 익혀야 했던 스킬.

다만 그때 미소 지은 그녀의 얼굴은 이태한의 손아귀 안에서 짓눌려 있던 탓에 그리 아름답다고 할 수는 없었다.

통증으로 바들바들거리면서도 웃고 있다. 불쾌한 기색이나 통증을 호소하는 얼굴이 아닌 것이, 부자연스럽기 짝이 없는 것이다.

관능적인 금발만 이태한의 손길에 의해 이리저리 흔들릴 뿐.

"울어 봐. 미소를 유지한 채로."

그 뒤로도 이태한은 카탈리나의 다양한 표정들을 점검해 나갔다.

원래라면 연설문 작성, 코디, 발표 억양 등을 코치하는 디렉터들이 따로 있기 마련이지만 이번 같은 경우엔 이태한 본인이 직접 챙기고 있었다.

파장을 크게 몰고 올 사안이 두 개나 존재하기 때문이었다.

하나는 세계 각성자 협회 대 UN 회원국 간의 협정이고 다른 하나는 진출하게 될 외계에 대한 것이다.

그러니 크게 신경 써서 직접 챙길 수밖에.

*   *   *

대한민국 서울, 신촌.

"김지훈, 그 새끼는 진짜 답이 없는 새끼야. 어떡하겠냐. 그냥 포기하는 게 스트레스 안 받는 길이다. 못 받아. 못 받아."

세상이 난리 난 후로는 처음 모인 자리였다. 그나마 다행인 것은 친구들 중에선 시작의 장에 끌려갔던 놈이 없다는 것이었다.

빠진 놈들은 와이프 허가가 안 나서, 취업 자리 때문에 부산으로 내려가서, 또 큰돈 빌려 갔다가 염치가 없어서 등의 이유가 다였다.

"부모 형제지간에도 돈거래는 하지 말랬다. 하물며 지훈이라니. 진짜 수일아. 넌 그 새끼 뭘 믿고 이천이나 쏜 거냐?"

"지훈이 아버님 병원비…… 됐다. 말을 말자. 내가 병신이지."

"액땜한 거라 쳐. 덕분에 시작의 장에 안 끌려갔다고."

4500만 명 중에 20만 명이 못 돼서 돌아왔다니 사실상 다 죽었다고 해도 무방한 곳이 시작의 장이었다. 그래서 또 한국의 각성자는 200명도 안 된다는 게, 협회의 발표였다.

"그래. 내가 병신이지."

오수일은 김지훈만 생각하면 한숨이 절로 나왔다. 꼭 돈 때문이 아니다.

물론 돈이야 생각할수록 마음이며 몸이며 다 쓰린데, 김지훈의 인생보다 쓰릴 순 없었다. 생각할수록 불쌍한 놈이다.

일이 잘 풀릴 만하면 언제고 아버지라는 인간이 훼방 놓기 마련이었으니까.

그렇게 삼십 줄 넘게까지 왔다.

아르바이트 자리만 전전긍긍하다가 마지막에 들었던 하소연.

그러니까 돈을 꿔 가면서 했던 소리가 지금도 기억에 남았다. 나이가 차서 아르바이트를 구하기도 힘들다는 소리였다.

하긴 모든 부모가 다 부모다운 건 아니다. 원수보다 못한 경우도 많았다.

오수일은 중학교 때 기억을 떠올리며 소주잔을 기울였다.

"그때 정말 난리도 그런 난리가 없었는데."

시작의 날을 말하는 게 아니다.

친구들과 만날 때마다, '그때', '난리'로 시작되는 술안줏거리가 있었다.

2학년 담임 우연희의 어머니가 찾아와 진상을 부렸던 날 말이다. 자기 딸을 두고 미친년이니 뭐니 하면서 날뛰었다.

결국엔 그렇게 자기 딸을 학교에서 쫓아내고 말았지.

"우연희가 미친 건 아니었지. 그 엄마가 미친년 아니냐?"

"그런 건 부모도 아니야. 자식 낳아 보니까 더 이해가 안 된다. 그건 그렇고 그때 그립지 않냐."

"나도."

"내 인생 통틀어서, 그때가 제일 재밌긴 했지."

"우리가 너무 말을 안 듣긴 했어. 아예 교과서도 안 폈었잖아."

"마셔, 마셔."

소주잔이 부딪쳤다.

"근데 시작의 장에 끌려갔어도, 걔는 어떻게든 살아남았을 것 같지 않냐? 우리하고 종자가 달랐어. 걔 앞에선 엄청 쫄았었잖아."

"나선후?"

"네가 가장 쫄았잖아. 새꺄."

"너는 안 쫄았냐?"

이래서 오수일은 중학교 친구들 모임이 제일 좋았다. 전부 추억이 되고 웃음이 되었다.

다른 모임들처럼 말하기 전에 한 번 되짚어 볼 것도 없고, 웃으면서 낄낄거리면 그만이었다.

그렇게 매년 하는 똑같은 이야기는 처음 하는 이야기가 된다.

술잔이 제법 돌았을 무렵.

그들의 화제는 시작의 날에 계엄군으로 끌려갔던 일로 흘러갔다.

한 번 더 술잔이 돌았을 땐 각자 스마트폰을 꺼내 들고는 설치한 어플들을 대조하고 있었다. 어플을 설치하지 않은 녀석은 동일한 내용을 다루고 있는 커뮤니티 사이트를 언급했다.

각성자. 외계 괴물들.

세상은 의외로 달라진 게 없었다. 그래서 그것들은 가십거리에 불과했다.

북한이 존재하고 거기에 뚱땡이 독재자가 있다는 건 알지만, 왠지 만화 속 이야기처럼 느껴지듯이 각성자나 외계 괴물들에 대한 건들도 비슷했다.

오수일을 비롯한 녀석들의 현실 속에는 그것들이 없었다.

술잔을 주고받는 다른 테이블 그쪽들에서도.

"잠깐 이거나 보자. 이태한 나온다."

오수일이 스마트폰을 세워 놓으며 말했다.

「 이태한 세계 각성자 협회장 "외계 침공의 격퇴
  는 유엔 정신이 빛나는 성취" <생방송> 」

"영어 잘하네. 시작의 장에서 배운 건가."

"원래 잘했어. 이럴 줄 알았으면 일성 주식 좀 사 두는 건데."

「 "국제 사회에서 유엔의 역할과 기여, 갈수록 커
  질 것 " 」

"주식 얘기 하지 마라. 술맛 버리게."

"꼴았냐? 지금 한창 잘나가던데."

"하아. 중국이 지랄 발광했을 때 손절 쳤다. 와이프한테 말도 못 꺼낸다. 나도 이천 빌려주라. 이자 쳐서 갚을게."

"이십 년 이자 쳐서?"

"하하하. 넌 주식 판에 손도 대지 마라."

「"이틀 후인 각성자 등록일에 예정대로 마이크로 칩을 이식할 것"」

"해야지."

"네가 각성자라도 그 소리가 나올까?"

"나는 각성자가 아니잖냐. 크크크크. 자리 옮기긴 그렇고 안주나 더 시키자. 이모님. 여기 알탕 하나 하고 이슬이 하나 추가요."

「"우리 협회 입장에 대한 국제 사회의 공감과 지지에 감사"」

"이태한은 어째 더 젊어진 것 같네."

"그만 나불거리고 스킬이나 보여 주지, 좀."

"그럼 저기 박살 난다."

"첼린저냐?"

"그러니까 협회 먹고 있는 거 아냐? 부러운 인생이다. 씨바. 돈에 초능력에. 또 아직 젊은 축이잖아. 저런 놈한테는 세상이 어떻게 보일까?"

　「"세계 평화를 실현하고자 하는 유엔 정신이 가장 절박하게 요구되는 곳이 바로 세계 각성자 협회."

　」

이태한의 연설은 거기서 끝이었다. 이어서 연단으로 카탈리나 로네아가 올라왔다.

　「[UN 총회] 각성자, 카탈리나 로네아 <생방송>」

"요즘 얘 영상만 찾아보게 되더라. 시작의 장이 정말 지옥 같았다더만."

"살아 나온 게 어디야."

"다음 영화에서는 CG 안 쓰나? 스킬 쓰면 죽여 줄 것 같은데."

"근데 얘는 왜 울면서 들어오냐. 이태한한테 혼난 거 아냐? 이태한의 불방망으로. 왜 각성자들 정력이 그렇게 죽여준다잖아."

"하여튼 이 새끼는 꼭 그런 쪽으로만 밝아."

"지는."

「각성자, 카탈리나 로네아 "세계 각성자 협회 총
본부에서 일어났던 일은 새로운 외계 종족의 습격에
의한 것. 희생자와 유가족들에게 심심한 애도」

**「속보: 카탈리나 로네아, 협회 총본부에 외계의
재침공이 발생했었다.」**

갑자기였다.

오수일과 녀석들은 적당히 올라왔던 취기가 순간 증발해
버리는 느낌을 받았다. 중학교 철부지 때로 돌아가 낄낄대
고 있었던 미소들도 그때 똑같이 사라졌다.

또 군복을 입어야 하는 상황이 올지도 모른다는 생각이
퍼뜩 들었기 때문이었다.

다른 테이블에서도 웅성거리는 소리가 들리기 시작했다.

오수일은 어차피 알아듣지 못할 영어지만, 일단 소리부
터 키웠다.

「 "확실한 것은 더 이상 외계의 습격으로 인한 피
해와 희생이 없어야 한다는 것" 」

「 "협회 차원에서 공격이 시작된 외계로의 진출을
서두르는 중." 」

게이트로 가는 거냐? 따위의 낄낄거림은 없었다. 시작의
날 느낀 것인데 군복을 입는 것 그 자체로 고통이었다.

또한 직장 상사의 소시오패스적 지시도 계엄군 상관의
명령에 비하면 양반이었다.

오수일은 목이 탔다.

그때 화면에서는 새로운 외계 종족들로 보이는 이미지들
이 띄워지고 있었다. 카탈리나 로네아가 인쇄된 프린트들
을 하나씩 들 때마다, 거기를 확대하는 식이었다.

「 "확인된 새로운 외계의 공격체들은 우리 인류와
흡사" 」

「 "엘프, 드워프로 지칭되는 우리 인류의 창작물
을 닮은 종족도 발견" 」

「 "공격체들이 시작의 날의 외계 괴수들과는 달리
인류와 유사하다면, 더욱 고통스럽고 슬픈 일" 」

사진은 시체와 그 일부분들이었다. 전반적으로 모자이크 처리가 되었지만 뾰족한 귀며 뭉툭한 코 같은 것들만큼은 그대로 드러나 있었다.

오수일은 웃음기 하나 없이 떨리는 입술로 그렇게 말했다.

"집에 가 봐야겠다. 너희들도 갈 거지?"

확실히 취기가 사라져 버린 게 맞았다. 술을 마신 이후로 처음 자리에 일어났어도 몸은 꼿꼿하기만 했다.

"야. 끌려갔으면 진즉에 끌려갔어. 국방부가 어떤 놈들인데."

"……아직 몰라."

오수일은 친구들의 당황스러운 눈빛을 받고 다시 자리에 앉았다.

「"그렇기 때문에라도 평화를 위한 도약의 한 걸음을 과감히 내디딜 때"」
「"유엔 회원국들과 세계 시민들의 전폭적인 지원과 도움이 절실"」

시간이 지나가고 있었다.

카탈리나의 연설이 끝났으나 오수일과 녀석들은 침만 삼

켜 넘기는 중이었다. 화면은 일사불란한 UN 총회 광경에
서 한국의 아나운서로 전환되었다.

「 속보: 이태한 세계 각성자 협회장, 세계 각성자 협회
와 UN 회원국 간의 협회원 지위에 대한 협정 발의(發意) 」

무엇인지 모르겠지만 상당히 긴급하게 진행되고 있었다.
그때였다.
"생각해 보니까 지금 갚을 수 있겠더라. 타든지 팔든지."
그 말과 함께 오수일의 어깨 위에서 한 손이 쑥 내려왔
다. 자동차 키가 들려 있는 손이었다.
오수일이 뒤를 올려다보며 반사적으로 내뱉었다.
"야! 김지……."
하지만 끝까지 부르지 못한 이름은 그대로 삼켜지고 말
았다.
자신을 내려다보는 두 눈을 보자마자 느껴지는 게 있었
다. 작년 추석에 이천을 꿔 간 그 불쌍한 양아치 놈의 것이
아니었다.
광오한 자신감이 넘실거렸다. 그 정도가 심했기에 공격
적으로 느껴질 정도였다.

〈 김지훈: 이십 년 이자 쳐서 한 번에 돌려줄 테
니까. 〉

이십 년 이자? 그때야 짜증 난 대로 넘겨 버렸지만…….

오수일은 마지막 메시지를 떠올리고는 확신할 수 있었
다.

지훈이가 각성했다고. 지옥이라 표현되는 곳에 갔다가
돌아왔다고.

*   *   *

「제목: 이번 협정은 말도 안 돼.

게시물 번호: 203381 / 추천: 31190 / 반대: 42453

작성자: 탈각

생소해 보일 거야. 하지만 우리나라로서는 익숙한
협정이거든?

다들 한 번씩은 들어 본 적이 있을 거야. 한미주둔
군 지위 협정(Status of Forces Agreement). 소파
협정이라 하지.

하지만 세계 각성자 협회원들에 대한 지위 협정

은, 소파 협정을 몇 단계나 초월한 사안이야. 편파와 불공정을 넘어서 주권을 아예 포기한 것과 마찬가지이기 때문이지.

왜냐? 이번 협정은 협회에게 의무는 없고 권리만 있기 때문이라니까?

그리고 협정안을 자세히 살펴보면 그 권리에 대해서도 구체적으로 명시되지 않았어. 상호 간에 의견을 조율해야 되는 단체도 다뤄지지 않았지.

그럴 리는 없겠지만, 막말로 협회에서 서울시 전체를 다 협회 땅으로 내놓으라고 한다면 따라야 하는 거야. 거길 지키는 데 드는 비용과 군사력은 모두 우리나라 정부에서 제공해야 하는 거고.

이번 협정이 무시무시한 점은 이런 폭압적인 협정이 전 세계에 걸쳐 일어났다는 거야.

세계 각성자 협회에서는 대외적으로는 평화를 이야기하며 인류의 방패를 자처하고 있지만, 정작 그들은 전 세계에 걸쳐 독자적인 왕국을 세운 셈이야.

앞으로 일어날 일들은 뻔해.

각성자들은 범죄를 저질러도 제대로 수사받지 않고 약한 처벌을 받게 된다고 믿기 때문에 지금보다 더 폭력적이 되겠지. 설령 협회에서 범죄를 저지른 각성자를 처벌하지 않는다고 해도, 지탄을 할 수는 있겠지만 개입할 수는 없어.

그게 협회가 가진 힘이야.

곧 협회는 인류를 구한다는 구실로 세계 각국의 내정에 간섭할 거야. 그 때문에 반각성자 감정이 고조될 수밖에 없을 거고.

두고 보라고.

그래서 이번 협정은 빠른 시일 안에 개정되어야 돼. 각성자와 인류의 화합을 위해서라도.

이번 협정은 나가도 너무 나갔어. 완전히 미친 협정이라니까?」

└ [Best] 무적 칼리버: 스킬 '떠벌이' ─ 효과 '말만 주절주절 길게 하면 그럴싸해 보인다. 문장이 길수록 효과 증가율 50%'

└ 유혼: 맞음. 우리 모두 깊게 생각해야 한다. 나무만 보지 말고 숲을 봐야 함.

└ 알옴이^~^: 보통 상황이 아니잖아요. 시작의 날 이전에나 할 수 있었던 말을 하시는 것 같아요. 전 이번 협정으로 오히려 안심할 수 있겠다 싶은데요? 협회가 주도적으로 일을 할 수 있게 만들어 주려면

그러한 환경을 조성해 줘야 하는데, 바로 이번의 협정이 그런 거예요.

└ 유승민: 아주 척척박사 납셨네. 그럼 니가 각성자 대신에 군복 입든지.

└ 정창석: 각성자들은 믿지 않아도 협회는 믿습니다. 각성자들에게 마이크로칩을 이식한다는 결정만 봐도 그렇습니다. 지금 협정을 두고 왈가왈부하는 것은 시기상조라 생각됩니다. 아직 화합을 말할 단계가 아니라는 말씀입니다.

└ **작성자**: 협회가 잘해 나가고 있는 건 맞습니다. 그런데 그들에게 주어진 권리가 사상 초유의 사태라는 뜻에서 작성한 글입니다. 참고로 우리나라에서 각성자들에 의한 사건 사고가 적은 이유는 각성자 수가 적기 때문이기도 합니다만, 이태한 협회장을 비롯해 칼리버 권성일 같은 우리나라 각성자들의 지위가 다른 나라의 각성자들에 비해 높기 때문이기도 합니다. 하지만 가까운 일본만 해도 어땠습니까. 일본 정부가 주도적으로 입막음을 해서 그렇지, 도쿄 시가지가 박살 났던 적도 있습니다. 몇 명이 거기에 휩쓸려 죽었는데요? 이번 협정으로 인해 각성자들의 범죄는 더욱 늘어나게 될 것입니다.

└ 무적 칼리버: 스킬 '떠벌이' ─ 효과 '말만 주절주절 길게 하면 그럴싸해 보인다. 문장이 길수록 효과 증가율 50%'

　└ 젠카: 어? 도련님?

　└ 둥글: 도련님!

　└ 호이호이: 작성자 말이 틀린 것도 아니지 뭐. 우리나라만 그나마 조용하고 외신들은 아주 난리가 났어. 세계 각국들이 주도해서 제 나라들을 팔아먹은 협정이라고. ㅋㅋ

　└ 무적 칼리버: 스킬 '외신 팔이' ─ 효과 '말도 안 되는 소리를 말이 되는 것처럼 느껴지게 만든다.'

　└ 오돌: 도련님 안녕하세요?^^

　└ 아리: 작성자에게 한마디만 할게. 무슨 걱정을 하는지는 알겠어. 그런데 그런 이야기들은 외계 침공이 다 끝나고 해야 하는 거 아냐? 그라프에, 바클란에, 데클란에. 그것도 모자라서 이제 판타지 세계까지 우리를 공격해 오는데? 지구가 무슨 우주의 호구니? 지금은 협회에 힘을 밀어 줘도 모자란 판국이야.

　└ 리 젠: 이상 협회 채용에서 탈락한 사람의 하소연이었습니다. 근데 합격자들도 협회원 자격을 얻는 거냐? 그럼 완전 개 꿀?

ㄴ먼산바라기: 도련님! 저 애독자입니다!

ㄴ**작성자**: 도련님. 아버지 뭐 하고 계세요?

ㄴ무적 칼리버: < 링크: [채널] 무적 칼리버 TV >
구독과 추천 부탁드립니다.

ㄴ**작성자**: 이미 했어요. 진짜 궁금한 게 있는데,
살아남은 엘프는 없는 겁니까?

ㄴ무적 칼리버: < 링크: [채널] 무적 칼리버 TV >
구독과 추천 부탁드립니다.

* * *

「제목: 우리나라의 미래가 기대되는 이유

게시물 번호: 205244 / 추천: 104276 / 반대: 251

작성자: 무적 칼리버

1. 세계 각성자 협회 총본부.

이제는 다 알려진 사실입니다. 전임 회장이었던
오시리스, 조슈아 폰 카르얀 님이 첫 번째 기자 회견
을 가졌던 장소가 전일 리조트였습니다.

< 링크: 조슈아 폰 카르얀 회장, 기자 회견 / KTN >

바로 저 장소가 지금의 협회 총본부입니다.

그게 무슨 말이냐 하면 시작의 날 이전부터 전 세계는 우리나라를 세계 각성자들의 메카로 확정 지었다는 뜻입니다.

우리가 우리나라를 헬조선, 헬조선 하고 비아냥거릴 때, 우리나라는 세계의 중심으로 부상하고 있었던 것입니다.

2. 칼리버 권성일과 협회장 이태한.

각성자들의 신분 질서는 뚜렷합니다. 피라미드 구조라고 합니다.

심적으로 많은 상처를 입은 각성자들이 시작의 장에서 돌아왔어도 사건 사고가 적은 이유는 그 때문입니다. 협회의 지시를 어겼다가는 즉은 목숨이기 때문입니다.

솔직히 살인 머신이다 뭐다 하는 말들이 있기는 한데, 그들이 보유한 힘에 비하면 알려진 사건 사고들은 아주 사소한 문제가 될 것입니다.

피라미드 계급 꼭대기에는 첼린저 구간의 협회 지도층들이 있습니다.

참고로 말하는데 중요한 건 각 국가의 각성자 수가 아닙니다. 구간별로 레벨별로 각성자들의 세계에는 넘사벽이 존재하고, 한 명의 첼린저는 수만의 브실골들 따위는 한 손으로 제압할 수 있다 합니다. 제 주장이 아니라 브실골들이 다 그렇게 이야기합니다.

칼리버 권성일과 협회장 이태한. 그렇게 첼린저 구간이라고 확신되는 각성자만 우리나라에 두 명이 있는 것입니다.

첼린저 구간으로 말하자면 전 세계적으로 열 명도 안 될 거라는 데 제 전 재산 다 걸 수 있습니다.

그래서 협회장 이태한의 지시에 각성자들이 그렇게 벌벌 떠는 것이겠지요.

3. 카탈리나 로네아를 비롯한 여러 인터뷰들에서 드러난 사실들.

몇몇 각성자들의 인터뷰를 자세히 본 사람들은 우리나라가 많이 언급되고 있다는 사실을 눈치챘을 겁니다. 조언을 가장한 경고들이 많습니다.

< 링크 : 카탈리나 로네아 "세계 각국은 한국을 조심스럽게 대해야 한다." >

< 링크 : 어느 다이아 각성자의 고백 "한국은 세계 각성자들의 성역(聖域)" >

< 링크 : 최종장에선 대체 무슨 일이 있었기에? >

제 채널에 종합해 놓은 영상들입니다.

4. 칼리버 권성일의 성품

아시다시피 각성자들은 상처를 많이 입은 자들입니다. 수십 년간 다른 것도 아닌, 그 외계 괴물들과 싸워 온 삶을 생각해 보십시오.

거기에 시스템의 장난질도 있었습니다. 악의적인 퀘스트들이 많았습니다. 그들은 괴물들과 싸우는 와중에도 그러한 장난질로 인해 피폐해질 수밖에 없었습니다.

하지만 칼리버 권성일의 인간적인 성품이 알려지면서 최근 큰 화제가 되었습니다.

< 링크 : 사각팬티 차림의 칼리버 권성일. 엉덩이를 긁는 그냥 평범한 아저씨? 하지만 몸매만큼은 헐크. >

< 링크: 칼리버 권성일 "역시 쐬주가 최고여". 기분 좋게 취해 버린 첼린저. >

< 링크: 일본 각성자 사태에 대한 칼리버 권성일의 입장 "쓰벌. 돌아왔으믄 얌전히 쐬주나 빨 것이지 저게 뭔 짓들이여. 특별히 쎄지도 않은 것들이……." >

< 링크: 칼리버 권성일의 아재 미소 >

이런 각성자가 우리나라에 있다는 것은 정말 큰 행운이자, 우리나라의 미래가 기대되는 일이라 할 수 있겠습니다.

마지막으로 제 채널에 가시면 더 많은 영상들을 보실 수 있습니다.

< 링크: [채널] 무적 칼리버 TV >

구독과 추천 부탁드리겠습니다. 」

└[Best] 양념게장: 아이고 도련님. 여기까진 어인 행차십니까. 가문의 영광이올시다.

└ 양념게장: 아이고 도련님. 여기까진 어인 행차십니까. 가문의 영광이올시다.

└ 퓨마: 역시 우리 도련님은 말도 잘해.

└ 고수: 저 애독잔데 혹시 편집자 안 구하시나요? 영상들은 잘 보고 있는데 편집자가 없으신 것 같

아서요. 저 경력 5년 차입니다.

　└ 반미르: ㅊㅊ

　└ 스노우: ㅊㅊ

　└ readman : ㅊㅊ

　└ 아이작: 다음 영상 업데이트 언제 됨? 기다리다 지쳤어요 땡벌.

　└ 서민기: 도련님. 혹시 아버지께서 오딘과 마리가 누구인지 알려 주셨나요?

　└ 명품신상훈: 걔 부럽다. 금수저가 아니라 챌린저 수저. 굽신굽신.

　└ 홈런타짜: 챌린저 수저가 맞는 게 ㅆㅂ 벌써 1000만 구독자 돌파. <링쿄: 우리나라에도 다이아몬드 크리에이터 어워즈 탄생. 칼리버 권성일의 아들 권기철 '무적 칼리버 TV' > 대체 얼마 버는 거임?

　└ 김광태: 도련님. 저도 각성자가 되고 싶습니다. 방법 없습니까?

　└ 호박꼬구마: 도련님이이임~~~~ 사랑해요. 칼리버님도 사랑.

　└ 고금: 도련님. 오늘 제 생일인데 축하해 주세요.

　└ 고추학살자: 저도 오늘 생일이에요.

└ **작성자**: 고금님. 고추학살자님. 생일 축하드립니다. 호박꼬구마님. 저도 사랑합니다.

└ 고수: 다른 나라 크리에이터들이 도련님 영상을 마음대로 퍼다 나르고 있습니다. 이왕 시작했고, 세계의 시선이 집중되어 있으니 번역자와 편집자 고용하고 스튜디오 갖춰서 제대로 한다면 세계 최고의 크리에이터로 성장하실 수 있습니다. 저는 경력자로서 아이디어가 무궁무진합니다. 제발 쪽지 확인해 주세요. 도련님. 아니 기철아. 형이 진짜 부탁한다. 안타까워서 그래.

＊ ＊ ＊

"나도 안다고."

기철이는 한숨을 내쉬었다.

무적 칼리버 TV는 최단기간 1000만 구독자를 돌파했던 카탈리나 로네아의 기록을 깨트렸다.

아버지를 따라 협회 본부로 갔을 때부터 시작한 일이었는데, 혼자 텅 빈 객실에서 심심하기도 했고 각성자들을 두고 살인 기계다 뭐다 하는 것들이 열불 나서 홧김에 올린 것들이었다.

사실 용주가 메신저 대화로 부추긴 것도 한몫했다. 그런데 하다 보니 재미가 있었다.

아버지에 대해 제대로 알지도 못하고 함부로 나불댔던 것들이 어느 순간부터 칼리버 하트 뿅뿅을 붙이기 시작한 것도.

하루가 다르게 폭주하는 구독자 수와 조회 수도 모두 말이다.

그래서 약 일주일 전에 어머니에게 돌아온 이후에도 활동을 계속하고 있었다. 용주와 함께.

"몰래…… 연락해 볼까?"

기철이는 쪽지로 들어온 연락처를 두고 최대한 소리를 죽여서 물었다.

"다른 크리에이터들은 다 편집자 있다더라. 우리만 이게 뭐야. 물 들어올 때 노 저어야 하는데 정말 아깝잖아."

용주의 대답에 기철이는 용주와 함께 거실 쪽을 쳐다보았다.

아니나 다를까, 귀가 밝은 각성자가 벌써 검은 양복에게 고자질을 하고 있었다.

검은 양복은 제이미 양이라고, 전일 그룹의 여회장이 붙여 준 사람이었다. 뭘 하려고 하면 꼭 못하게 하는 통에, 반발심이 든 기철이와 용주는 그를 검은 양복이라고만 불렀다.

검은 양복은 각성자 앞에서만 고양이 앞의 쥐 신세일 뿐. 기철이와 용주에게는 그리도 엄격했다.

"안 됩니다."

"아저씨. 제발요?"

"그래도 안 되는 건 안 되는 겁니다. 회장님과의 약속을 지켜 주십시오."

"그때와는 상황이 많이 다른데…… 천만이에요. 다른 외국 놈들이 제 꺼 다 퍼간다고요."

"아버지 언제 오시냐고 물어봐. 영상 더 찍어야 돼."

용주가 속닥였다.

"아버지는 언제 오세요? 뭐 드래곤 같은 거라도 남은 거예요?"

"따로 아는 바 없습니다."

"그러지 마시고요. 전화 한번 하실 순 있잖아요."

"그럴 권한 없습니다."

"제이미 아줌마한테도 안 되는 거예요? 그럼 저 용주하고 다시 본부로 돌아갈게요. 습격은 다 마무리됐다면서요."

"안 됩니다."

"아저씨가 잘 몰라서 그러시는데, 이거 지금 초대박 났어요…… 제이미 아줌마라면 아실 거니까 전화 걸어 주세요."

"안 됩니다."

그때 기철이는 또 다시 소원 쿠폰을 생각해 냈다. 하지만 이런 일에 쓰기에는 너무나 아까운 게 사실이었다.

엘프, 드워프.

마법과 검의 세계가 외계 어딘가에 실제로 존재하는데 고작 편집자 구한다고 쓰기에는…….

기철이 한숨을 속으로 삭이며 검은 양복이 나가길 기다리고 있을 때.

용주 또한 검은 양복의 눈치를 살피는 목소리로 넌지시 말을 던졌다.

"지금…… 천이백만 돌파했어요."

*　　　*　　　*

세계 각성자 협회 대 UN 회원국과의 협정은 사전에 클럽 안에서 결의된 사안이었어도, 대중들에게는 설명이 필요했다.

치열한 합의 논쟁을 통해 통과된 것으로 보여야 하며 거기에 그럴싸한 당위성이 부여되어야 하는 것이다. 대중들은 바보가 아니니까.

그 일을 성공적으로 마친 이태한은 어젯밤 비행기로 우

리나라에 입국했다.

그리고 지금 그는 나와 함께 전 세계를 예의 주시하는 중이었다.

오늘은 각성자 등록일이다.

그간 행적이 감춰지기 바빴던 각성자들이 일제히 모습을 드러내는 날이라는 점에서 전 세계의 시선이 집중되는 건 당연한 일이다.

한국어, 영어, 독어, 불어, 일어, 러시아어, 중국어, 스페인어 등.

거의 전부라 할 수 있는 인류의 언어들이 온갖 매체들에서 떠들썩한 까닭은 바로 그 때문이다.

우리나라는 이른 아침이고 어디는 낮이며 어디는 새벽이다.

각성자들에게는 협회 총본부가 위치한 우리나라의 오전 9시를 기점으로 이튿날 자정까지가 등록이 지시된 시간이었다.

한편 우리나라 언론 매체들만 보자면 서울에 위치한 한국 지부로 쏠려 있었다.

등록 시작 시간 전부터 그것들의 카메라는 포토라인 밖에서 한국 지부 빌딩을 겨냥하고 있었다. 현장 기자들은 어제 자로 발효된 협정과 마이크로칩 이식이라는 두 가지 상반된 사안을 두고 스튜디오와 의견을 주고받고 있었다.

카메라에 제일 먼저 모습이 담긴 우리나라 각성자는 김지훈이었다.

차창 밖으로 통제 구역의 협회 보안 요원들과 이야기를 나누는 모습 다음으로, 거기에서 내리는 모습까지 카메라들이 녀석을 실시간으로 담았다.

세간의 시선이 집중될 거라는 걸 예상했기 때문일 것이다.

녀석은 정장 차림이었다.

아이템을 협회 보관소에 맡긴 그대로, 머리까지 왁스로 세팅을 마쳐서 녀석의 모습은 말쑥하다 할 수 있었다. 얼굴을 가리지 않았다.

본 시대였다면 있을 수 없는 일.

어쨌거나 녀석이 통제 구역을 넘어오지 않았더라면 녀석을 각성자라고 추측할 수 있는 조건은 남겨져 있지 않았다.

카메라를 둘러보는 눈빛은 조용하니 담담했다.

협회의 지시가 따로 있던 것은 아니었는데, 그 뒤로 포착된 각성자들도 외양이며 표정에서 스스로들을 정제한 느낌이 강했다.

지애 누나까지 도착하면서, 그 현장은 검찰에 참고인 신분으로 출두하는 현장을 연상케 했다.

한편 다른 나라 현장들도 비슷했다. 어떤 이들의 기대와
는 다르게 각성자들끼리 충돌을 빚는 일은 없었던 것이다.

행여나 원수를 만났을지라도 오늘만큼은 문제를 일으키
지 말자는 암묵적인 룰이 있는 거였다.

각성자들은 자신들을 바라보는 시선이 점점 부정적으로
향한다는 것을 알고 있다. 협회의 뜻에 상충되는 일을 자제
하고자 한다. 협회에 깃든 힘을 모르지 않는다. 또한 대개
는 최종장에서 연희를 도모하려 했던 치들로, 여전히 내 분
노를 의식 중이다.

이에 각성자들은 하나같이 생존의 달인들로, 녀석들로서
는 외계로 진출하기 이전에 본토의 삶에서 안전을 확보해
야 할 필요가 있었다.

눈빛을 죽이고 때를 기다려야 한다는 것쯤은 오래전에
습득한 일.

본인들 스스로를 정제하고 외부와 마찰을 빚지 않으려는
행동들에는 그러한 생존 본능이 발휘되고 있는 것이었다.

적어도 각성자 등록일만큼은.

적어도 전 세계의 카메라가 본인들을 지켜보고 있는 그
자리에서만큼은.

바로 그렇게.

　　　　　*　　　*　　　*

　첫 번째 등록 절차는 마이크로칩 이식이었다.

　이름, 레벨 같은 걸 묻기도 전에 거기로 먼저 안내되었다.

　"따끔할 거예요."

　슉.

　예상은 했다.

　하지만 마이크로칩이 피하에 틀어박히는 기분이 몹시 더러웠다.

　김지애는 삼두박근 아래에 그라프 일족의 맹독보다 더한 독이 심어진 것 같았다. 그럼에도 불구하고 등록하지 않을 수는 없는 일이었다.

　협회와 UN 회원국들 간의 협정에는 그분의 의지가 품어져 있다.

　앞으로 협회를 내세워 각성자들을 체계적으로 관리하겠다는 의지로 전 각성자들을 그분의 발아래에 직접 두겠다는 것이다.

　역으로 말하자면 그 뜻에 거역하는 자들, 그러니까 등록일에 맞춰 등록을 하지 않은 각성자들에 대한 처벌은 불가피하다.

비등록자들은 환상의 땅으로 진출하는 것은 고사하고 추살대를 피해 도망 다니는 것만으로도 벅찬 일이 될 것이다.

김지애는 그 추살대가 조직되면 지원할 계획이었다.

만일 외계 진출을 두고 고려해야 한다면 무조건 추살대였다.

그녀가 생각하기로는 그 조직에 협회의 힘이 집중될 가능성이 높았다.

단순히 비등록 각성자들을 처단하는 일뿐만 아니라, 협회의 뜻에 반하는 등록자들도 집행하게 될 공산이 높은 것이다.

그분.

선후와의 혈연을 떠나 대검찰청 공안부장이었던 옛 신분 그리고 완성 지은 마스터 구간의 능력이라면 추살대의 심장을 차지할 수 있을 거라고도 보였다.

옛 신분으로 복귀하지 않은 까닭은 바로 그래서였다.

김지애는 안내자를 따라 걸었다.

한쪽 별실로 김지훈이 등록 절차를 밟고 있었다. 그때 김지훈이 김지애와 눈을 마주치며 가볍게 고개를 숙이는 모습을 보였다.

김지애는 컴퓨터를 중간에 놓고 협회 직원을 향해 앉았다.

짧은 기간에도 불구하고 협회는 전 세계에 걸쳐서 시스템을 갖춰 놓았다. 관련자들을 헤드헌팅하고 보조 인력은 공개 채용으로 빠르게 인터뷰를 마쳤다.

각 나라의 지부로 쓰일 빌딩과 필요한 자원들도 일찍이 준비되었다.

역시 오딘은 오딘이시다.

철두철미하시다.

시작의 장 이전부터 다 계획된 일이 아니고서야 이리도 모든 준비가 완벽할 순 없으니!

"오늘 등록을 도와 드리게 된 유원진입니다. 만나 뵙게 돼서 반갑습니다."

직원에 대한 교육도 마찬가지.

각성자를 앞에 두고도 긴장은 하되, 업무에 영향을 끼칠 정도까진 아니다.

김지애는 직원에게서 엘리트의 느낌이 다분하다고 느꼈다. 전일 그룹 본사나 그에 준하는 대기업 혹은 공직에서 이직해 온 것일 수도 있겠다 싶었다.

김지애가 직원을 두고 그렇게 확신하는 까닭은 자신을 알아보고 있는 시선에도 있었다. 옛 대검찰청 공안부장의 얼굴을 안다는 것은 그만한 사회적 신분을 갖췄었다는 뜻이니까.

"우리가 구면이었나요?"

"기억 못 하시는 것은 당연합니다. 저는 대현 그룹 법무실에 있었습니다. 대검에서 뵌 적이 있었죠."

자신을 직접 만났었다면 최소 팀장급 인사였다는 거다.

옛 신분으로 따지자면 사법 연수원 선배일 가능성도 높았다. 그렇다면 자신에 대해 의외로 많이 알 수 있었다.

예컨대 자신의 출신이 전일에 있는 일이나, 전일 진골인 이모부에 대한 것 등.

옛일이었어도 김지애는 그게 신경이 쓰였다.

"우리 각성자들은 시작의 장에서 새로운 삶을 살았습니다. 돌아온 지금까지도."

"그간 얼마나 고초가 많으셨습니까. 명심하겠습니다."

"그런데 당신도 새로운 삶을 시작한 것 같군요. 협회 직원도 협회원으로 등록되나요?"

김지애가 생각했을 때.

눈앞의 중년인이 본래 차지하고 있던 사회적 신분을 다 버리고 협회로 이직한 데에는 그만한 이권을 보장해 줬기 때문일 것이다.

협정!

그런데 곰곰이 생각해 보니 시기적으로 맞지가 않는다. 자신도 몰랐던 것을 고작 대현 그룹 법무팀에서 알았을 리는 없고.

그러니 직원은 일종의 모험을 감행한 셈이라 할 수 있을 것이다. 자신의 비전을 걸고 세계 각성자 협회에 투신 했다.

김지애가 주변을 둘러보니 그런 엘리트들이 적잖게 보였다.

"예. 협회원은 평회원과 정회원 둘로 나뉩니다. 저희 직원들 중에서도 각성자님들을 직접 대할 수 있는 직원들은 평회원 신분으로 입회할 수 있었습니다."

직원은 가볍게 오른팔을 들어 보였다. 그는 마이크로칩이 박혀 있는 거기를 흘깃 쳐다보면서 흡족한 미소를 지었다.

김지애가 말했다.

"시작의 장도 그랬었죠. 오늘의 결정이 내일의 생사를 주관했습니다. 유원진 씨라고 했죠? 축하한다고 말해 줘야겠어요. 시작의 장을 거치지 않았어도 우리들의 세상으로 들어오는 데 성공했으니까."

조금은 가시가 박힌 말이었다. 직원은 능숙한 웃음을 지었다.

"하핫…… 감사한 말씀이십니다. 앞으로 성심껏 보좌하겠습니다. 시작에 앞서 몇 가지 주의 사항을 들려 드리겠습니다. 모든 각성자 님들에게 고지되는 정식 절차이니 심려하지 마시고 그저 이런 게 있다, 하고 들어만 주십시오."

첫째, 거짓으로 등록하면 향후 협회의 징계가 있다. 빠른 시일 안에 등록한 정보에 대한 실제 검증이 진행될 것이다.

둘째, 임의로 탈퇴는 불가능하다.

셋째, 등록을 맡은 직원들이 앞으로 협회 전담 창구가 될 것이다.

김지애는 거기까지 듣고서 생각했다.

'과감하기만 한 게 아니라 운도 좋은 녀석이네. 날 전담 하게 됐어. 칩을 박을 각성자 중에서는 내가 순위권에 들 걸?'

그분을 비롯한 협회의 지도층들이 칩을 박을 일은 만무 하다.

설사 자신에게도 칩을 제거하라는 배려가 떨어질지라도, 정중히 거부의 의사를 밝힐 생각이었다.

그분과 혈연이기 때문에라도.

앞으로 추살대에 들어갈 자신으로서는 솔선을 보이기 위 해서라도.

"각성자 님의 성함은 이미 알고 있습니다만 양해해 주셨 으면 합니다. 성함이 어떻게 되십니까? 사용하고 계시는 코드명이 있다면 함께 알려 주십시오. 없으시다면 앞으로 사용하실 코드명을 지금 만들어 주시면 감사하겠습니다."

"김지애. 세크메트."

"구간과 레벨은 어떻게 되십니까?"

"마스터 구간, 452렙."

직원이 잠깐 멈칫거렸다.

그러다 빠르게 사무적인 표정으로 바뀐 얼굴로 데이터를 입력하기 시작했다.

"특성, 스킬, 아이템, 인장 순으로 진행하겠습니다. 보유하신 특성으로 무엇이 있으십니까?"

*　　　*　　　*

각성자 등록 현황이 실시간으로 집계. 상세 정보들이 협회 메인 서버로 들어오는 시각.

세계 곳곳에서 불어나는 숫자를 보면서 예전에 조나단과 금융 전쟁을 치르던 날들이 생각났다.

그때도 이렇게 많은 모니터를 앞에 두고 수치를 확인하기 바빴다. 일어날 수 있는 돌발 상황을 가정하기도 벅찰 만큼.

하지만 지금.

이태한과 내가 염려하는 바는 각성자들에게 있지 않았다.

제일 신경이 곤두서 있는 이들은 협회의 시스템 보안팀으로 혈안을 띄고 있을 일이었다.

미 연방준비은행의 서버에 준하는 보안 체계를 갖춰 놓긴 했다. 각 나라 군부가 보유하고 있는 사이버 부대에서도 문제가 발생할 거라고 보지 않는다.

그러나 사설 조직으로 잡다하게 움직이는 해커들이 문제다.

빼빼 마른 주근깨 자식들. 도너츠를 입에 물고 사는 뚱뚱보 자식들.

예컨대 낮에는 실리콘 밸리의 보안 디렉터로 근무하고 밤에는 해커 조직의 일원으로 활동할, 그것들이 문제인 것이다.

오르까가 이번 침입대의 주력이었던 다섯 놈의 시체를 트로피로 삼고 있다면 잡다한 해커 조직들에게는 협회 서버가 다시는 없을 트로피로 보일 수 있었다.

내가 그것들의 습성을 왜 이토록 잘 아냐면 팔악팔선의 서버를 뚫기 위해 그것들을 움직여 봤던 경험이 있기 때문이다.

또 협회의 시스템 보안팀이 혈안을 띄고 있는 이유도 같다. 그들도 한 번씩은 해커로 활동했던 전적이 있기 때문이다.

물론 협회 대 UN 회원국 간의 협정이 발효된 지금에서 우리 서버를 공격하는 행위는 심히 위험한 일임이 틀림없다.

사법 권한이 우리에게 있으니까. 잡게 되면 제집에 감금되고 전자 기기 접근이 차단되는 정도로 끝나지 않을 것이다.

본보기가 있을 것이다.

한편 이태한은 이쪽으로는 문외한이었다. 그는 보안팀이 보내오는 보고서들을 이해하지 못하고 내 설명을 듣고 있었다.

어떻게 그런 것까지 아십니까? 그는 한 번씩 그런 얼굴을 해 보였다.

그러던 저녁이었다.

내 가슴을 설레게 하는 전음이 불쑥 들어왔다. 듣고 싶었던 목소리.

—끝났어! 거기로 가도 돼? 빨리 보고 싶어. 선후야.

[둠 맨의 제사장들이 의례 '전환'을 마쳤습니다.]
[그들의 바람에 응답하시겠습니까? (소비 권능: 300)]

[제사장들의 바람에 응답 하였습니다.]
[전환 될 던전을 특정해 주십시오.]

〈다음 권에 계속〉